戦国・江戸　ポンコツ列伝

吉川永青

集英社文庫

目次

戦国・江戸 ポンコツ列伝

第一話　旗本たいこ

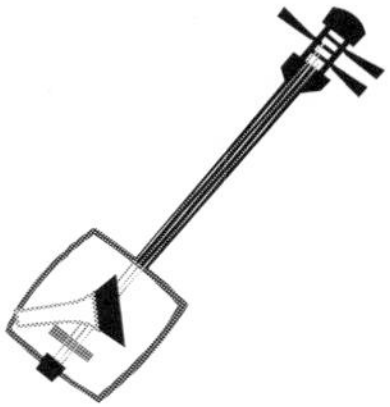

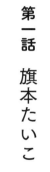

吉原で快楽を
知ってしまったが
最後……

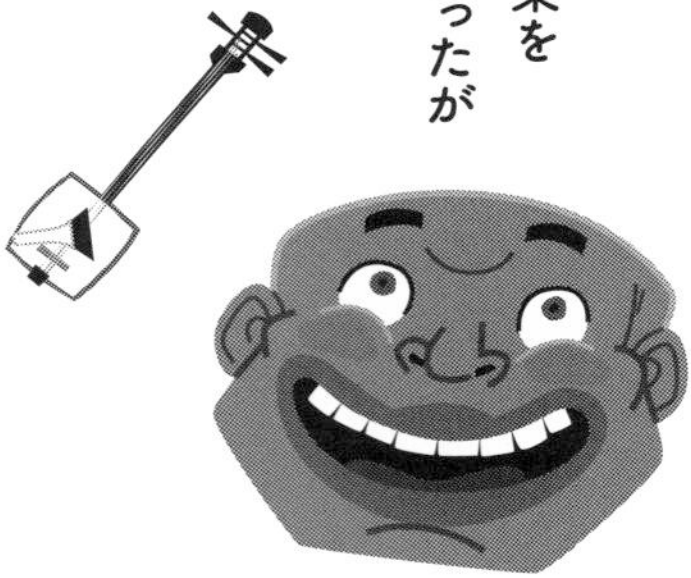

荻江露八

（1834〜1903）

本名 土肥庄次郎

職業 幇間（酒宴で芸を見せて、宴席を盛り上げる男芸者）

一橋家に仕える土肥家（由緒正しい家柄）の
長男として生まれる。
小さい頃から槍術、剣術を習い、
評判を得るも、吉原に入りびたり、
勘当される。

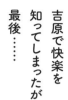

御三卿《ごさんきよう》の一・一橋《ひとつばし》家の屋敷は江戸城平川門《ひらかわもん》の間近にある。その庭に「えい」「やあ」と勇ましい声が上がった。槍《やり》の稽古であった。突きや払い、打ち下ろしの形、さらには穂先を左右に振って相手の攻めを往《い》なす形を、幾度も繰り返している。

庄次郎《しようじろう》は皆の動きを細かく見ていた。槍は子供の頃から祖父・新十郎《しんじゆうろう》に学んだもので、一年半ほど前に免許となった。以後、一橋家中の子弟に指南している。

「よし、百本だ。今日の稽古はこれまで」

声を上げると、門弟が動きを止めた。居並ぶ六人はどれも十四、五の若者である。息を弾ませながら「ご指南、ありがとうございました」と一礼する姿が初々しい。庄次郎は「うむ」と頷《うなず》いて、ぎょろりと大きな目を細めた。

庭に面した廊下に進めば、教え子たちが足を洗う桶《おけ》を運んで来た。庄次郎は「ありがとう」と笑みを返し、廊下に腰を下ろした。身の丈六尺、固太りの身を丸めて足の裏を清める。と、少しして別の教え子がやって来た。

「土肥《どひ》先生。今月の月謝を集めて参りました」

「もうそんな頃か。金などついぞ使わんから、すっかり忘れていたよ」

差し出された袱紗《ふくさ》を開き、奉書紙に包まれた金子《きんす》を取って懐に収めた。ひとり二分（一分は四分の一両）で六人分、月当たり三両の実入りであった。

「では、私はこれにて」

「ああ。寄り道せずに帰りなさい」

庄次郎も雪駄《せった》を履いた。たった今の、自らの言葉に苦笑が浮かんだ。

「寄り道せずに、か」

齢《よわい》二十七を数えた庄次郎も、父から常に同じことを言われていた。先には「金などついぞ使わん」と言ったが、実のところは違う。父が「無駄に使うな」と口うるさく、使わせてもらえないだけだ。旗本の跡取りも窮屈なものだな、と溜息《ためいき》が漏れた。

庄次郎の父・土肥半蔵《はんぞう》は一橋家に近習番《きんじゅばん》頭取として仕えている。もっとも御三卿家の家老や役付きは幕臣から派遣される決まりで、土肥家も本来は直参の旗本であった。

父は何ごとにも物堅い。七百石取りの貧乏旗本ながら、茗荷《みょうが》畑を買い入れて家作を成し、人との付き合いも惜しんで小金を貯《た》め込んでいる。そういう吝嗇《りんしょく》を子にも強いるのだから、庄次郎としては堪《たま》らない。他には何の不平もないが、これぱかりは息が詰まる。

「とは言え、俺は酒も呑《の》めんのだが」

勤勉と倹約を強く奨励されてきたせいで、この歳《とし》になるまで嗜《たしな》まずにきた。一橋家中の朋友《ほうゆう》からも、つまらぬ堅物と見られている。だが致し方あるまい。家を継ぐまでは父に従わねばならぬ。継いだ頃にはこういう窮屈な生き方も、きっと自らのものになって——。

「おい、土肥」

あれこれ頭に捏《こ》ね回していると、屋敷の門を出るところで後ろから大声が渡った。そう多くない友のひとり、前野権之進《まえのごんのしん》である。庄次郎は「やあ」と笑みを返した。

「どうした前野。嬉《うれ》しそうじゃないか」

「おう。俺の弟が、ようやく免許となったのでな」

こちらは槍でなく、剣術である。家中の名人・入江達三郎《いりえたつさぶろう》には庄次郎も師事していた。

ともあれ、めでたい話だ。

「良かったじゃないか」

「これから祝いに繰り出すのだが、おまえも来ないか」

「俺が呑めないのは知っているだろうに」

苦笑して返す。と、前野がにやけ顔を寄せて耳元に囁《ささや》いた。

「酒宴は省いてもいい。吉原《よしわら》だ」

「はあ？　よ、吉原だと？」

幕府公認の遊里である。酒どころの話ではないと、つい素っ頓狂な声が出た。前野は泡を食って「馬鹿」とひと言、庄次郎の襟を摑《つか》んで引っ張った。武士であれ町人であれ、吉原で女郎を買うくらい珍しくもない。が、さすがに一橋屋敷の門前でする話ではなかった。

門前からだいぶ右手へ離れた辺りまで行くと、庄次郎は前野の手を軽く振り払った。

「俺の親父《おやじ》が厳しいのは知っているだろう」

「厳しいのではなかろう。俺の親父がいつも言っているぞ。あれこそ『吝《しわ》ん坊の柿の種』だ、ってな」

柿の種くらいに無用のものさえ惜しむ男。その陰口は庄次郎の耳にも入っている。父を嘲られるのは腹立たしいが、反面、溜《た》まった不平を代弁してもらったようで、どこか清々してもいた。

とは言いつつ。

「いや……やはり駄目だ。俺は吉原になど行かんぞ」

「なら来なくて構わんが、少しばかり貸してくれんか。槍の月謝も貯まりきっておるのだろう」

「馬鹿を言うな。女郎を買う金を、何で俺が」

貸さぬ。そう言うな。いや断る。友の頼みだろうに——押し問答する二人を見て、道行く人々が笑いを堪《こら》えている。しばしそうしていると、幾人目かに通りかかった者が声をかけた。

「庄次郎じゃないか。どうした、天下の往来で馬鹿をやって」

「あ。叔父上」

亡き母の年子の弟、小林鉄次郎《こばやしてつじろう》であった。一応は武士なのだが、数年前に御家人株を売ってしまい、それを元手に小商いを営む半町人である。父に茗荷畑を世話したのも鉄次郎で、土肥家とは昵懇《じっこん》にしていた。

この叔父なら助けてくれるかと、今の言い合いを明かす。ところが、返ってきたのは思いがけない言葉であった。

「何だ。吉原くらい行ったら良かろう」

「え？　いや叔父上、吉原ですよ。その、女郎を買って……ひと晩、ですな」

鉄次郎は「心底驚いた」と目を丸くした。

「まさか、おまえ。その歳で女を知らんのか」

「知る訳がないでしょう。嫁もなし、遊びは厳に禁じられておるのに」

もごもごと応じる。やれやれ、と眉をひそめられた。

「馬鹿正直にもほどがある。良いか、土肥の家を継いだら他との付き合いもあるのだぞ」

遊びのひとつも知らずに人付き合いを避けていては、自らを苦しくするばかりだ。出世の妨げにもなる。叔父の言い分に、庄次郎は「しかし」と口を尖《とが》らせた。

「父は近習番頭取を任されておりますが」

「おまえは半蔵殿ほど頭が回らん」

やり取りを聞いて、前野が笑いを噛《か》み殺している。庄次郎は「こいつめ」と友を睨《にら》み、また叔父へと目を向けた。

「ですがね、叔父上――」

「それに女郎を買うのは人助けだぞ。漢気《おとこぎ》と度量を養うのにも良い」

言下に遮られた。遊里の女は概《おおむ》ね、貧しさのあまり親に売られた娘であって、世では「親兄弟を助けるために身を差し出した孝行娘」と見られている。ゆえに女郎を買うのは孝行の手助けであって、これを咎《とが》める者はない。夫が女郎を買って怒る妻がいれば、その妻こそ無粋だ無情だと笑われる。

しかし、と庄次郎は面持ちを渋くした。

「うちの親父にそれは通じませんよ」

「だから、わしが口添えしてやると言っているのだ」

二十七にもなって女を知らぬでは、嫁を取った時にどう扱って良いのかも分からぬだろう。おまえにとって学問にも等しいのだ、分かったら行って来いと尻を叩《たた》かれた。

「ただし、のめり込むなよ。まあ、おまえには分別《ふんべつ》があるし、そこは心配しとらんがな」

「……分かりました。此度《こたび》限りです。二度としません」

不承ぶしょうに頷くと、前野が「お」と目を輝かせた。

「おまえの叔父上は話の分かるお方だのう。そうと決まれば善は急げだ」

喜び勇んで袖を引っ張る。庄次郎は仏頂面で重い足を運んだ。

*

遊びは此度限り。二度としない。

そのつもりだったのに。

半年が過ぎる頃には、遊里通いは当たり前になってしまった。

庄次郎は酒を覚え、女の味を知った。今宵《こよい》も馴染《なじ》みの女郎・愛里《あいさと》を侍《はべ》らせ、酔った赤ら顔を晒《さら》している。吉原大門《おおもん》を入ってすぐ左手の江戸町《えどちょう》二丁目、表通りの大籬《おおまがき》・鶴泉楼《かくせんろう》の二階座敷であった。

小見世ならいざ知らず、大見世の遊びに酒宴は付きものである。庄次郎は芸者や幇間《ほうかん》――たいこもちを呼び、賑々《にぎにぎ》しく騒ぐのが好みだった。

「清太《せいた》さん、いつもの頼むよ」

「待ってました、庄さんの隠し芸！　それじゃあ三味線《しゃみ》を支度して、と」

三味線を構えた羽織の男は、荻江流《おぎえりゅう》小唄の清太という幇間である。庄次郎より十ほど年嵩《としかさ》で、道楽の果てに身を持ち崩した幕臣であった。

清太とは、前野に連れて来られた晩の宴席で知り合った。初めは「だらしない男だ」と胸中に蔑んでいた。だが元幕臣の強みか、或《あ》るいは多くの客を相手にしてきた手練《てだれ》の技か、清太はこちらの堅い話にも易々《やすやす》と応じてきた。少しばかり感心して話を続けると、軽妙な相槌《あいづち》、あれこれの問い返しが入り、いつの間にか別の話題に変わっている。宴席は楽しげなものに包まれていた。

席が冷えぬよう、流れる水の如《ごと》く喜楽に導く話芸。時折差し挟まれる小唄や踊り。思わず「馬鹿馬鹿しい」と噴き出してしまう芸の数々。庄次郎はたちまち清太を気に入って、以後、たびたび宴席に呼ぶようになった。

「さあて、いきますよ」

清太が撥《ばち》を取って三味線を搔《か》き鳴らす。庄次郎は満面の笑みで胸を張り、太閤記《たいこうき》の文句を交えつつ小唄を歌った。

「忍ぶところを旦那が見付け　夕顔棚の此方《こなた》より　現れ出《い》でたる蟾蜍《ひきがえる》　どっこい遣《や》らぬぞ　そこ放せ」

歌いながら座敷を這《は》い回る。ぎょろりとした目に太い体は、まさに蟾蜍であった。愛里が、くすくす笑う。そこへ「げこげこ」と舌を伸ばせば、芸者衆も囃《はや》し立てて笑った。いよいよ興が乗ってきた。庄次郎もへらへらと笑い、なお這い回ったのだが——。

不意に、がらりと障子が開いた。目の前には白い足袋。遊びに来た者ならば足袋は紺、これは誰だと目を上に向ける。

「情けない姿を晒しおって。この恥知らずが！」

雷鳴の如き一喝が加えられた。父・半蔵であった。

「帰るぞ。支度せい」

首根を摑まれ、突き飛ばされる。

庄次郎は恐れなかった。ああ、ついに。その思いで帰り支度をした。

吉原通いを知りつつ、今日まで父が苦い思いを吞み込んできたのは、叔父の口添えがあったからだ。それが、わざわざ自ら足を運び、こうも強く叱責を加えている。その理由についても、庄次郎は重々承知していた。

「そこへ座れ」

小石川《こいしかわ》の屋敷に戻ると、暗い庭に座らされた。縁側に腰を下ろす父の傍らには、行灯《あんどん》が発する乏しい明かりのみ。後ろには弟の八十三郎《やそさぶろう》が苦しげな面持ちで俯《うつむ》いていた。

「申すべきことがあろう」

「家の金を、持ち出しました」

静かに問い詰められ、真っすぐに父を向いて答えた。

遊びを覚えた頃には五十両余りを持っていた。とは言えひと晩の遊びで十両、二十両と吐き出すのが遊里というものだ。槍術《そうじゅつ》指南の月謝、月々三両の実入りでは、いつまでも続くものではない。三度遊んで女と馴染みになれば、床花《とこばな》と呼ばれる祝儀を出すのが吉原の仕来りである。愛里と馴染んだ折の床花で、懐は空になっていた。

悪いことと知りつつ、庄次郎は父の蓄えを七十両ほどくすねた。これとて父への反発が生んだ非行なのかも知れない。

「愚か者め。鉄次郎は、おまえの分別を信じて遊びを勧めたのだぞ。人の信を裏切るなど、最も恥ずべきことじゃ」

「今日より心を入れ替えます。このとおり」

「ならぬ」

大きな溜息が聞こえた。次いで「八十三郎」と、無念そうに呼び掛ける。弟が「はい」と神妙に応じると、父は何かを奥歯で噛み殺し、硬い声音を寄越《よこ》した。

「一度でも己を律せられなんだ者が、行ないを改められるはずがない。土肥の家は八十三郎に継がせる。庄次郎……勘当じゃ。出て行け」

父の厳《いか》めしい顔には何を思うこともない。ただ、俯いた弟に対しては悔恨の涙が滲《にじ》んだ。

庄次郎は、その晩のうちに家から放り出された。着の身着のまま、今宵使い残した二百文ほどの銭があるばかりだった。

*

「そいつぁ、いけませんや」

戸惑った声が返る。庄次郎は「そこを何とか」と頭を下げた。家を出されて行く当てもなく、幇間の荻江清太を頼っていた。

「あんたは吉原でも顔が利く。勘当の身を不憫《ふびん》と思うなら、どうか弟子にしてくださいよ」

「不憫は不憫でさあ。でもね、あっしは元々が幕臣て言ったって、大した家柄じゃござんせん。土肥の家は一橋様のご重職じゃねえですか」

幇間は道楽者の成れの果てだと、清太は心得違いを諫《いさ》める。だが庄次郎は諦めなかった。

「ねえ清太さん。いや師匠。俺の今の姿は、道楽者の成れの果てじゃあありませんか。それに俺だって、ただ行く当てがないから頼んでいる訳じゃない」

吉原通いを続けたのは、確かに女の色香に負けたからだ。だが、それだけではない。

絢爛《けんらん》な町並みと、人々が楽しげにしている空気が好きだった。宴席の笑いに心が躍ったのだ。

「芸者衆や清太さんの芸も大好きだ。ねえ？　三度目から……だったか、俺に三味線を教えてくれたじゃありませんか。筋がいいって、褒めてくれたでしょう」

家を出された今、他に「これこそ」と思えるものがない。どんな修業にも耐え、必ず人を笑顔にする芸を身に付けるからと、丁寧に頭を下げた。

似たような問答も幾度目か、清太は「仕方ねえなあ」と息をついた。

「たいこもち。男芸者ですぜ。こんな稼業にそれほどご執心なら、お世話致しまさあ。庄さんがこうなったのは、あっしにも責任があることですからね。ご贔屓《ひいき》に与《あずか》ってきたお礼です」

「あ、ありがとう。ござい……ごぜえやす」

聞き容《い》れられて、ぱっと顔が明るくなる。清太は「やれやれ」と苦笑した。

「それじゃあ、今日から荻江露八《ろはち》を名乗んなさい」

荻江流小唄の家元・露友《ろゆう》から一文字をもらった名であった。

清太が庄次郎の――露八の三味線を褒めたのは、ただの世辞ではなかったらしい。大柄な体に似合わず細く長い指、その器用さは、この道の者なら誰でもそれと見て取れる才なのだという。客として遊びつつ、自ら宴《うたげ》を盛り上げようとする人柄も申し分なし。

大概は半年から数年ほど雑用をさせ、その間に芸人の天分があるかどうかを見極めるが、その必要もあるまい。清太はそう言って、露八に小唄や三味線、あれこれの踊りなどを習わせてくれた。

露八にとっても、芸ごとは槍や剣術以上に打ち込めるものであった。ものの三ヵ月で清太直伝の荻江節を覚え、吉原の宴席で好まれる潮来節《いたこぶし》も歌えるほどになっていた。

明くる万延《まんえん》二年（一八六一）正月、荻江露八のお披露目となった。以後は師匠の清太に従い、あちこちの宴席に顔を出す。客であった頃に披露していた蟾蜍も、今では座興の一芸であった。

「こりゃあ、いい。まさに蟾蜍だ。不っ細工だねえ」

大店《おおだな》の若旦那らしき客が、手を叩いて笑う。すると露八は蟾蜍をやめ、ふらりと立つ。

「娘　器量が世の華ならば　たいこ醜男《ぶおとこ》　宴の華よ」

潮来節の節回しに乗せて即興に歌い、ひらひらと踊る。客はなお喜び、祝儀を弾んでくれた。

これぞ天与の道と心に噛み締め、露八は夜ごと客の心に火を灯《とも》し続けていった。

万延二年が二月に文久《ぶんきゅう》と改元され、明くる文久二年（一八六二）の初夏四月を迎える。この頃には露八も一端《いっぱし》の幇間となり、師匠・清太とは別に宴席へ呼ばれ始めた。ようやく名も売れ、自らの口を賄えるようになってきた。

そんな折、驚いたことに父から書状が届いた。検《あらた》めてみれば、勘当を解くゆえ小石川の屋敷に戻れと記されている。

「とは言え、だよ」

家は弟の八十三郎が継ぐと決まった。戻ったとて部屋住みの穀潰《ごくつぶ》し、それよりは幇間として花の郭《くるわ》で生きてゆくのが性分である。

しみじみと息を抜いて、書状を畳んだ。

この話は断ろう。そのために、もう一度だけ土肥の家の敷居を跨《また》ぎ、父や弟に今生の別れを告げなければと、質素極まる懐かしい実家に戻った。

「庄次郎様、良くぞお戻りくだされました」

下働きの年寄りに迎えられて門をくぐる。父や弟はどこかと問えば、すぐに呼ぶので庭に回って欲しいと言われた。

「庭？　どうしてだい」

父の部屋でも、かつて自分が使っていた部屋でもない。何ゆえ庭になど。

「さ、さあ……。手前は、そのように仰せつかっただけで。詳しくは」

分からない、と言う。だが年寄りの顔には確かな怯《おび》えがあった。知らないと答えるように言い含められたのだろう。

客の思いを推し量り、座が冷えぬように盛り上げるのが幇間である。目つき顔つきから心を読めねば話にならない。

だとすれば――父は、勘当を解くために呼んだのではない。何かしら叱責を加えるつもりなのだろう。やっと荻江露八の名も売れてきたというのに、かえってそれが仇《あだ》となったか。

「ああ……。門、閉めちまった」

下働きが震えながら閂《かんぬき》を掛けている。慄《おのの》いた様子を見れば、父の下した断が如何《いか》に重いか分かろうというものだった。

だが、これも我が生の定めか。観念して庭に進み、露八は「当たりだ」と溜息をついた。白無地の布が敷かれ、浅葱色《あさぎいろ》の小袖と袴《はかま》、三方《さんぼう》に置かれた匕首《あいくち》が支度されている。切腹の支度であった。

仁王立ちに待っていた父に、ぺこりと頭を下げる。あまりにも平らかな声が向けられた。

「聞けば、たいこもちに身をやつしたそうな。どこまでも恥晒しな倅《せがれ》よ。土肥の家としては知らぬ顔を通すこともできようが、それでは一橋家にも祖先にも顔向けができぬ」

だから。腹を切れ。せめて我が手で介錯《かいしゃく》してやる。父の目がそう語っていた。

門が閉められたことを思えば、逃げようとしても無駄であろう。追い付かれ、父に後ろから斬り下げられるばかりだ。

「短い間でしたが、自分の好きに生きられました。満足です」

一礼して死に装束を手に取った。庭を望む廊下には弟・八十三郎の姿があり、無念の涙を滴らせている。思えば兄弟は実に仲が良かった。父は弟にあまり小言を向けなかったが、それとて嫡男たる兄があればこそだと、弟は恩義に思ってきたのかも知れない。たった一年半でも好きに生きられたのは、弟に窮屈なものを押し付けたからだ。八十三郎はこの先、かつての自分と同じ思いを持て余してゆくのだろう。それだけは本当に申し訳なく思えた。

「すまんな、八十三郎。さよならだ」

いざ、くだらぬ生を絶つ時か。浅葱色に身を包んで腰を下ろし、三方から匕首を取って抜き払う。その時であった。

「待った！　わしだ。入れてくれ。鉄次郎だ」

門の外から慌てふためいた大声が届く。八十三郎が、仏を拝むような安堵《あんど》を浮かべた。家作の茗荷畑を世話してくれた鉄次郎には、父も大いに感謝している。叔父なら父を説き伏せ、思い止《とど》まらせてくれるはずだと、手を回していたのだろう。

下働きの年寄りも、思いは八十三郎と同じだったか。すぐに門が開けられ、鉄次郎は転げるように庭へ進んで来た。

「半蔵殿、いやさ義兄者《あにじゃ》！　頼む。わしに介錯を」

如何に不肖の子であれ、自らの手で首を落とすのは忍びなかったのだろう。父は「忝《かたじけな》い」と一礼して家伝の刀を差し出した。叔父はそれを受け取って露八の後ろに立つ。そして。

「やっ！」

一刀の下に露八の髷《まげ》を斬り飛ばした。髪が、はらりと解《ほど》け落ちる。

「これにて土肥庄次郎は死んだ！　半蔵殿、八十三郎も。それで良いな」

叔父の頓智《とんち》に苦い笑みが浮かび、思わず涙が滲んだ。覚悟を決めたつもりだったが、やはり自分も命は惜しかったらしい。

鉄次郎は露八の耳元に「すまなんだ」と囁き、髻《もとどり》の落ちた頭を丸め始めた。遊びを勧め、焚《た》き付けた咎を思っているらしい。だが露八は静かに「いいえ」と返した。

「叔父上は俺の分別を信じてくれたのに、あっさり裏切っちまった。勘当された時に、親父に言われたとおりだ。俺が悪いのですよ」

全ての髪が剃《そ》り落とされ、土肥庄次郎という武士は死んだことにされた。もっとも一橋家中の子弟に槍を指南していた身、顔も姿も多くの者に知られている。土肥家と一橋家の体面を損なわぬよう、人目を避けて江戸を離れるべし――父と叔父の温情である。露八は二人に深く謝し、すぐに屋敷を去って夜陰に紛れた。

＊

どこへ行こうか。荷物は三味線ひと棹《さお》と、襷掛《たすきが》けに背負う小さな風呂敷包みのみ。足の向くまま気の向くまま、露八はふらふらと旅していた。

「海は、いいいな。でっけえや。沈んだ気持ちも軽くならあ」

文久二年、盛夏六月。伊豆《いず》の南端・下田《しもだ》であった。

「ん？　あの船、見覚えがあるな。咸臨丸《かんりんまる》……だっけか」

吉原にいた頃には、船遊びの宴席に呼ばれる晩もあった。その折に見た船だ。三つの帆を備えた洋式の蒸気船は、確か品川《しながわ》辺りに停泊していた。

向きからして西へ行くのだろうか。思いつつ眺めていると、次第に舳先《へさき》がこちらに向いてきた。どうやら下田湊《みなと》に入るらしい。

「こりゃいい。路銀、稼げるかも知れねえや」

当てのない旅も二ヵ月を過ぎ、いささか懐が寒くなり始めていた。

咸臨丸ほどの船に乗る者なら、それなりの要職にあるか、さもなくば幕府から特に公用を命じられた身だ。金は持っている。岡場所や宿場で女を買って、宴席を楽しむ夜もあろう。まずは顔を繋《つな》ぐところからだと、露八は湊へ足を向けた。

船からは二十幾人ほどが降りて来た。が、どうしたことか。戸板のようなものに人を乗せて、それを四つも運んでいる。

「もし。そちら病人さん？　それとも怪我人《けがにん》ですかい」

気安く声をかけるのも、たいこ稼業で慣れっこである。と、やや年嵩の——父よりは幾らか若いだろうか——役人と思《おぼ》しき男が、眼差《まなざ》しに「面倒な」と滲ませた。

「何だ？　見たところ旅の芸人といったところだが」

「荻江露八ってえ、たいこもちでさあ。それより旦那。そちらの方々、どうなすったんです」

「麻疹《はしか》だ。伝染《うつ》るといかん。向こうへ行け」

「あっし、麻疹は餓鬼の頃に済ませてますんで」

忙《せわ》しない歩みに付いて行きながら言葉を交わし、荷の風呂敷から紙の小袋を取り出した。

「麻疹に効く薬はありやせんが、熱冷ましなら持ってますぜ。吉原に来た富山の薬売りから買ったもんですよ。間に合わせにには、なるんじゃござんせんか」

役人が「お」と目を丸くした。

「良いものを持っているな。売ってくれ」

「いえいえ、差し上げますよ。たいこが売るのは笑いだけ、ってね」

にこやかに薬を差し出しつつ、露八は「その代わり」と続けた。

「旦那方、お仲間が麻疹じゃあ、しばらく下田にいるんでやしょ？　退屈凌《しの》ぎに一席設ける晩があったら、是非あっしを呼んでくだせえ」

役人は少しばかり難しい顔をしたが、ひと呼吸置くと苦笑を見せた。

「病人の前で宴の話とは呆《あき》れたものだ。が、確かに、治るまでただ待つのみではな。分かった。あまり幾度も金は使えんが、その時には賑やかしに来てくれ」

「へえ。それじゃあ、あっしは近くに安い宿でも取りまさあ。皆さんは下田の奉行所ですね」

「俺たちは奉行所だが、病人は百姓家の離れでも借りて養生させる」

「なら、あっし看病しましょうか？　なぁに、そっちはロハで構やあしませんよ。さっきも言ったが、たいこは笑いしか売らねえんで」

役人たちの中には麻疹に罹《かか》ったことのない者もいるらしく、この申し出は「ありがたい」と受け容れられた。

以後、露八は病人の養生に付き添った。初めの約束どおり給金はない。だが飯は食わせてもらえたし、病人を看《み》ながら同じところに寝泊まりできるとあって、余計な金は出て行かずに済む。悪くない話ではあった。加えて二十日に一度の割で役人の宴席があり、そこで芸を披露して幾許《いくばく》かの祝儀も得られた。

路銀を稼ぎながら、ひと月半ほど。この頃には麻疹を患った四人も本復した。面々は露八に感謝して親しんだが、中でも特に馬の合う男があった。名を榎本武揚《えのもとたけあき》といい、露八より三つ年下である。

「なあ露八さん。気ままな旅だって言ってたが、要するに行く当てがないんだろう？」

麻疹で赤黒く爛《ただ》れていた顔も、治ってみれば中々の男前である。幾らか痩せた頰、目は切れ長で鋭い。その鋭い目を緩めて笑うと、何とも人好きのする面相であった。

「だったら、俺たちと一緒に長崎へ行かんか。あそこなら、たいこの稼ぎ口も多いぞ」

咸臨丸の、元々の行き先は長崎であった。榎本を始めとする七人の若者が阿蘭陀《オランダ》に留学するらしく、その出航の地である。露八は「なるほど」と顔を綻ばせた。

「それも、いいかも知れやせん。最近じゃあ勤皇だの攘夷《じょうい》だので、稼ぐにしても京や大坂は物騒ですからね」

長崎とて――と言うより国中が同じだが――物騒には違いない。それでも長崎には出《で》島《じま》があって、長らく阿蘭陀と交わってきた。攘夷という麻疹の熱も、少しばかり軽いはずであった。

「じゃあ決まりだ。俺が阿蘭陀から帰ったら、必ず一席設けて露八さんを呼ぶからな」

八月半ば、咸臨丸が下田から出航となる。露八は榎本の下人という扱いで共に乗り込み、見知らぬ地へと旅をした。

長崎に到着すると、ほどなく留学の七人は阿蘭陀へと発《た》って行った。露八は出島に安い宿を取り、夜な夜な三味線を弾きながら町を流して、芸を売り歩くようになった。

そうした日々は二年近くも続く。しかし元治《げんじ》元年（一八六四）五月、榎本たちが帰国するより前に、露八は長崎を離れることとなった。どこでどう調べたのか分からないが、弟の八十三郎から書状が届いたためであった。

「父上が……死んだ？」

先ごろ風邪をひき、こじらせて、ものの一ヵ月で逝ってしまったそうだ。疎ましく思っていた父であれ、この一報には少なからず心が揺れた。

＊

仏壇を前に合掌する。父は既に位牌《いはい》となっていた。

「兄上が江戸を離れた頃より、めっきり老け込みましてな」

抹香漂う中、八十三郎がしみじみと語った。父は、不肖の倅を追い払って安堵したという訳ではなかった。弟の目には、常に背から寂寥《せきりょう》が滲んでいると見えたそうだ。

末期の言葉は幾つかあったらしい。八十三郎には「家を頼む」と言い、また奢侈《しゃし》を慎むように繰り返したという。そして――。

「最後に、兄上には知らせてやるな……と。ずっと気にかけておられたのでしょう」

嗚呼《ああ》、と涙が溢《あふ》れた。自分は父の吝嗇を嫌い、常に息苦しさを覚えてきた。父は倅の堕落を嘆き、一歩間違えば切腹せしめていたところだった。

それでも親子なのだ。自らの死を教えるなという言葉には、縁を切った者だという諦めと同時に、好きに生きている倅を煩わせたくないという情の匂いがする。血の繋がりというものの、何と面倒なことだろう。

「なあ八十三郎。俺は、どうしたらいい」

「このまま土肥の家に戻り、一橋公に帰参なされませ。父上もお許しくださされましょう」

荻江露八は、土肥庄次郎に戻った。

少しして七月、幕府に長州《ちょうしゅう》征伐の勅が下る。征長の大将が禁裏《きんり》御守衛総督・一橋慶《よし》喜《のぶ》であったため、庄次郎も従軍を命じられた。もっとも、これといった戦いは起きない。長州藩が三人の家老に詰め腹を切らせ、戦わずに恭順の姿勢を示したため、有耶無耶《うやむや》のうちに終わってしまった。

二年後の慶応《けいおう》二年（一八六六）になると、再びの長州征伐が行なわれたが、庄次郎はこの戦には参陣を求められなかった。

この征長では幾度かの交戦があり、幕府軍は敗戦を重ねた。長州藩は第一次の征長で軍兵を温存していたし、武備も士気も幕府軍より大いに優れていた。

そして苦戦の続く中、十四代将軍・徳川家茂《とくがわいえもち》が薨去《こうきよ》する。これを口実に征長軍は撤退となり、幕府には一橋慶喜を将軍の後継に据える動きが活発になった。徳川宗家と一橋家の要職はそれに掛かりきりになって、家中の末端に目を向ける暇もなければ、下知《げじ》を与えることもない。庄次郎は日々の無聊《ぶりよう》を持て余した。

だから、なのだろう。またも悪い癖が顔を出した。一年半、慶応四年（一八六八）も松が取れた頃には——。

「庄さんも、お忙しい方でありいすねえ。私《あ》ちきのお馴染みさんになったと思ったら、たいこさんになって。たいこさんになったと思ったら、今度は江戸を離れなすって」

吉原、鶴泉楼の二階。かつて馴染みであった女郎・愛里の座敷であった。

「で、江戸に帰って来たら庄さんに戻って」

「嫌か？」

二人して横たわる布団の上、女の襟元から指を滑り込ませる。つんと上を向いた乳豆を転がせば、愛里が「あ」と甘い声を漏らした。

「まあ客でも、たいこでも構わんさ。庄次郎で遊びに来れば自分が楽しい。たいこの露八で来れば客が楽しんでくれて、こっちも嬉しくなる」

遊里通いの金は、第一次征長の従軍に対して下されたものを細々と使っている。かつてのように芸者や幇間を揚げて騒ぐことはせず、弟の手前、朝帰りもしない。昼見世で小金を落とすくらいであった。

それでも愛里は嫌な顔をしない。

「楽しいの、好きなんでありいすね。私《わ》っちは、庄さんには馴染みでいて欲しいけど」

馬が合うのか、或いは商売と割り切っているのか、媚《こ》びる笑みであった。今でも青く剃り続けている庄次郎の頭を愛里の手がつるつると撫《な》でる。その手は頬から首、胸を伝い、腹へ、その下へ。巧みに動く指先に弄ばれて、庄次郎の男が隆々と反り返った。

「ちょうだい」

吐息に混ざった声の色香に酔い、女のものに自らを埋《うず》もれさせた。

昼日中から女と交わって、新春の夕刻に小石川の屋敷へ帰る。門をくぐれば、玄関の前には八十三郎が立っていた。肩をいからせ、眦《まなじり》を吊《つ》り上げている。さすがに、ばつが悪い。

この一年半、幕府は大揺れに揺れていた。一橋慶喜は徳川宗家を継いで十五代将軍となったが、隆盛顕著な長州藩、および長州と同盟した薩摩《さつま》藩に押されるばかりであった。

薩長は武力による倒幕を目指し、徳川家を朝敵に堕《お》とさんと策を弄するようになる。そこで徳川慶喜は先手を打ち、自ら朝廷に大政を奉還して恭順の意を示した。これにて徳川は天皇の下、新たな政府でも重職を任されることになった。

すると薩長は公卿を抱き込み、突如「王政復古」を唱えて、新政府の枠組みから徳川を締め出してしまった。加えて昨年末、江戸城二之丸に火事が起きている。確かな証《あかし》こそないが、薩摩の仕業ということで衆目は一致していた。

「斯様《かよう》な時に、また吉原ですか」

如何に仲の良い弟でも、それは怒るだろう。俺は駄目な奴《やつ》だと少しばかり悔やみつつ、口をもごもごさせた。

「いや、まあ、その……な？」

弟は、大きく溜息をついて返した。

「まあ構わんでしょう。これから、しばらく遊びどころではなくなりますからな」

「は？　おい。え？　どういうことだ」

「戦です」

京の南方・鳥羽《とば》と伏見《ふしみ》に於《お》いて、ついに新政府軍と旧幕府軍の戦が起きたらしい。新政府軍——薩摩藩兵から仕掛けてきたため、旧幕府側が応戦したのだという。

王政復古の一件は強引に過ぎたし、薩摩には江戸城への付け火の疑いがあった。そこで徳川慶喜は、朝廷に恭順の意を示しつつ、薩摩の非道を言上する討薩表を提出しようとしていた。薩摩にしてみれば、これは都合が悪い。ゆえに戦に訴えたのだろう。

つまるところ、旧幕府側には全く非がない。にも拘《かかわ》らず、この戦に大敗したことで賊軍の汚名を着せられた。慶喜も江戸に退いて来るという。

「大樹公《たいじゅ》は謹慎なされると聞き及びます。されど薩賊共はお城に火を放つような無法者なれば、ただで済ませるはずもなく」

「いや待て。大樹公が謹慎なさるのに、下の者が戦に訴えては台なしだろうよ」

八十三郎は、決然と頭《かぶり》を振った。

「将軍家とは無縁の隊伍《たいご》を組んで戦うのです。今日、我が友より誘いを受けました」

その名も、彰義隊《しょうぎたい》。八十三郎は血気に燃えた目でつかつかと進み、後ずさりしようとする庄次郎の肩をぐいと摑んだ。

「官軍を騙《かた》る賊共が、どれほど卑劣な策を弄して参ったか。斯様な者共に天誅《てんちゅう》を加えるは、一橋家に連なる我らを措《お》いて他になし。兄上も参加していただきますぞ。よろしいですな」

「あ……おう。も、もちろんだ」

危急存亡の秋《とき》に吉原で遊んでいた引け目がある。その上で並々ならぬ決意を示されては、断るという道はなかった。

＊

彰義隊は輪王寺宮能久親王《りんのうじのみやよしひさしんのう》を擁し、上野寛永寺《うえのかんえいじ》に立て籠もった。能久親王は寛永寺の貫主にして、先々代・仁孝天皇の猶子である。新政府が錦の御旗とする祐宮睦仁親王に対抗し、こちらこそ正統と示すための旗であった。

「いくぞ。今だ、放て！」

五月十五日未明のこと。庄次郎の一声に従い、寛永寺門外の三橋《みはし》砲台から轟音《ごうおん》が飛んだ。不忍池《しのばずのいけ》の南岸、仲町《なかまち》通りに砲弾が落ちて土くれの柱を上げる。薄暗い朝闇が別の暗さに覆われた。

「おい見ろ。賊共、逃げて行くぞ」

砲手を務めたのは、一橋家の朋友・前野権之進である。前野は躍り上がって喜び、庄次郎の肩をバンと叩いた。

「すごいぞ、猛将の働きだ。てっきり、女郎に嵌《は》まって腑《ふ》抜《ぬ》けておると思ったのに」

「酷《ひど》い言い種《ぐさ》だ。おまえに引っ張って行かれた末の吉原通いじゃないか」

身を持ち崩した責めまで負わせようとは思わない。が、こういう褒められ方はいささか腹が立つものであった。

庄次郎の砲術は、剣や槍と共に、父に言われて習っていたものである。長らく捨て置いた技だけに、ただの一撃で敵を退けられるとは思っていなかった。

もっとも、敵はすぐさま反撃に転じた。遠く呼子《よぶこ》の音が響くや、先に砲撃を加えた仲町通りのやや左手、広小路《ひろこうじ》から本隊を繰り出して、御成《おなり》街道を真っすぐ馳《は》せ進んで来る。

「前野、砲身は？」

「まだ冷えておらん」

「だろうな」

一度放った大砲は、砲身が冷めるまで次の弾を込められない。新政府軍の持つアームストロング砲なら二発三発と続けて撃てるが、旧幕府軍、それも有志による彰義隊はそうした新鋭の武備を持たなかった。つまり先ほどの突撃は陽動で、この本隊を詰め寄らせるための囮《おとり》だったか。

「よし、そろそろ行ける。弾込めをするから指図してくれ」

前野の声に「おう」と返すも、敵はわずかの間に肉薄していた。互いの間合いはもう五町（一町は約百九メートル）ほどしかない。

「いかん、近すぎる」

寛永寺近辺は高台で、砲台には向いていた。だが大砲は斜め上に向けて放ち、遠くの敵を叩くものである。高台の坂下に押し寄せた敵、斜め下には狙いが付けられない。

「糞《くそ》ったれ」

前野が歯嚙みして吐き捨てる。と、寄せ手から「放て」の声が上がり、小銃が斉射された。砲台の兵が二人、三人と斃《たお》れていった。

「いかん。退《ひ》け、退け！」

台場を守るのは難しいと、隊長の指示が飛ぶ。庄次郎は前野と共に坂道を上って北へ、寛永寺黒門《くろもん》まで後退した。この辺りは山王台《さんのうだい》と呼ばれる高台で、三橋よりもさらに高みから敵を見下ろせる。彰義隊はここに小銃の砲列を布《し》いて防戦に努めたが、武備に勝る敵軍の前には濁流に揉《も》まれる木の葉にも等しい備えであった。

敵軍の小銃が連射に連射を重ねる。土嚢《どのう》と逆茂木《さかもぎ》で固めた陣地から散発に撃ち返すも、次第にあちこちで血煙が舞い、多くの彰義隊士が骸《むくろ》に変えられていった。

と、遠く向こうから、ドンと腹に響いた。

「伏せい！」

兵隊組頭——八十三郎の切羽詰まった絶叫、間もなく山王台陣地が激しく揺れた。大地が捲《めく》れ上がり、天を衝《つ》いた土くれが雨となって頭上に降り注ぐ。備えの大砲も一門が壊され、三門が横倒しになっていた。

音の出どころからすれば、今の弾は敵の本陣、広小路よりやや南の辺りから放たれたはずだ。四半里（約一キロメートル）以上も飛んでいる。それでいてこの陣地を狙い撃つとは、砲術云々《うんぬん》の問題ではない。最新の火器が如何に優れているかの証左であった。

彰義隊はなお抗戦したが、兵器の優劣は覆し難い。夕七つ（十六時）頃には退却を余儀なくされ、寛永寺を捨てた。とは言え神田川《かんだがわ》や隅田川《すみだがわ》、中山道《なかせんどう》、日光《にっこう》街道などは新政府軍の兵に寸断されていて、北東、根岸《ねぎし》の方面にしか退路はない。

「おい。まことに行くのか」

共に逃げた前野は、根岸は危ないと眉をひそめた。そこにしか退路がない以上、待ち伏せして皆殺しにする肚《はら》だぞ、と。

「他へ行けば間違いなく捕まっちまう。まあ俺に任せておけ」

庄次郎には、ひとつの腹案があった。新政府軍には武備と数こそあれ、網目の如く張り巡らされた江戸町の路地裏にまでは手を回せないはずだ。そうした路地を、庄次郎はあちこち知っていた。なぜなら上野は浅草《あさくさ》の目と鼻の先、そして浅草、浅草寺《せんそうじ》の裏手には吉原がある。

「この辺りの道を知るに於いて、薩摩如きに後れは取らんよ」

「胸を張るな。威張れる話ではないぞ」

前野は呆れ顔だったが、他に打つ手もなしと庄次郎に従った。

武家屋敷の間の細い路地を選び、夜の闇も味方に付ける。敵の目を盗んで東へ、東へ。浅草界隈《かいわい》に入ると、長屋と長屋の隙間を縫って浅草寺の裏手に至る。遊里を囲う二間《けん》（一間は約一・八メートル）のお歯黒堀に沿い、左回りに北へ。突き当たりの日本堤《にほんづつみ》を右手に折れ、吉原大門へと進めば、この華やかな町も今日ばかりは閑古鳥が鳴いていた。

「おい、開けてくれ。頼む。荻江露八だ」

江戸町二丁目の鶴泉楼である。敗残の身である以上、土肥庄次郎を名乗るのは憚《はばか》られた。

と、妓楼《ぎろう》の若い者が出て来て「おやまあ」と目を丸くする。

「どうしたんです、こんな時分に。もう引け四つも過ぎてんですけどね」

吉原では、夜の遊びは暮れ六つ（十八時）から夜四つ（二十二時）までと決められている。もっとも、それでは短くしか遊べないため、夜九つ（零時）を「引け四つ」と言って誤魔化していた。引け四つを迎えると、新規の客は登楼できない。それは庄次郎も当然承知していた。だが、と青く剃られた頭を勢い良く下げる。

「この格好、見りゃ分からあな。上野のお山の戦争だよ。負けて逃げて来たんだ。何でも構わねえ、とにかく飯食わしてくれねえか」

若い者は戸惑いながら「お待ちを」と返し、中に戻って行く。少しすると楼主が顔を出し、馴染みの愛里も二階から下りて来た。至近で戦があったせいだろう、この花魁《おいらん》にも客が付いていていないようだ。

「話は聞きました。構いませんよ、お上がんなさい。あんたとは、お客としても、たいこととしても深い付き合いだ。見捨てたとあっちゃあ、江戸っ子の粋《いき》が廃りますからね」

楼主は庄次郎の頼みを快く容れた。

「ねえ花魁。ちぃと汚れちまうだろうけど、座敷、貸してやっちゃあくれないかね。飯だの何だのは、俺が手ぇ回しとくから」

肩越しに後ろを向き、楼主が問う。愛里も即座に「あい」と頷いた。

「他ならぬ庄さんのためなら、座敷の汚れくらい。女を上げる働きでありいす」

庄次郎と前野は愛里の座敷に上がり、ようやくひと息ついた。

「驚いたな。こんなに顔が利くのか」

煤《すす》で汚れた顔の中、前野が目を丸くする。庄次郎は自らを嘲るように鼻で笑った。

「おまえのお陰だよ」

ほどなく台屋《だいや》――仕出し屋から出前が届く。見た目は華やかだが、高い値に見合う味ではない。それでも今宵の二人にとっては天上の美味であった。

飯を終え、妓楼の内湯を使うと、愛里の座敷に雑魚寝で夜を明かした。

「さてこの後だが、とりあえず江戸を離れて様子を見ようと思う。どうだ」

明くる朝、芋の煮付けと味噌汁《みそしる》で飯を食いつつ、前野が切り出す。庄次郎は呆気《あっけ》に取られ、怪訝《けげん》な眼差しを返した。

「江戸を離れるって、どうしてだ」

「伝習隊《でんしゅうたい》は宇都宮《うつのみや》で負けたが、会津《あいづ》に向かって兵を整え直すそうだ。会津のみならず、上総《かずさ》や下総《しもうさ》でも賊に抗《あらが》おうとする動きはあるぞ。旗色のいいところに加勢して勝ちを捥《も》ぎ取れば、これを梃子《てこ》に戦を覆せるかも知れん。上州《じょうしゅう》なら、どの地にも動きやすい」

とは言え、である。彰義隊は散りぢりになった。負けたのだ。ならば、このまま吉原にいても良かろう。自分は殺伐とした戦場よりも、華やかで楽しい遊里の方が好きなのだ。

そう言うと、前野は「おいおい」と眉をひそめた。

「堅物が柔《やわ》くなったのはいいが、変わり過ぎだ。四の五の言わずに来い」

庄次郎は前野に引き摺《ず》られて吉原を発ち、上州伊香保《いかほ》に潜むこととなった。

*

会津は将軍家の親藩で、旧幕府軍の一方の旗頭であった。これを征伐すべく、新政府軍は奥州《おうしゆう》へ兵を進めていた。

奥羽《おうう》諸藩は初め、新政府軍に恭順の姿勢を示しつつ、急な戦を諫めた。五月から六月は稲作にとって大事な時期、天下国家の計を語るなら領民の暮らしをこそ守るべし。同じく会津にも温情の沙汰を下せば、きっと恭順するだろうと。

だが会津征伐軍の下参謀《しもさんぼう》・大山格之助《おおやまかくのすけ》と世良修蔵《せらしゆうぞう》は、勤皇の戦に民の都合を差し挟むべからずと吠《ほ》え、嘆願を一蹴して諸藩に出兵を無理強いした。一方、連絡の書簡には「奥羽の者共は信用ならぬ」と書き送っている。

その書簡が、あろうことか奪われ、公にされた。奥羽諸藩は激怒した。新政府軍がこうも奥羽を侮り、端《はな》から使い潰す肚だったと知れた以上は当然である。賊共の正体見たり――奥羽列藩は同盟を組んで会津に肩入れし、新政府軍と戦う意向を固めていた。それがこの二ヵ月の動きである。

　伊香保にも彰義隊の生き残りがぽつぽつ合流して来た。中には庄次郎の弟・八十三郎の姿もあり、今や十二人に膨らんでいる。が、身動きはできなかった。どこを見ても旧幕府軍の旗色が悪く、十二人が加勢したところで力になれないからである。

「会津も、そろそろ」

　前野が大きく溜息をついた。伝習隊や新撰組《しんせんぐみ》、奥羽列藩同盟の加勢も虚《むな》しく、既に本拠の鶴《つる》ヶ城《がじょう》も風前の灯火《ともしび》だという。

「なるほど。だとすると、頼りになるのはもう海軍だけか」

　八十三郎が、声を押し潰したように吐き出した。徳川宗家の大減封《だいげんぽう》も決まり、旧幕府軍には抗うだけの力が残っていない。そうした中、海軍の副総裁は気骨のある人だという。新政府軍に命じられた軍船の引き渡しを拒み、江戸を脱して戦おうとしているらしい。

「あれか。蝦夷《えぞ》の、箱館《はこだて》に行くという」

　皆が八十三郎と前野の話に聞き入っている。傍らで、庄次郎は俯いて聞き流していた。思うことと言えば、これだけ集まると百姓家の納屋では狭すぎるな、とだけ。

「江戸に戻るまでは、訳のない話だ」

　誰かの声が上がった。新政府軍は江戸を握り、関東各地に上がった火の手も抑え込んで、奥羽に増援の兵を発した。従って江戸は手薄、人の出入りも細かく取り締まり得ないはず。夜陰に乗ずれば目を盗むのは容易《たやす》い。

確かにそうだろう。しかし。

「どうやって海軍に渡りを付けるんだろうねえ」

庄次郎は、口の中だけで小さく呟《つぶや》いた。戻るまでは良しとしても、海軍に話を付ける
のは難しい。そんなことより、戻るなら吉原でゆっくり休みたいものだ。

「そう、それが難しい。なあ土肥、妙案はないか。おまえ江戸市中には詳しかったろ
う」

ほんの小さな呟きを聞き拾って、前野がこちらに話を向けた。楽しさの欠片《かけら》もない話
を面倒に思って、いい加減に応じた。

「知らんよ。市中に詳しいからって、海軍に顔が利く訳じゃねえさ」

「……確かに。俺たちは所詮、兵でしかないものな。畜生め。海軍の副総裁は、若い身
でひとり気を吐いてるってのに。榎本武揚か。大したお人だ」

その名を聞いて、庄次郎は思わず声を上げていた。

「榎本って、おい！　武さんか？　ええ？」

皆の目が集まった。たった今の庄次郎より遥《はる》かに驚いている。

「武さんとは？　もしやお知り合いで？」

八十三郎の震える声に、おずおずと頷いて返した。切腹を免れて土肥の家を追われた後、下田で知り合ったことを明かす。

「麻疹の看病してやって、少しばかり親しくなった」

幇間・荻江露八が長崎にいたのもその縁である。語るほどに皆の顔は呆《ほう》けていったが、ひととおり話すと一転、一斉に歓喜に沸いた。

「なら、兄上のご縁で渡りを付けられます」

「そうだな。土肥、ぜひ頼む」

八十三郎と前野に両手を取られ、逃げ場がなくなった。面倒ではある。だが庄次郎は、かえって胸中にほくそ笑んだ。

「分かった。が、ひとつ条件がある。皆の受け容れが認められたら、俺はそこで抜けるからな。それで良ければ頼まれよう」

寸時、一同が難しい顔を見せた。とは言え彰義隊の残党には、他に取るべき道がない。

「仕方ない。それで構わん」

前野に続き、皆が「俺も」「良かろう」「その代わり、しっかりやれよ」と頷く。八十三郎は「まったく兄上は」と歯ぎしりしたが、流れに逆らう気はないようであった。

八月十九日未明、密《ひそ》かに江戸へ戻る。そして神田川が隅田川に流れ込む辺り、柳橋《やなぎばし》を訪れた。ここは船を使って吉原に行く時の玄関口で、多くの船宿が軒を連ねていた。

妓楼の客として、或いは幇間・荻江露八として吉原に浸っていた庄次郎には伝手《つて》も多い。その中の一軒に頼み込み、夜半に江戸湾へ進めてもらった。

咸臨丸が緩やかな波に揺れている。下田から長崎まで乗った日を懐かしみながら、庄次郎は声を上げた。

「相すまぬ。榎本副総裁にお目通り願いたい。露八が来た、で通じるはずだ」

幾度か繰り返すと、不寝番がこれを聞き拾う。初めは拒まれたが、彰義隊の生き残りを容れてくれと切り出すと、返答は「少し待て」に変わった。

やがて船から縄梯子《なわばしご》が下ろされる。登りきった先には、確かに榎本武揚の顔があった。

「これは驚いた。本当に露八さんだ。どうしてまた、彰義隊のことを？」

目元の鋭さは増していたが、相変わらず人好きのする笑みである。庄次郎は少し照れ臭いものを持て余しつつ、手短に仔細《しさい》を語った。

「彰義隊には、弟に引っ張られて加わった訳ですがね。武さ……榎本殿のご厚情を願う者が、俺を除いて十一人いるもので」

「これは心強い。分かった、全て容れよう。露……土肥殿のお仲間は、今どこに？」

柳橋の船宿にいることを明かすと、榎本は「なるほど」と頷き、傍らの者に命じた。

「すぐに迎えの船を手配して、これへお招きせよ。土肥殿が乗って参られた船に案内してもらうと良かろう。それから土肥殿には一室を宛がい、丁重におもてなしするように」

　庄次郎は「え？」と目を丸くした。

「いや、俺の役目はこれで終わり——」

「分かっているとも。これで終わりではない。共に箱館で戦おう。貴殿との再会は、ことのほか嬉しい。忍んで来るのも大変だったろうな。まずは、ゆっくり休んでくだされ」

　庄次郎は「いや」「違う」と口を挟もうとしたが、捲《まく》し立てられて、皆まで言わせてもらえなかった。榎本はやはり忙しいと見えて、言うだけ言うと「夜明けと共に船出だ」と残し、すたすたと去ってしまった。

　自分はこれで彰義隊から外れるつもりなのだから、降ろして欲しい。庄次郎は人を捉《つか》まえて事情を話し、甲板に戻った。だがその頃には、もう船宿で仕立てた船は消えていた。

　致し方なく、皆を迎えに行った船の戻りを待つ。その時に降りれば良いのだ、と。

　ところが。

「よし、船を出せ」

　彰義隊の皆が船に乗り込み、出航の時を迎える。八艘《そう》の軍艦が品川沖から浦賀《うらが》を抜け、江戸湾を去って行く。庄次郎はずっと榎本に肩を組まれていて、ついに逃げられなかった。

蝦夷の箱館ではない。庄次郎は駿河《するが》、府中《ふちゅう》城の牢《ろう》にあった。

＊

品川を出航した頃には、もう逃げられないと観念していた。だが、榎本が二番艦の千《ち》代田形《よだがた》に移ることとなったため、庄次郎は「しめた」と小躍りしたい気持ちだった。いずれ如何な新鋭の軍艦であれ、どこの湊にも寄らずに箱館まで行く訳もあるまい。いずれかに停泊した折に船を降り、行方を晦《くら》ませば済むはずだったのに。

八艘の艦は江戸湾から外海に出て黒潮に乗った。九十九里浜《くじゅうくりはま》を過ぎ、銚子《ちょうし》の犬吠埼《いぬぼうさき》を越え、やがて鹿島灘《かしまなだ》に至る。常陸《ひたち》の北部より先は会津征伐軍が押さえているとあって、その前にどこかの湊に寄ることになっていた。

だが、その日を目前にして嵐に見舞われた。咸臨丸は舵《かじ》を失い、また帆を吹き飛ばされて、目指す方へと行けなくなってしまった。

品川を出て七日、八月二十六日。咸臨丸は駿河湾に浮かんでいた。この辺りは新政府軍の手の内で、艦そのものを湊には入れられないが、何とか水だけは仕入れなければという話になった。庄次郎はこれに名乗りを上げ、他の数人と共に小船に移って湊に入った。

あとは逃げるのみ。我が計成れりと小唄でも捻《ひね》り出したい気分のところを、敵方に捕らわれてしまった。艦で宛がわれた着物を纏《まと》っていたのが、仇となった。

あれから半年余りが過ぎて、冬も越えた。のべつ幕なしに吹き込む風も、人心地が付くくらいになっている。そうした頃のことであった。

「土肥庄次郎。出ぇ」

牢番が居丈高に呼び付ける。おや、と思って腰を上げ、檻《おり》の向こうに腰を低くする。

「へい、何でやしょ」

「何じゃ、われの話しようは。まるきり、たいこもちじゃのぉ」

この訛《なま》りはどこの国か。何を言っているのか分かる辺り、少なくとも薩摩ではなかろう。ともあれ、噛み付いても良いことはない。そもそも噛み付くだけの意地など端から持ち合わせていないのだ。

「おや、こりゃまたお目が高い。如何にも如何にも、たいこの荻江露八でござんすよ」

「阿呆《あほ》なこと言いよんない。恩赦でお解き放ちじゃけえ、どこへでも往《い》ねや」

かつて彰義隊に加わっていたとは言え、上野で瞬く間に蹴散らされて以後は、これといった戦に出ていない。元々が旗本の家柄だが、家禄《かろく》も少ない。そういう身をいつまでも牢に繋ぎ、粗末なものであれ、ただ飯を食わせ続ける訳にはいかないという。庄次郎は「うお」と息を呑んだ。牢番の木っ端役人が、観音か地蔵に思えた。

明治二年（一九六九）三月、庄次郎は釈放された。咸臨丸から共に小船に乗った面々も、同じ日に恩赦を受けた。それらは武士をやめ、刀を鍬《くわ》に持ち替えて、この駿河で畑を作るつもりだという。対して庄次郎には、百姓になる気は毛頭なかった。

やはり吉原だ。幇間に戻ろう。自分が客となって遊ぶのが一番だが、それだけの金はない。新政府の世では、無役だった旧幕臣が稼ぐ道など少ないのだ。ならば客を楽しませ、自分も嬉しい気持ちになって口を糊《のり》するのが良い。思って、庄次郎は東への旅路に就いた。

十年が過ぎた。庄次郎——露八は吉原の幇間に戻っていた。以前とひとつだけ違うのは、荻江流の家元が世を去り、その後家と不仲になって破門されたことである。今では松廼家《まつのや》流の門下に入り、松廼家露八を名乗っている。

「はいはい。お呼びくださって、ありがとうごぜえやす」

新春の一夜、露八はとある座敷に呼ばれた。一礼した格好で障子を開け、扇を広げて下向きに膝元へ。客が上座、自分が下座と示して口を開く。

「いやあ旦那。実は今朝方、夢を見たんでさあ。お座敷に呼ばれて、そこにいたのが見知らぬお人、ちょうど旦那みてえな色男でして」

にこやかに媚びて顔を上げる。そこにあったのは、見知らぬ男ではなかった。

「酷いな、露八さん。私を忘れたのか？」

榎本武揚が、笑いを堪えていた。

鹿島灘で嵐に見舞われた後、咸臨丸は流されてしまったが、榎本は何とか箱館に辿《たど》り着いて新政府軍と戦った。だが既に大勢の決した戦である。半年も粘り抜きはしたものの、勝つには至らなかった。

榎本は捕らわれて投獄された。しかし陸軍中将・黒田清隆《くろだきよたか》らの嘆願によって助命され、以後は明治政府の下で北海道の開拓や露西亜《ロシア》との外交などに携わってきた。今や一方の重鎮と言えるほどに出世している。

「なあ露八さん。いやさ土肥君。貴公は元々が旗本の家柄だ。士族だぞ。それが幇間をしているなど、ご先祖に申し訳が立たんと思わんのか。貴公の弟、八十三郎君とて箱館で勇敢に戦って死んだというのに」

榎本は言う。この上は国士の端くれとして庵《いおり》でも結び、戊辰《ぼしん》の戦禍に散った皆の菩提《ぼだい》でも弔ってやったらどうか、と。

「その気があるなら不肖この榎本、貴公が生涯に受け取るであろう祝儀の全てと同じだけの金を出してやろうじゃないか」

露八は「いやいやいや」と大笑した。

「確かに頭ぁ丸めちゃいますよ。でもねえ。土肥庄次郎からすぐ坊さんになったんならいざ知らず、松廼家露八に拝んでもらって喜ぶお人なんざ、いますかねえ。武さんはどうです。嬉しいですか」

するると榎本は「む」と唸《うな》って、困り顔になった。露八は「でしょう?」と銚子《ちょうし》を取り、榎本の盃《さかずき》に酌をする。

「それに、あっしは楽しいのが好きでしてね。坊さんてえのは、常世《とこよ》の幸せのためにいるもんです。たいこは現世《うつしよ》、この憂き世でね、皆に楽しく生きてもらうためにいるんでさあ。そっちの方が、あっしの性に合ってますよ」

「そうか。憂き世を楽しく生きてもらう、か」

榎本も大笑し、心置きなく呑んだ。そして引け四つの拍子木を聞くと、露八の肩をひとつ強く叩いて、女は抱かずに帰って行った。

旗本の家柄、士族など糞でも食らえとばかり、露八は幇間として笑いと快楽に生きた。そして明治三十六年（一九〇三）十一月、齢七十で世を去った。

第二話　わしは腹を切るぞ

気の進む
戦なんてない。
ああ、とても、
恐い……

徳川家康

（1543～1616）

幼名　松平竹千代
職業　江戸幕府・初代将軍

大国に挟まれた小国である三河国・岡崎城主の子として
生まれ、幼少期は織田家や今川家のもとで
人質として過ごす。織田信長と豊臣秀吉が
亡くなった後、関ヶ原の戦いに勝利し、
天下統一を果たす。

気の進まぬ戦というものがある。ことに此度《こたび》はそうだ。幼き日、まだ竹千代《たけちよ》と呼ばれた頃に知己を得た織田信長《おだのぶなが》殿との戦いなのだ。

信長殿と将棋を指したのは何年前になるだろう。今年で十九歳を数えたのだから、もう十年も前か。なのに。長じて松平元康《まつだいらもとやす》を名乗るようになった今、今川《いまがわ》のご隠居様・義元《よしもと》公の下で信長殿と戦う破目になってしまった。心の底から、気の進まぬ戦だ。

いや。そもそも気の進む戦というのが、あるのだろうか。

否。ない。断じて、ない。何しろ戦なのだぞ。危ないのだぞ。

考えてもみて欲しい。互いが互いを討つつもりで臨んでいるのだ。そして旧唐書の憲《けん》宗紀《そうき》にもあるとおり、勝敗は兵家《へいか》の常と言う。

たとえば我が軍略が、諸葛孔明《しょかつこうめい》も兜《かぶと》を脱ぐほどの――あ、いや。違うな。孔明が戴《いただ》いているのは綸巾《かんきん》だ。綸巾を脱ぐほどのものだったとしても。

などと思ったが、これは兜でも綸巾でも構わないところだな。

ともあれ負ける時は負ける。捕らえられたら首を刎《は》ねられる。さあ、また考えてみよう。

答。とても、恐《こわ》い。

しかも。首を取られては恥だから、そのくらいなら自ら腹を切れというのが武士なのだ。腹を切れば痛い。恐い上に痛い。さらに命を落とす。

ほら。分かるだろう。誰だって分かるはずだ。気の進む戦など、ありえないのだ。とは言え、戦えと言われたら従わざるを得ない。今夜も今川の下知《げじ》を受けて戦をしたのだが、もう、嫌になるくらい辛《つら》かった。まずは夜の闇に乗じて、尾張《おわり》の知多《ちた》、大高《おおだか》城に兵糧を入れた。返す刀で織田方の丸根砦《まるねとりで》を攻めて、つい先ほど落としたばかりだ。

本当に、もう――。

「やれやれ。生きた心地がしなかったぞ」

砦の陣小屋に入って吐き出したのは、紛れもなく本音だ。然《しか》るに。

「いやいや、何を仰せにございますか。会心の戦でしたろう。我ら三河《みかわ》武士の心意気、今川家中にも、しかと見せ付けられたものと存じます」

我が家臣、酒井正親《さかいまさちか》だ。正直なところ呆《あき》れた。この戦馬鹿め。戦は危ないと、先ほどから言って。いや、言ってはいないか。それでも頭の中で考えていたのだから、察してくれても良さそうなものなのに。

苦い思いで目を向ければ、酒井は意気揚々とした顔だ。酒井ばかりではない。この陣屋に入るまで、我が身を取り巻いていた家臣の全てが同じだった。何と言うのか、こう……腹が立つ。それでも当主としての受け答えというものはあって、本音を言う訳にもいかない。

「……皆の奮闘、大儀であったぞ」

「おお！　お褒めのお言葉、何よりの褒美にございます。して今川の御隠居様は、この先、如何《いか》に戦を進められるのでしょうや。殿ならお聞き及びと存じまするが」

酒井の血気は未《いま》だ戦場《いくさば》のままか。三河武士の荒々しさは頼もしいが、心の中で溜息《ためいき》を漏らす日も多い。まったく、少しばかり落ち着いてくれ。と言うより、こちらが少し落ち着きたい。

「まずは水を一杯、飲ませてくれ」

「お、これは気付きませんで。こちらを」

腰の瓢《ふくべ》を取って差し出してくるので、ひと雫《しずく》も残さず呷《あお》ってやった。どうだ参ったかと目を向ければ、酒井は何か嬉《うれ》しそうだ。腹立たしさが伝わらない、それが腹立たしい。

「鷲津《わしづ》砦も遠からず落ちるはずだ。それが成ったら、ご隠居様は大高城を本陣にすると聞いた」

「なるほど。我らが落としたこの丸根に加え、鷲津も落としてしまえば、敵も大高と鳴《なる》海《み》を睨《にら》めなくなる。さすれば今川方の備えは一枚岩、万にひとつも負けはございますまい」

鳴海城は大高から北東に四里（一里は約六百五十メートル）の城で、今川家中の侍大将・岡部《おかべ》元信《もとのぶ》殿が入っている。大高が鳴海を支える後ろ巻きとなれば、なるほど精々が三千の織田勢は恐るるに足りぬだろう。何しろ今川方は総勢四万五千である。

とは言いつつ、その辺りについてはもやもやしていた。縁のある信長殿に刃《やいば》を向けるのは、やはり申し訳ない。一方、気の進まぬ戦をした以上は今川に勝ってもらわねば困る。十九歳の揺れる思い。

なのに酒井。そう、おまえだ。太平楽に過ぎるだろう。これほど文句を言って、いや、言ってはいないのだけれど、少しは汲《く》み取ってくれ。頼む。このとおりだ。

「殿。何ゆえ、それがしに頭をお下げなさるので？」

「え？　いや。少し首が疲れたな、と思って」

知らぬうちに体が動いてしまった。決まりが悪い。しかし酒井はいつもどおりに「わはは」と笑っているので、知らん振りで良いだろう。

「ともあれ殿！　この先の戦でも、我ら粉骨砕身の働きをお約束致しますぞ。そして『三河に松平あり』を示し、今川家中での安泰と繁栄を勝ち取ってご覧に入れまする」

戦馬鹿が、また勝手に気勢を上げている。わしも三河武士だが、どうにも、こういうのには慣れない。長らく三河を離れていたからだろうか。

言い忘れていたが、それは我が不運のせいである。と言うより、松平家はこの二十年ほど不運続きだった。我が祖父・清康《きよやす》が早くに世を去り、父・広忠《ひろただ》が十歳で家督を継いでからだ。父の若年に乗じ、一族の松平信定《のぶさだ》が本拠・岡崎《おかざき》の実を奪ったことによる。

結果、父はあちこち放浪する身となった。信定の死後にやっと三河へ戻れたのだが、この時に力を借りたのが今川義元公であった。以来、松平は今川家に頭が上がらない。

そして岡崎城に戻って五年後、信長殿の父・織田信秀《のぶひで》が三河に兵を出して来た。父は今川に援軍を頼み、幼き頃のわしが人質に出されることになった。さらに頭が上がらなくなったのだが、助けてもらえるだけ良かったのかも知れない。

父は、とことん不運な人であった。その不運が、ついに我が身の上にも降り掛かって来た。わしは今川へ遣《や》られるはずだったのに、身柄を奪われて織田に送られてしまったのだ。父の面目は丸潰れ、挙句、二年後には黄泉《よみ》へ渡ってしまわれた。

ともあれ、わしは尾張に留め置かれた。信長殿との縁はこの時である。後に織田と今川で人質を交換するに至り、我が身は今川に送られた。長じて松平の家を再興し得たのは、やはり義元公のお陰だろう。

「今川家中での安泰か。相変わらず頭は上がらんのう」

あ。今川が嫌な訳ではないぞ、念のため。笑い顔で言った軽口なのだから、これこそ分かってもらわねば困る。困るのだが、酒井はその「困る方」に受け取るのだから余計に困る。

「ご無念にござりましょう。されど今しばらくご辛抱を。此度の戦で当家の名を上げ、続く戦でも功を重ねて、いつか今川家中の柱石よと讃《たた》えられるだけの家柄に――」

言いつつ「よよ」と泣き崩れた。先まで笑っていたというのに忙しい奴《やつ》だな。気の病でも患っておるのか、おまえは。仕方ない、助けてやろう。これでも当主だから、こういう時にどう言えば良いかは心得ている。

「泣くな。お主らを頼みにしているのだ」

「……はっ。必ずや、ご信頼にお応え致しまする」

涙を拭ったと思ったら、また血気に燃えて「うおお」と吼《ほ》え、陣屋を出て行った。焚《た》き付けてしまったようだ。酒井がこんなにも戦馬鹿なのは、半分くらい、わしのせいかも知れない。

そうこうしている間に夜が白んでいた。丑三《うしみ》つ時（二時頃）に出陣して大高に兵糧を入れ、さらにこの丸根砦まで落としたのだから当然か。義元公が大高城に入ったら、すぐに次の軍評定《いくさひょうじょう》となる。少しでも身を休めておかねばと、日の出まで眠った。

しかしながら、中々ご到着の報が入らない。輿《こし》を使っておいでゆえ、遅いのだろうか。大高に入るのは昼過ぎになるかも知れない。もう少し眠っておけば良かった。

などと思っていたら、いきなり大雨が降った。未《ひつじ》の刻の初め頃（十三時）だ。この雨では輿の行軍はさらに遅れるだろう。致し方ない、今は待つのみ。

待つ。待つ。雨が、ぱたりと止《や》んだ。なお待つ。待つ。待つ。来ない。もう申《さる》の刻が始まろうという頃（十五時）だ。義元公は何をしておられるのやら。ろくに眠らず待ったせいで、気を抜くと船を漕《こ》ぎそうになる。

「い、一大事。一大事にござりますぞ」

慌てふためいた大声で、顔が撥《は》ね上がった。

いかん、つい居眠りを。いや違う。眠ってなどいなかった。眠っているように見えたなら、それは見間違いだ。わしは何も知らん。

口元の涎《よだれ》を拭いつつ、声の主に目を向ける。案の定、酒井だ。騒がしい奴め。またぞろ血気に燃えて笑っているに違いない。と思ったのだが、大声にはおよそ似つかわしくない呆《ほう》け顔を晒《さら》している。戦馬鹿が、ただの馬鹿になってしまったか。それはそれで心配である。

「どうした」

「いや、一大事なのです」

「それは聞いた。何があったと訊《たず》ねているのだが」

酒井の喉が、大きく上下に動いた。

「今川の、ご隠居様が。ですな。その。う、うち、討ち死になされたと」

「は？」

「今川義元公、討ち死になされました」

「いや！　おまん、ほんなん嘘《うそ》だら！」

つい三河弁が顔を出してしまう、それほどの驚きだった。

今川勢はひと所に固まっていない。総勢四万五千は、大高城と鳴海城、そして昨晩落としたこの丸根砦と隣の鷲津砦、さらに三河に残した抑えの兵まで合わせた数なのだ。だが、それでも義元様の手許《てもと》には少なくとも五千の兵が残っていたはずだ。それが討ち死にとは。

「嘘ではござりませぬ」

酒井の顔は呆けたものを通り越し、薄笑いになっている。と、今度は泣きそうになりながら捲《まく》し立てた。やはり気の病なのか。

「織田は二千の兵を動かし、昼過ぎの大雨に紛れて桶狭間山《おけはざまやま》の義元公ご休所に迫ったとのこと。兵共が雨降りに気を抜いておったため、真正面から挑まれたにも拘《かかわ》らず、迎え撃つこと能《あた》わず。義元公は勇ましく戦われるも、ほどなく囲まれ、敵の手に掛かった由にござります」

いかん。聞いておるうちに、わしの顔も呆けてきた。いや、確かにこれは呆ける。困ったことに、この阿呆面《あほづら》は拭い去れない。

「大高城から何と言ってきている。鳴海の城からは？」

「それが、どちらも下知を寄越《よこ》してこられませぬ」

皆が皆、天地が返った思いなのか。まあ当然だろう。だとすれば、これ以上は戦などしたくない。嫌と言ったら嫌だ。心を乱した味方など当てにしていては、並の戦より危ない。

「逃げるしかござらん。これへ参じたのも、殿をお連れするためでして」

「え？」

あまりの珍しさに、元々丸い我が目がなお丸くなった。戦馬鹿の酒井が戦わずに逃げると言い出すなど、天変地異の前触れか。そうか、昼過ぎに降った雨はそのせいだ。いやいや、前後が逆だ。わしも大いに狼狽《うろた》えている。

「逃げられるのか？　そもそも逃げてどうする」

義元公が討ち死にとなれば、今川領を取り囲む諸国が攻め立てて来るのは明らかだ。それも我が国、三河は大変である。何しろ織田領のすぐ東なのだから。

「今川の助けがなければ、松平は織田に敵《かな》わんぞ。先々の見通しが立たない。それより、逆に織田に降《くだ》った方が危なくない気がする」

「何を仰せか。容易《たやす》く『降る』などと！　先々の道は我らが切り拓《ひら》いてご覧に入れますゆえ、今は逃げることをのみお考えくだされ」

何としたことか、酒井がまともなことを言った。驚いている間に右の手首を「御免」

と摑《つか》まれて、陣屋の外に引き摺《ず》り出される。

丸根砦の内には今川方の兵が大勢いた。この砦を織田に奪い返されぬようにと、大高城から寄越された頭数だ。兵共には義元公の討ち死にが知らされていないようで、皆が暢気《のんき》な面を晒していた。

この者たちに悟られたら大騒ぎになって逃げられなくなる。酒井に耳打ちされて頷《うなず》き、兵の目を盗んで進んだ。すると、次第に我が家臣が寄り集まって来るではないか。

「おまえ、皆に手を回していたのか」

「いえ。此度の報《しら》せを共に聞いた皆が、逃げたが良いと申しましたもので。それがしは皆に従ったに過ぎませせぬ」

おい。自分では何も考えていなかったくせに、先々の道は我らが切り拓いてだの何だのと説法に及んだのか。先に「逃げられるのか」と訊ねたのは、そこら中に織田の兵がうろついているはずだ、ということなのだぞ。これは考えていたか？　ええ？

「む？　殿、如何《いかが》なされました」

嗚呼《ああ》。やはり、考えていなかったか。織田の兵に囲まれることに思い至っていない。そういう顔である。

暴れたくなってきた。敵だらけの中を主従のみで逃げるなど、退《ひ》き戦より難しいではないか。いかん。もう終わりだ。だから戦は危ないというのに。

などと取り乱していたのだが、外に出れば意外にも敵の姿がない。まだ追っ手が出されていないのか。これ幸いと喜ぶ家臣に促されて、主従十幾人で野に紛れた。

そこから先は、とにかく走れ、何でも構わぬから急げと追い立てられ、休む間もなく駆け足を続けた。

とは申せ、人には限界というものがある。昼下がりから夕闇の頃まで走り通しで、胸が潰れそうになってきた。いかん。死ぬ。戦ってもいないのに、走るだけで死んでしまう。家臣たちも墓場から這《は》い出て来たような顔ではないか。

と思った頃、川が見えた。間違いない。矢作川《やはぎがわ》、尾張と三河の国境《くにざかい》だ。家臣たちが「おお」「やったぞ」と騒いでいる。

やれやれ、ようやくひと安心だ。それでも心の中に溜息をついた。戦とは、やはり気の進まないものだ――と。

＊

あと少しで我らが本拠・岡崎城。と思いきや、日が沈んでしまった。そして、ついに後ろから馬蹄《ばてい》の音、人の足音。追っ手である。宵闇に姿を晦《くら》ましやすくはあるが、城まで帰るには灯《あか》りが要る。火を灯《とも》せば、こちらの居どころを教えるようなものだ。

かくして、すぐ近くの大樹寺《だいじゅじ》に身を寄せることとなった。松平家代々の菩提寺《ぼだいじ》である。

ここで一夜を明かした翌朝、わしは宿所とした僧坊に三人の重臣を召し出した。酒井正親に鳥居伊賀守《とりいいがのかみ》、石川式部《いしかわしきぶ》。どれも譜代の者たちである。

それらを前に、ひとつを告げた。すると。

「は?」

三人が、一様に呆気《あっけ》に取られおった。

「たった今、申したとおりだ。分からんのか」

胸を張って酒井を見る。が、何だその怪訝《けげん》な顔は。言いたいことがあるなら申してみよ。

「その。大いに分からんのですが。いったい何を仰せなのやら」

「だから! わしは腹を切ると言ったのだ」

「いや、それは聞き申した。何ゆえお腹を召されんとするのか、そこが分からんのです。そも、胸を張って言うことではございますまい」

焦《じ》れったくなってきた。右手を口元に運んで、塩嘗《な》め指の爪を噛《か》む。常々「それは悪い癖だ」と咎《とが》められているが、苛々《いらいら》するとつい出てしまうのだ。ああ、もう。あまりに話の通じぬ面々に苛立ち過ぎて、噛み切ってしまったではないか。爪の先が鋸《のこ》になった。これで蚊に食われたところを掻《か》くと心地《ここち》好いのだが、今はそんなことで喜んでいる場合ではない。

「酒井。丸根砦から逃げる前、わしが何と言ったか覚えているか」

たとえ逃げても、今川の助けがなければ織田には敵わない。先々の見通しが立たない。ならば逆に、織田に降る方が危なくないのではないか。そう言ったのだ。

「すると、おまえはこう言った。先々の道は我らが切り拓いてご覧に入れますと」

だが――いささか失敬な振る舞いだが、酒井を指差して声を大にする。

「それが、何だこの有様は。寺に逃げ込んだまでは良いが、一夜明けたら囲まれているのだぞ。これで、どうやって先々を切り拓くのだ」

「いえ、左様に詰め寄られましても」

む。指差され、鋸の爪を向けられたからか。爪だけに「詰め寄る」と。少し面白いと思ってしまったのが癪《しゃく》に障る。こんな言葉遊びになど、はぐらかされんぞ。

「ご隠居様が討ち死になされて、今川方は各々が尾張から退くので手一杯だろう。援軍も求められん。捕らわれるのは目に見えている」

ゆえに腹を切ると言っているのだ。

いいや。恐いのだよ。そこは間違いない。何しろ痛いし命を落とすのだ。恐くないと言う奴がいたら、頭のひとつも張ってやりたいところだ。しかし、進退窮まったら恥を晒すべからず、自ら腹を切れというのが武士ではないか。

「尾張に曳《ひ》いて行かれ、信長殿に手ずから斬首されるなら諦めも付く。だが、これではどこの誰とも分からぬ下郎の手に掛かるを待つのみだ。ならば松平の当主として、身の処し方を全うするべきだ。違うか」

酒井、石川、鳥居、誰ひとり何も返せずにいる。どうだ。理の当然を示されて降参したか。

嗚呼、それにしても。どのくらい痛いのだろう。ちょっと指を切った時くらいの痛さなら良いのだが、虫の好い話だろうか。

「あの、殿。その……お心は十分に察しましたゆえ、お腹を召すに当たって、立ち会いの者を定めようと思うのですが。この寺の住持・登誉天室《とうよてんしつ》様では如何でしょうや」

石川式部である。何と言うか、あっさりと聞き容《い》れすぎではないのか。いや、止めて欲しかった訳ではない。断じて違うと示すために、当主としての威厳を見せなければ。

「住持殿なら不足はない。急がんと、先に腹を切ってしまうぞ」

お。今のは、我ながら厳かに決まった。と思ったら石川め、喜んで「はい」と出て行った。溜息が、ひとつ出る。少しだけ、止めて欲しかったかも知れない。

ともあれ切腹の支度だと、寺の墓所、先祖の墓へと進む。その前に腰を下ろし、居住まいを正して合掌した。

父上、爺《じじ》様を始めご先祖様方。まこと申し訳次第もございません。松平家はこれで滅亡となります。我が覚悟のほどを見届けてく──。

「元康様」

念じている途中で呼び掛けられた。振り向けば、穏やかな法体《ほったい》の姿があった。

「住持殿。お待ちしておりました」

「いやはや。お腹を召されるゆえ立ち会いをと頼まれ、泡を食って参じたものにて」

「何を慌てることがありましょう。武士として潔くせんという一事に過ぎません」

「否！　御身には、まだ成すべきことがおありのはず」

そして住持は、俄《にわ》かには聞き取れない言葉を発した。

「厭離穢土《おんりえど》、欣求浄土《ごんぐじょうど》。拙はそれをこそ勧めとう存じます」

はて。一向に分からん。仏法についても学んではきたが、何しろ釈迦牟尼《しゃかむに》の教えは深長に過ぎる。聞くは一時の恥、聞かぬは一生の恥と言うからな。そろそろ一生を終えようとしているのだが、ここは素直に訊ねてみよう。

「それは？」

「穢《けが》れた地を厭《いと》い離れ、進んで浄土を求めるということです」

「ああ、そういうことでしたか。まさに進んで浄土を求め、腹を切るところです」

「そうではなく！　この世の穢れを祓《はら》い、浄土に変える道を探せと申し上げておるのです」

強く返されると、ばつが悪い。とは言え、どうやら切腹を止めに来てくれたようだ。そうか。では思い止《とど》まって——。

いや。いかん。すぐに掌《てのひら》を返しては覚悟を疑われる。軽い男と思われたくない。

「わしに、それほどの力はありません」

「今は、でしょう。左様な力を身に付ける日が来ないと、どうして言いきれます」

教え、諭し、導く。まさに僧侶。

なのだが、もの言いは中々に無茶である。この世を浄土に作り変えるなど、釈迦牟尼でさえ成し得なかった大業ではないか。

「さすがに、それは……」

どう力を尽くしたところで、魚は陸《おか》を駆け回れない。人は空を飛べないのだ。そう言おうとしたら、地獄の閻魔《えんま》も真っ青の目を向けられた。

「何か？」

いや。その射すくめる眼差《まなざ》しにこそ「何か？」と言いたい。命を永らえなさいという教えに従うまでは良いが、代償が「琵琶湖《びわこ》を飲み干せ」という難題に等しいとあっては、その。

問答をしていたら、寺の外が騒がしくなった。まだ少しばかり遠いが、敵が攻め寄せ始めたのだ。そこへ、気色ばんだ顔の酒井が白い大旗を運んで来た。

「住持様。これで、よろしゅうございますか」

旗には墨痕も鮮やかに「厭離穢土　欣求浄土」と記されている。住持は「十分です」と応じ、わしに向き直って、またも修羅の如《ごと》き眼差しを見せる。

「この世を統べ、皆が安んじて暮らせる楽土と成す。その気概をお示しあってこそ、ご先祖様に顔向けできると申すものにござりましょう」

そうか、石川。住持に立ち会いを頼むと言いつつ、実のところは思い止まらせてくれと頼みに行ったのか。腹を切れば痛いということは、おまえも分かっていたのだな。いや、それでも腹は切るつもりだったぞ。嘘ではないぞ。

「さあ殿。お立ちなされませ。この旗の下、寺の皆も共に戦《たたこ》うてくださるそうですぞ」

顔つきから察してはいたが、酒井はすっかり戦う気になっている。そして住持も「戦わずして何とする」という眼差しだ。

「……良くぞ道を説いてくだされました。この元康、たった今より生まれ変わったつもりで教えに従って参りましょう」

重ねて断っておくが、覚悟は嘘ではなかったのだ。いや、本当に。

ただ、流された。そう。流されてしまったのだ。嗚呼、齢《よわい》十九。未熟なわしの夏五月。

「いざ！　旗、掲げい」

酒井の勇んだ声に応じ、先ほどの旗が高々と掲げられた。家臣たちは無論のこと、寺の僧兵もここを死に場所と定めて奮戦した。わしも必死で弓を引き、指が擦り切れるまで放ち続けた。

するとだ。どうした訳か、勝ってしまった。寺を囲んでいた兵が少なかったせいだろうか。

或《ある》いは、他の力が働いたのかも知れない。言ってしまえば、「厭離穢土　欣求浄土」の旗だ。当世では、あちこちに一向一揆《いっこういっき》が起きている。一向宗門徒は仏法の旗の下に戦い、喜んで死んでゆくそうだ。これは恐い。近寄りたくない者共である。こういう話を敵が知っていて、我らの掲げた旗の文言に「うわあ、一向一揆だ」と勘違いして恐れたのではないか。そういう線もあり得る。

いずれにしても九死に一生、否、もはや十死に一生と言って良い。ともあれ仏法の旗は使いでがありそうだ。この先も我が本陣に掲げておくことにしよう。

＊

あの桶狭間の戦いから実に十二年が過ぎた。人の命運というのは、まこと不思議なものだ。心の底からそう思う。大樹寺で命拾いをした後、我が命運は大きく変わった。信長殿が今川を攻めず、尾張の北の隣国・美濃《みの》に目を向けてくれたのが大きい。

それには二つの理由があるだろう。

第一に、義元公を失った今川家が大揺れに揺れていたからだ。

信長殿にしてみれば、これに乗じて仕掛け、領を切り取ることもできたはずである。だがその折の今川は、駿河《するが》、遠江《とおとうみ》、三河を領する大国だった。如何に弱っていても、下手に手出しすればしっぺ返しを喰《く》らうやも知れぬ。ならば捨て置け、そうすれば今川は「国内を鎮めるのが先」と考える。信長殿は斯様《かよう》に判じたのだろう。

実のところ、信長殿にそう思わせる下地は確かにあった。

その発端は、桶狭間からわずか三ヵ月の頃だった。今川の盟友こと相模《さがみ》の北条《ほうじょう》家が、越後《えちご》の長尾景虎《ながおかげとら》に襲われて援軍を求めてきたのだ。

長尾がこの動きを見せたのは、織田に大敗したばかりの今川には援軍を出す余裕がなく、北条だけが相手なら勝てると判じたからであろう。言ってしまえば今川は見くびられたのである。

これに憤ってか、亡き義元公の後を継いだ氏真《うじざね》公は北条に援軍を出した。理の当然として、今川は織田に兵を向ける余裕がなくなってしまった。

そして第二の理由である。

言いにくいことなのだが。先の話からも分かるとおり、氏真公は、その。少しばかり、阿呆《あほう》だった。

いや。剛毅《ごうき》なお人柄ではあったし、大将として不足とは言いきれない。だが惜しむらくは、人の目が常に曇っているものだということを分かっておられなかった。

北条に援軍を求められて応じたのは、父・義元公の残した盟約を重んじたのだと言えなくもないし、これもひとつの供養であったはずだ。しかしながら、今川家中の受け取り方は違う。父の弔い合戦を挑むこそ当然と考え、織田に仕掛けぬ氏真公を弱腰と見くびった。長尾に見くびられ、さらに家臣にも見くびられたのである。少しばかり不憫《ふびん》になってきた。

そんな訳で、今川の家臣は次第に離れていった。人が減ればさらに余裕がなくなる訳で、家臣の望む弔い合戦もできなくなるというのに。氏真公は確かに阿呆だったが、家臣たちも良い勝負である。

いや、これは恐いぞ。何しろ周りが阿呆だらけなのだ。盆暗《ぼんくら》の群れに囲まれておっては、いつ巻き添えを喰うか分からん。ある意味で戦より危ない。

そこで、わしも今川を離れて織田に盟約を申し入れた。信長殿も「うつけ」と呼ばれるほどの御仁だったが、少なくとも義元公を討って勢いがある。こちらに擦り寄った方が、幾らかでも身を守りやすいと考えたのだ。

この申し出は快く容れられ、わしは織田の盟友となった。

ついでに、松平の家名を改めた。その昔、三河には清和源氏義国《せいわげんじよしくに》流の新田《にった》氏、そこから枝分かれした世良田《せらた》氏または得川《とくがわ》氏と名乗る氏族があった。わしはその得川の末裔《まつえい》を称し、嘉字《けいじ》を当てて徳川《とくがわ》を名乗る。さらに義元公から偏諱《へんき》された「元」の一字も捨て、名も家康《いえやす》と変えた。

まあ新田の末裔も何も全ては嘘——もとい、方便に過ぎない。今川を離れたら仕返しを受けることもあるはずで、その時のために離反の大義名分は必要だったのだ。今川が源氏の本流・足利《あしかが》幕府の同族なら、わしとて源氏の庶流たる新田の分家筋なのだぞ、というやつである。

もっとも桶狭間の九年後、つまり今から三年前、今川家は甲斐《かい》の武田信玄《たけだしんげん》に滅ぼされてしまった。今川に仕返しされるかと思っていたが取り越し苦労である。何だ、源氏の本流も英主を失えば大したことはないではないか。

などと思って気付いたのだが。本流でさえ大したことがないなら、庶流の分家など、もっと大したことがないのではあるまいか。

だから、なのか。今、わしは逃げておる。追われておるのだ。甲斐の虎・武田信玄の軍に。

実は先ごろ、武田信玄が上洛《じょうらく》の途に就いた。今や絶大な牽制《けんせい》を握る信長殿を追い落とすためである。徳川が織田の盟友である以上、これは見過ごせない。そういう訳で兵を出し、遠江の三方ヶ原《みかたがはら》に武田勢を迎え撃った。

ああ、ひとつ言い忘れた。常々「戦は危ない」「気が進まない」と考えていたが、それが変わった訳ではない。だが今回は、織田の援軍があった。信長殿は極めて恐いお人である。援軍を受けながら「武田とは戦わない」などと言えば、後で滅ぼされかねない。戦う以上に危ないのだ。

そんな次第で致し方なく出陣することになった。おのれ武田め、弱りきった今川を滅ぼしたくらいで調子に乗るなよ、と口だけは勇壮である。

ところが武田信玄、強いの何の。夕刻から日暮れまで、わずか一時《とき》（約二時間）の戦で蹴散らされてしまった。

あれか。やはり源氏の庶流の分家筋だからか。源氏本流の今川よりも弱いのか。或いは信長殿の援軍が、たったの三千だったせいだろうか。

もっとも信長殿は、短い間に天下を握ったためか敵が多い。諸大名に囲まれて苦しい折、援軍が小勢だったのは致し方ないところだ。と言うより、そもそも徳川は織田に付くことで生き残ったに過ぎないのだから、武田の相手は荷が重かったのかも知れぬ。

いかん。あれこれ考えるほどに、卑屈になってきた。つまり十二年もかけて、主家が今川から織田に変わっただけ。齢三十一、もう未熟ではないはずなのに。わし、実は凡庸なのだろうか。

「——の、殿！　先より、ぶつぶつと何を唱えておいでか」

叱り付けられた。我が家臣、大久保忠世《おおくぼただよ》である。

「念仏にござりましょうや。武田を恐れるお気持ちは、分からぬでもございませぬが」

「うるさい！　黙って逃げよ」

まったく。今は激しく馬を追っているのだぞ。ああだこうだと話していては舌を噛むと分からんのか。しかも言うにこと欠いて「武田を恐れておる」とは何ごとだ。無礼者め。恐いに決まっておるだろうが。

いや、我が思いに矛盾などない。おかしいと思うのなら訊《き》くが、大久保よ、おまえは恐くないのか。一時だぞ。ただの一時で蹴散らされたのだ。恐れぬ方がどうかしている。念仏を唱えて逃げきれるなら、いくらでも唱えてやろう。そもそも我が家臣は誰彼問わず――。

「う」

小さく呻《うめ》き声が漏れて、思念が断ち切られた。

なぜなら。

催してきたのだ。糞《くそ》がしたい。こんな時に。

どうする。馬を下りて用を足すか。いやいや、それでは武田勢に追い付かれよう。自慢ではないが、わしの糞は長くかかる。と言うより、これは自慢にならぬ話だ。いかん。いかんぞ。腹が渋くなって、頭の中も乱れてきたではないか。

考えよ、わし。

馬を下りて用を足す。追い付かれる。糞をしながら首を取られる。断じて、ならぬ。面目が丸潰れではないか。そんな死に方をするくらいなら、潔く腹を切って威厳を保つべきか。痛いのは嫌だが、糞をしながら死ぬよりは良い。

さすがに観念した。かくなる上は腹を切るべし。

お！　見よ、すんなり覚悟が決まったぞ。わしも無駄に歳《とし》を重ねただけではないと、胸を張りたい気分だ。

ともあれ。そうと決まれば、まずは追い付——。

「あ」

追い付かれぬところまで進み、用を足してから腹を切ろう。左様に思うたのに。間に合わなんだ。

堪《たま》らん。褌《ふんどし》の中に得体の知れぬ温かさが広がってゆく。十二月の末、寒風吹き荒《すさ》ぶ冬の夜とは申せ、斯様な暖の取り方は嬉しくない。

どうしたものか。考えよ、わし。

追い付かれぬところまで逃げる。もはや改めて用を足すには及ばぬゆえ、すぐに腹を切る。当然ながら、誰かに亡骸《なきがら》を検《あらた》められる。

露見するではないか！

なお悪い。潔く腹を切ったとて格好が付かぬ。

致し方ない、此度は腹を切らず、とにかく逃げるのみだ。が、逃げたら逃げたで後が難しい。

「おや？　殿」

大久保か。相変わらずうるさい奴め。わしは忙しいのだ。逃げ帰った後、糞まみれの尻で如何に体面を保つかを考えているというのに。

「何か臭いますが。もしや」

やめろ。馬を速めるな。轡《くつわ》を並べるでない。あまつさえ我が顔を覗《のぞ》き込むなど。

「あ……左様で」

憐《あわ》れみの目を向けるな。糞ったれめ。いや、わしのことではなく。ともあれ言い繕わねば。

「……焼き味噌《みそ》じゃ」

「は？」

「これは焼き味噌じゃと申しておる！」

大久保め、顔を強張《こわば》らせおった。否やを申すつもりはないらしい。それで良いのだ。

主君が白と言えば白、黒と言えば黒である。

それにしても。焼き味噌とは。

今になって恥ずかしさが増してきた。どこの世に、褌の中に焼き味噌を仕込む者がおる。阿呆ではないのか。もう少し言いようはあったろうに。

嗚呼。認めねばなるまい。わしは本当に凡庸だったのだ。

＊

わしに恥をかかせた武田信玄は、翌年になって、上洛の途上で死んでしもうた。ざまを見よ。何が甲斐の虎じゃ。あの世で焼き味噌でも食らっておるが良い。

ともあれ信玄の死によって、信長殿は諸国の包囲を脱する。

以後の織田は、まさに飛ぶ鳥を落とす勢いであった。足利の幕府を滅ぼし、畿内を平らげてゆく。あちこちに謀叛《むほん》を抱えてはおったが、それはそれ、攻め滅ぼす者はまた別の話とばかり、瞬く間に並ぶ者なき力を付けていった。

一の盟友として、わしは信長殿をこうお呼びするようになった。

上様、と。

腰巾着と笑わば笑え。血筋を飾り立てたところで、所詮は源氏の庶流の分家筋と嘘を

――もとい、言い張るのが関の山の徳川なのだ。自分が凡庸だと分かった以上、身のほどを弁《わきま》えるべきである。世を見渡してみよ。自身を買いかぶって謀叛した阿呆共は、悉《ことごと》く上様に滅ぼされておるではないか。ゆえに腰巾着だろうと何だろうと、これで良いのだ。わしは悟りを開いた。

そして今年の三月、上様の手によって、怨《うら》み重なる武田がついに滅んだ。まあ先代の信玄に比べれば、当代の勝頼《かつより》など小物に過ぎぬ。何しろ徳川勢が戦に及ぶ前に、あっさり滅んでしもうたのだ。わしがしたことと言えば楽な調略のみ。勝頼を焼き味噌の同胞に引きずり込みたくはあったが、そこは致し方なかろう。勝った上で漏らす不平は糞の如きものである。

戦勝に際し、わしには駿河一国の恩賞が下された。次いで安土《あづち》城で歓待され、さらには京見物をさせてやると言われた。長年に亘《わた》って従ってきたのが認められたのだろうか。とは申せ、である。正直なところ、昨今の上様は何を考えておいでなのか分からん。まこと、さっぱり分からん。元々が相当に恐ろしいお人だったが、さらに恐ろしく思えてならないのだ。されど斯様な人だからこそ、下されるものを要らんと言えば余計に後が恐い。くわばら、くわばら。身を守るには、やはり何もかも従うのだ。誇りを捨ててわしは生きる。

そのつもりで、京見物に来たというのに。

「おまん！　ほんなん嘘だら」

あまりの驚きに、ついつい三河弁が顔を出してしもうた。何しろ、上様が討たれたという報せなのだから。

「偽りにあらず。本日六月二日早暁、織田信長公、明智光秀《あけちみつひで》が謀叛により本能寺《ほんのうじ》にご落命とあいなりましてございます」

伝令の者が重ねて言う。それでも信じられん。重ねて「嘘だら？」と目で問うたのだが、何たることか、首を横に振られてしもうた。

ええと。どうするのだ、これは。

わしは今、三十余の家臣と共に堺《さかい》の町におる。元々の目的が京見物であったゆえ、兵は連れておらん。本能寺は京の御所よりやや南で、堺から見ればずいぶん北に離れておるのだが、明智の謀叛が明け方というのなら相当に危うい。報せを受けた今は昼過ぎなのだ。つまり。

「明智の兵は、もう堺に向いておるのではないか」

恐る恐る傍らに問うてみれば、即座に「そのとおりです」と返ってきた。

「殿は織田様の一の盟友、必ずや明智にお命を狙われましょう。手を拱《こまぬ》いておっては襲われるを待つのみ。かくなる上は、逃げるより外にござらぬ」

本多忠勝《ほんだただかつ》である。徳川四天王の一に数えられ、家中で一、二を争う猛者《もさ》が左様に申すのなら、それは。

「逃げきれるかどうかも怪しい……ということか？」

本多が、この上なく厳しい眼差しで頷いた。ついでに、ひと呼吸置いてゆっくりと。おい。その間は何だ。十中八九捕まって討たれますと認めたようなものではないか。遠回しに言えば良いというものではない。はっきり言えば、わしが取り乱すとでも思ったか。無礼者め。既に取り乱しておるのが分からんのか。おまえがそういう態度なら、こちらにも考えがある。

「忠勝。わしが帰依しておる浄土宗の本山は、知恩院《ちおんいん》であったな」

「はっ。それが？」

狐《きつね》につままれたような顔をしおって。つまり分かっておらんのか。わしに仕えて何年になる。察するべきを察せられぬは家臣の恥ぞ。

「皆まで言わねば分からぬか！　知恩院に参り、御仏《みほとけ》に見守られて腹を切ろうと申すのだ」

本多の言うとおりに逃げたとて、何しろ多勢に無勢である。逃げ疲れたところで明智の軍兵に襲われたらひと溜《た》まりもない。わしはきっと、どこの誰とも分からぬ足軽に首を取られる。そのくらいなら潔く生涯を決するのが武士ではないか。違うと申すか。違うまい。どうだ参ったか。

ところが本多め、色を作《な》して怒りよった。

「なりませぬ！　知恩院は東山《ひがしやま》、本能寺の間近なのですぞ。左様なところへ参るなど、それこそ明智に首を差し出すようなもの。家康は阿呆じゃと、物笑いの種になりましょうぞ」

すまぬ。参った。そのとおりだ。嗚呼、如何にしても世は儘《まま》ならぬ。潔くありたいと望むのみなれど、腹ひとつ切るのも楽ではない。

かくして、わしは逃げた。

明智の目が光っておるからには、京へ出て東山道《とうさんどう》を進むことはできぬ。致し方なく、越えたくもない山を越えて伊賀《いが》に向かった。もっとも伊賀は、かつて上様が攻めて組み敷いた地で、織田に深い恨みを抱いておる。わしは織田の一の盟友ゆえ、ここを越えるのは多分に危うい。

それでも他に道はないのだ。我が足軽大将に服部半蔵《はっとりはんぞう》と申す者があって、この服部の父が伊賀の忍びの出だという細い縁《えにし》を頼むしかなかった。まあ結局は服部が伊賀衆を丸め込んでくれたのだが、いつ騙《だま》し討ちに遭《あ》うかと思えば、生きた心地がせぬ道中で――。

いや。おかしくないか。

そもそも、わしは腹を切ろうとしておったのだ。然るに伊賀越えで思うたのが「生きた心地がせぬ」だとは。

うむ、やはりおかしい。

いやいや、おかしゅうない。人というのはそういうものだ。覚悟を据えているようで、実は命が惜しいのである。わしがそれと同じで何が悪い。そうとも、何も悪くないのだ。わははと大笑したくなる。そして笑った後には気が滅入《めい》るのだろう。齢四十、不惑にして惑うばかり。わしはやはり凡庸だ、と。

＊

信長公が明智に討たれ、その明智も羽柴秀吉《はしばひでよし》殿に討たれた。以後は秀吉殿が織田家の実を握って、瞬く間に全てを掠《かす》め取ってしまった。

その頃、徳川は三河・遠江・駿河に加え、甲斐と信濃《しなの》も従えていた。五ヵ国、百五十万石である。雌雄を決するつもりで戦えば、秀吉殿に勝てぬことはなかったろう。

されど、わしはその道を取らなんだ。初めは抗《あらが》っておったのだが、織田をそっくり呑《の》み込んだ者が相手では、勝ったとて深手は避けられぬ。それでは面白くない。だいたい、そういう戦は危ないではないか。いや、戦というのは押し並《な》べて危ないものだが、一層危ない道を選ぶのは余計に危ないのだ。何やら頭の悪そうなもの言いだが、間違ってはおらぬゆえ良しとする。

かくして、しばらくの後、秀吉殿に膝を折った。そして豊臣《とよとみ》の――秀吉公は禁裏《きんり》から関白の位と新姓を賜った――天下統一に力を貸し、五ヵ国を治める大身、家中第一として政《まつりごと》を執り行なってきた。いつまで経《た》っても誰かに従うばかりの身だが、少なくとも今川義元公や織田信長公に従《したご》うておった時よりは多分に恵まれておったろう。

そのままでも良かった。が、そのままで良いとは言えなくなった。

秀吉公は早くに耄碌《もうろく》し、朝鮮などに兵を出して諸大名に負担を強いた。これで嫌気が差した者も多かろう。加えて、養子の秀次《ひでつぐ》殿を切腹に追い込んだ挙句、未だ稚児の実子・秀頼《ひでより》殿を残して三途《さんず》の川を渡ってしもうた。

つまりは、好機なのである。わしは天下を奪い取りに掛かった。

いや。悪《あ》しき行ないではない。考えてもみよ。目の前に千金、万金が積み上がっていて、いつでも取れるようになっていたら、どうする。取ってはならぬものであれ、取りたくなるのが人情であろう。誰でもそうする。わしも、そうする。ほれ見よ、わしは悪くあるまい。

あれこれの策を講じた末、政敵・石田三成《いしだみつなり》と美濃関ヶ原《せきがはら》にて決戦に及ぶ。この戦に勝って、わしは天下を握った。禁裏も「天下人は家康なり」と認め、将軍の位を宣下なされたのだ。

もっとも豊臣は未だ生き残っており、徳川は将軍家ながら豊臣の家臣という、訳の分からぬ形になってしもうた。

ゆえに、わしは豊臣をも滅ぼしに掛かった。いや。悪しき行ないではない。目の前に千金、万金が、以下略。多分わしは悪くない。

そして先ごろ、ようやく豊臣を滅ぼした。関ヶ原から実に十五年の月日を費やしておる。

長かった。実に長かった。数々の苦難を乗り越えて、わしは齢七十四を数えておる。もう少し過ぎて年が明ければ七十五、間もなく命も尽きる頃であろう。

既に将軍位も子の秀忠《ひでただ》に譲った。秀忠も、いずれ子に位を譲るだろう。徳川の世が長く続かんことを。そのために、天下を取るまでの道のりで学んだあれこれを伝えたい。

それが、この遺訓なのだが。

「何です、これは」

我が側室・阿茶《あちゃ》に「どうだ」と見せたら、この上ない呆れ顔を向けられた。いささか腹立たしい。

「何ですも何も、子々孫々への遺訓だと申したろう。そも人の上に立つ者とは――」

「ご遺訓だということは、先ほどお聞きいたしました。されど、この二つめに書かれておるのは何ですか。わたくしは得心致しかねます」

遺訓の冒頭に、わしはこう書いた。

人の一生は重荷を負《おい》て遠き道をゆくが如し　諦めるべからず

二つめとは、つまり「諦めるべからず」だ。

「どこが得心できぬと申す。常に誰かに従う身でありながら、諦めずにきたからこそ、わしは天下を取れたのではないか」

するとと阿茶は、さも呆れたように「呆れた」と申す。いや、呆れておるからにはそういう態度になるのだろうが、その「心の底から呆れました」というのは如何なものか。

「それほどに悪しき訓示ではないと思うが」

「ええ、悪しきものではございません。されど大御所様のご遺訓にこう書かれていて、誰が得心するのです。大坂の戦でも、窮して『わしは腹を切る』と取り乱されたそうではないですか」

あ痛。痛たたたた。

いや。豊臣を滅ぼした大坂の陣に於《お》いて、わしは確かに「腹を切る」と口走った。真《さな》田信繁《だのぶしげ》の突撃を受け、備えを崩されて本陣が危うくなったのだ。我が身も年老いた上は、この猛烈な攻めを往《い》なしきれまい。討ち死にするくらいなら潔く生涯を決し、徳川将軍家の威厳を保つべしと思うたのだ。

とは言え、戦場の話ではないか。なぜ阿茶が知っておる。この耳年増《みみどしま》め。あ、いや、これは意味が違うな。阿茶は年増だが。

「誰が年増ですって？」

しもうた。口に出ておったとは。だが慌ててはならん。阿茶は六十を過ぎておるのだ。

「年増どころか、婆様《ばば》ではないか」

いかん。睨まれた。三十六計逃げるに如《し》かず。

「いや、すまぬ。許してくれ。このとおりだ」

「ともあれ。大御所様ほど諦めの良いお方は他におられません。桶狭間の戦いの後は、先々が暗いからと、お腹を召そうとなされたとか。本能寺で織田様がご生涯となられた折にも、知恩院で腹を切ると仰せられたそうではありませんか」

「されど三方ヶ原で大敗の折は、腹を切ろうとせなんだぞ。諦めなかったのだ」

あたふたと言い返すも、阿茶の目が冷たい。どうやら焼き味噌のせいで切腹を思い止まったことを知っておるらしい。糞ったれめ。あ、わしのことではないぞ。

それにしても、何たることか。もう溜息しか出ぬ。

大坂の話が漏れていたのは致し方なし。本能寺も良しとしよう。三方ヶ原の話とて、百歩譲って恥を忍ぶのみだ。されど。

「桶狭間の戦いは五十五年も前ぞ。そなたは六歳だったはずだが、もしや」

「失敬な。歳を偽ってなどおりませぬ」

一喝されて、思わず背筋が伸びてしもうた。女の歳を云々《うんぬん》してはならぬ。これも遺訓に加えておこうか知らん。

阿茶が一々を説いた。桶狭間の時の話は酒井一族から、三方ヶ原の一件は大久保一族から、本能寺の折のことは本多一族から聞いたのだという。

怒りが湧いてきた。口の軽い者共め。阿茶はわしが最も寵《ちょう》を傾けた者ゆえ、問い質《ただ》されて断れなんだのやも知れぬ。知れぬが、そこを巧《うま》く言い繕うのが臣たる者の務めではないか。

「大御所様は三度も『腹を切る』と仰せられた身。そのお方が『諦めるべからず』と言い残しても、ご子孫は鼻白むばかりでしょう。お血筋の戒めにはなりませぬ」

返す言葉もない。いっそ酒井、大久保、本多の一族を取り潰し、切腹云々が外に漏れぬようにしてくれようか。などと思うていたら、阿茶に睨まれた。長く我が傍《そば》にあったとは申せ、人の心を容易く読むでない。千里眼か、おまえは。

かくなる上は致し方なし。筆を取り、遺訓をしたためた紙に二つの線を引いて「諦めるべからず」を消す。そして、別の言葉に書き直した。

「これなら、よろしいでしょう」

ようやく阿茶が頷いてくれた。やれやれ。

「誰かある」

手を叩《たた》いて人を呼ぶと、すぐに小姓が顔を出す。前《さきの》将軍、大御所と呼ばれる身の威を纏《まと》い、厳かに命じた。

「わしも年老いた。子々孫々への遺訓をしたためたゆえ、右筆《ゆうひつ》に渡して清書させせよ」

「はっ。承知仕《つかまつ》りました」

阿茶の手から杉原紙《すぎはらがみ》を受け取ると、小姓は畏《かしこ》まって下がって行った。

徳川家康　遺訓
人の一生は重荷を負て遠き道をゆくが如し　いそぐべからず
不自由を常とおもへば不足なし
こころに望《のぞみ》おこらば困窮したる時を思ひ出《いだ》すべし
堪忍は無事長久の基《もとい》　いかりは敵とおもへ
勝事《かつこと》ばかり知《しり》てまくる事をしらざれば害其《その》身にいたる
おのれを責《せめ》て人をせむるな
及ばざるは過《すぎ》たるよりまされり

第三話　私は腹を切りたくない

私は天下無双の
イケメン！
お殿様に
寵愛を受けて
いたけれど!?

森川若狭

（16??～16??）

職業 会津藩・蒲生家の家臣

徳川家康を祖父に持つ当主・
蒲生忠郷に愛され、
身の回りのお世話（夜伽の相手も）をする。

「はいはい、鋏《はさみ》が三十に高岡塗《たかおかぬり》のお椀《わん》を二十。お待たせはん」

「どうも」

京極通《きょうごくどおり》の小間物問屋で商いものを仕入れ、私は言葉少なに会釈した。口数が少ないからと言って不愛想なのではない。その証《あかし》に、こんなにも柔らかく笑っている。とは言いつつ、笑みというのも難しいものだ。時に酷《ひど》く勘違いされるから恐ろしい。

などと思っていたら。

「何ですの笹屋《ささや》はん。そないな目で見られても困りますえ」

「え？　は？」

「お誘いの目ぇ向けられましても、そっちの趣味はあらしまへんさかい」

かくの如《ごと》しである。それと言うのも私が美しいからだ。いや、己惚《うぬぼ》れておるのではない。私はとある高貴な御仁に美しいと認められた身なのである。何度も言うと鼻に掛けているように受け取られかねないが、全くの逆だ。この美麗な面差しのせいで、どれほど苦労してきたことか。

「いえ、この笑みは、ただ『忝《かたじけな》い』の気持ちでして」

申し開きをしながら、思わず溜息《ためいき》が漏れる。相手をしていた問屋の手代が「何や」と安堵《あんど》の顔を見せた。

「おたくはん色男やさかい、そういうとこ見分けが付かんで、ややこしいわ」

「その辺り、できるだけ目立たぬようにしたいのですが」

手代が「ええ？」と大げさに驚いた。

「目立たんようにって、そら損やわ。おたくはんくらい色男やったら、店構えたら女子《おなご》のお客が山ほど来てくれますえ。なのに、江戸風に売り歩いとるんやもの。そんなん、いけ好かんて思われるだけやわ。もったいない」

それでも目立ちたくないのだ。ゆえに、大声で話すのはやめて欲しいのだが。ほら。皆の目が集まっているではないか。何と居心地の悪い。苦笑いさえ引き攣《つ》ってしまう。

「ともあれ、今日はこれで」

早々に切り上げるが吉と、鋏と塗り椀の紙包みを抱え、会釈して退散する。

と、少し歩いたところで後ろから大声を浴びせられた。

「笹屋はん。宗句《そうく》はん！　ちょい待っとくれやす。会津《あいづ》や」

会津！

そうと聞いて飛び上がらんばかりに驚いた。どうしたことだ。会津とは。追っ手か。今頃になって、私を捕らえに来たとでも言うのか。

「い、嫌だ！　切りたくない。私は」

隠れるところはないのか。どこでも構わん。今だけで良いからと、忙《せわ》しなく辺りを見回す。

だが見付からない。どこぞの庭でもあれば紛れ込めるのに、京の町家は鰻《うなぎ》の寝床、細長い造りの奥に庭があるというのだから怪《け》しからん。私に昔の力があれば、むしろ斯様《かよう》な造りこそ禁じてくれたろうに。そもそも地子《じし》を安く上げるために間口を狭めるという、けちな料簡《りようけん》が――。

「あ！」

あった。どこのお大尽かは知らぬが、通り沿いに庭とは地獄に仏だ。とりあえず潜り込めば何とかなろうと、必死で生垣に頭を突っ込んだ。

突っ込んだのだが。

「あ痛たた、痛たたた」

細かい枝が額を引っ掻《か》くわ、腋《わき》の下の柔い肉に食い込むわで、体の上半分だけ潜り込んで降参する。頭隠して尻隠さずではないか。いやいや、それでも顔は隠せたのだから良しとしよう。見るからに馬鹿者だが、私が斯様に馬鹿な格好をしていると思う者など、まずおるまい。

ただし。

「やっと追い付いた。ちょっと笹屋はん！　何を阿呆《あほ》なこと、しとりますのや」

そう。この男、問屋の手代を除いて。

「どうか騒がんでくだされ。武士の情け」

「誰が武士ですの。それより、おたくはんに渡したお椀、加賀《かが》の高岡塗ゆうてご注文やったのに、間違えて会津塗を渡してもうたんどす。取り換えに参ったんやさかい、出て来てくださいな」

「え？」

いきなり「会津や」などと言うから、つい。

ばつが悪い。が、いつまでも馬鹿の姿を晒《さら》しておる訳にもいかず、がさがさと生垣から這《は》いずり出た。またも、かなり痛い。

「お手数を」

何ごともなかったかのように取り繕う。が、少しばかり。

いや。かなり無理があったろうか。

問屋の手代は無上の呆《あき》れ顔で、私の手にある紙包みを取り、別の包みを「どうぞ」と渡した。

「えらい、目立ってはりますえ」

ぼそりと呟《つぶや》いて寄越《よこ》す。往来の人々が、笑いを堪《こら》えながら私を見ていた。

「お恥ずかしいところを」

頭や着物に纏《まと》わり付いた小枝、細かい葉、泥をはたいて落とし、逃げるようにその場を後にする。小枝で引っ掻いた額に冷たい風が滲《し》みて、ひりひりと痛んだ。

小間物屋・笹屋宗句。それが今の私だ。目立つ訳にはいかない。ことに、会津や下総《しもうさ》の者に見付かる訳にはいかないのだ。ゆえに店は構えず江戸流に売り歩き、ひっそり生きようとしている。

それというのも——。

頭の中に、しばらく前のことが思い起こされた。

*

会津藩六十万石、蒲生《がもう》家。私はその家老だった。当主・下野守忠郷《しもつけのかみただざと》様の小姓から取り立てられた身で、往時の名は森川若狭守《もりかわわかさのかみ》。伯父には下総の生実《おゆみ》藩主・森川出羽守重俊《でわのかみしげとし》があり、徳川譜代の家柄であった。

お取り立てとなったのは、第一にそうした血筋ゆえだろう。忠郷様の御母堂が、神君家康《いえやす》公ご息女の振姫《ふりひめ》様だったからだ。家康公のご令孫が藩主なら、蒲生譜代の臣のみならず、徳川に縁《ゆかり》の者を抱えたとて当然である。

だが何より我が身を助けたのは、やはり美しかったことだ。もの憂げな切れ長の眼差《まなざ》し、卵の如く白き頬、凛《りん》と通った鼻筋を、忠郷様は「天下無双の容色」と愛《め》でてくだされた。

私は十かそこらで小姓となった。主君のお世話をする役回りだが、それには夜伽《よとぎ》のお相手も含まれる。主君が小姓の若者を抱くのは当たり前だが、昨今では下々もこれを真《ま》似《ね》ておるらしい。江戸には金で客に抱かれる若衆――俗に陰間《かげま》と呼ばれる者があって、女郎を買うより高く付くという。

もとい。ともあれ幾度も殿のお相手をして、私は寵《ちょう》を独り占めするに至った。他の小姓に伽が命じられなくなったのは無論であって、奥方様以上に私の方が、殿と床を共にする夜は多かったくらいである。

斯様な次第であるから、元服すると即座に家老へのお引き立てがあった。以来、私は殿をお助けして政《まつりごと》を執り行なってきた。我が伯父の森川出羽も大御所様――二代将軍・秀忠《ひでただ》公の執政を務めておった身で、我が血筋にはそうした才があるのだろうと思われる。

さて私は忠郷様のご信任にお応えすべく、常に正しく政を執ってきたと自負している。いや。確かに、殿の寵を笠《かさ》に着て他を黙らせることも多々あった。とは言え、それも方便である。船頭多くして船山に登るの言葉どおり、衆議はいたずらに世を惑わす。正しき政を布《し》く者、つまり私の如きが上に立ったからには、黙って従うこそ余の者の幸。阿呆共に語る口を与えてはならない。私はそう信じて疑わず、まさに我が世の春を謳歌《おうか》しておった。

　ところが。

「疱瘡《ほうそう》だと？」

「はっ。京より早馬が参り、これを」

　ひと回りも年上の奉行が会津塗の文箱《ふばこ》を差し出してくる。収められた書状を検《あらた》めて、私は驚きのあまり声を失った。

　我が殿・忠郷様が疱瘡を患い、明日をも知れぬお命と記されている。寛永《かんえい》三年（一六二六）の年の瀬であった。

　忠郷様は先ごろ上洛《じょうらく》なされていた。後水尾《ごみずのお》天皇が二条城《にじょうじょう》に行幸《みゆき》召され、上様――三代将軍・家光《いえみつ》公がこれをお迎えする際のお供を務めるためであった。行幸の後、忠郷様は正四位下参議《しょうしいのげさんぎ》に任ぜられた。禁裏《きんり》への御礼《おんれい》、ご挨拶は当然だが、その最中に疱瘡に見舞われたのだという。

「何たることか」

　疱瘡は恐ろしい病で、罹《かか》れば命を落とすことが多い。私は人の命運というものを呪った。忠郷様は、これからのお方であるというのに。

だが何としたことか、苦悶《くもん》する私を見る奉行は、どこか嬉《うれ》しそうな顔であった。

「殿に於《お》かれましては、お労《いた》わしき限りにございます。されど森川様にとっては家名の面目を施す好機にございましょう」

「はて？」

すると奉行め、にたあ、と笑いおった。

「殉死にございます。御身ほど寵をお受けなされたお方なら、殿のご遠行《えんぎょう》にお供することも許されましょうからな」

言いつつ、先からの嫌らしい笑みを深くしている。そこに察せられるものがあった。

これは妬みだ。ただ美しいというだけで成り上がりおって。良い気味だ、おまえなど死んでしまえという、下衆《げす》の悦楽である。

私のように容色を以《もっ》て主君の寵を受けた者は、押し並《な》べて殉死するというのが世の習い。それは確かだ。しかし、しかし。

「たわけ者めが！　殿には未《いま》だ、お世継ぎがおわさぬのだぞ」

奉行は「おや」と大げさに驚いて見せた。

「それは、奥方様を差し置いて、森川様ばかり伽をお勧めあられたからでしょう。お世継ぎなきまま殿は黄泉《よみ》に渡られる……。斯様な次第となったことへの罪滅ぼしとしても、御身は殿にお供しなければならぬはずですが」

「うぬは阿呆か。お世継ぎなきまま殿のお命が絶えなば、蒲生はお家断絶となると申しておるのだ。まさに危急存亡の秋《とき》であろうに、それを殉死だ何だと」

頭に血が上る。返されたのは冷ややかな笑みであった。

「いやはや。誰より若き身で、並ぶ者なき権勢を頂戴して参られたと申しますに。それほどご寵愛くだされた殿への忠義より、御自らのお命が大事と仰せられますか」

「忠義を貫くのは易《やす》い。されど蒲生の家が断絶となっては――」

「大事ございますまい」

へらへらとした顔、憎しみの眼差しで遮られた。

「殿にはご舎弟の忠知《ただとも》様がおわします。やはり東照権現《とうしょうごんげん》様のご令孫ゆえ、御公儀《ごこうぎ》とて忠知様の家督はお認めくださいましょう。蒲生家は安泰にござる」

ゆえに、思い残すことなく腹切って果てよ。そういう顔つきであった。

正直なところ、恐《こわ》くなった。

追い腹を切るつもりなど、私には微塵《みじん》もなかったのだ。そもそも人の命というものは、放って置いても六、七十年で終わる。ゆえに「腹を切りたいか」と問われれば、胸を張って「嫌でござる」と答えるだろう。

しかし。

この奉行だけではないのかも知れない。家中には斯様な妬みが渦巻いていて、誰もが卑屈に笑いながら「腹を切れ、殉死しろ」と迫って来るのではあるまいか。おまえがいなければ、忠知様の下で自分こそが権勢を握ってやると、そう思いながら。

「……殉死云々《うんぬん》はひとまず置け。殿は未だご存命であらせられる」

そう言って立ち去るのが精一杯であった。

この日を境に気の休まる日がなくなった。私は増長していたのであろう。ゆえに恨まれ、妬まれて、皆に「死ね」と迫られる。それが私の心を苛《さいな》み、押し潰していった。

そして。

恨みや妬み、だけではなかった。

幾日かすると、親しい友から「おめでとう」と言われた。おまえなら、きっと殉死が認められるだろう。お供したくても許されず、涙を呑《の》んで諦める者も多い。皆が羨んでいるぞと、晴れやかに祝うのである。

さらに幾日かすると、城下の屋敷に帰る道すがら、町年寄にも「おめでとうございます」と言われた。忠臣の名は会津に語り継がれることでしょう、と。

皆、おかしいと思わないのか。殉死なのだ。腹を切れば死ぬのである。なのに羨み、祝う者がある。この身の慶事と信じて疑わぬ者がいる。

いや。

やはり、おかしい。私は間違っていない。誰が何と言おうと、おかしい。絶対に！

然《しか》るに。

幾日も幾日も、人に会うごとに「おめでとう」と言われ続けた。薄汚い喜びを抱えた嫉妬の者よりも、そちらの方がずっと恐ろしい。

そして、次第に分からなくなった。おかしいのは世の中なのか。それとも、殿の寵に殉じようとしない私の方なのか。

ふわふわと雲を踏むような日々を過ごす。

ふわり、ふわり。ふわりのうちに年が明ける。

そして寛永四年（一六二七）一月四日のこと。蒲生忠郷様は齢《よわい》二十六で帰らぬ人となった。

＊

我が母の縁戚に北川土佐《きたがわとさ》という人がある。蒲生家にとって古株と言える譜代の家で、土佐守の官名は代々受け継いでいるものだ。かくある家柄のお人ゆえ、私が権勢を握ってからも変わらず蒲生の重鎮であり続け、また森川家を含む一族の長と認められていた。

その北川様から、出仕は無用と言われた。忠郷様ご舎弟・忠知様に蒲生の家督をお認めいただくよう、御公儀と談合を繰り返している大事な時にである。つまりは、お家のことは任せて早々に追い腹を切れと言われたに等しい。

しかし。やはり踏ん切りは付かず、家に籠もったままであった。

「もし。よろしいですか」

閉めきった障子の外から母の声が聞こえた。幾日も塞ぎ込んでいるのを見かねたのだろうか。或《ある》いは母まで――。

「……はい」

ぼんやりと返すと、すっと障子が開いた。一月末、昼下がりの日は思いのほか強い。少しばかり目が眩《くら》む思いであった。

「先ほど、土佐様がお出《い》でになられました」

母は私の右後ろに腰を下ろし、静かにそう言った。声に従って向き直れば、母の目が驚きを湛《たた》えた。さもあろう。阿呆の如き顔になっていることくらい、自分でも分かる。

「土佐様。追い腹を促しに？」

気の抜けた声に、無言で頷《うなず》き返される。ふう、と長く溜息が漏れた。

「母上。私は……腹を切りとうございませぬ」

武士として許されないことだと知ってはいる。主《あるじ》を戴《いただ》く侍として、この上なく情けない言い分だと解してはいる。だが、それでも私は死にたくない。腹など切りたくないのだ。

「お助けを。お助けくだされ」

ぼろぼろと涙が零《こぼ》れ、洟汁《はなじる》が流れた。当年とって二十歳の男が、母の膝にすがり付いて泣き崩れる。みっともない姿を、母はかえって嬉しそうに受け止めてくれた。

「本心を聞いて安堵致しました。わたくしも、お諫《いさ》めしに参ったのですよ。男の盛りにさえ満たぬ歳《とし》で、殉死などしてはならぬと」

「母上。母上！」

私は泣いた。ひたすら泣いた。

皆が苛《いじ》める。今こそ死ねと言って、恐い顔で笑うのだ。追い腹が許されて羨ましいと、訳の分からない祝い方をするのだ。

そう言って泣きじゃくった。

「皆、他人《ひと》ごとだと思っている。でも私は嫌だ。嫌なのです。死ぬのが恐い」

稚児の如くなった倅《せがれ》をあやすように、母が「よし、よし」と頭を撫《な》でてくれた。そして涙ぐみ、啜《すす》り上げて、短く「はあ」と息をつく。

「あなたが殉死したところで、殿がこの世にお帰りになる訳ではありません。ゆえに心ある人は誰も、殉死など良からぬことと仰せです」

「そ、そうです。私も、そう思います。嫌だ。死にたく……ない」

世の人は何を疑うこともなく、殉死を受け容《い》れている。それが美しいこと、忠義の道と、勘違いしているのだ。

私が恨まれていたから悪いのか。

違うはずだ。政であれ何であれ、断を下す立場の者は、あやふやな気持ちでことに当たっているのではない。確かに私は驕《おご》っていただろう。身勝手に見える日もあったろう。だが、いつでも蒲生家と会津にとって良い道を選ぼうとしてきた。それが殿のご信任にお応えする道と信じて、皆を黙らせてきたのだ。

それでも世の人は、上に立つ者を恨む。何かを決めなければならない者が、何を思っているのかを知らず、知ろうともしない。何か不平があれば「全て上の者が悪い」と言って憚《はばか》らず、ただ捻《ひね》くれた小智慧《こぢえ》を働かせて妬み羨むのみなのだ。

私がそう思っているだけ、ではない。断じて違う。それが証に、私の後釜を狙う者共は先々を見ていないではないか。忠知様の家督となったら自分こそ権勢を握ってくれようと、誰もそればかりを思っている。

だが！　いずれ忠知様もお隠れになる日が来ると分かっているのか。その時になれば「追い腹を切れ」だの「おまえなど死ね」だのと迫られることを、少しでも考えているのか。

「誰も分かっていないんだ。私には『死ね』と言うくせに」

涙と洟で、天下無双の容色と讃《たた》えられた顔も、どろどろに乱れていた。母は、ただしみじみと頷いて返した。

「あなたは正しい。世の人は認めずとも、母だけはそう思います。追い腹を切るというのは、実のある死に方とは言えません。だって」

まだ若い子に先立たれて、どうやってこれからを生きてゆけば良いのか。母はそう言って、大粒の涙を落とした。

「自らの身のみならず、母の命も共に失《な》くすのです。斯様なことは忠でも孝でもありません」

そこで口を噤《つぐ》み、袖で目元を拭う。然る後に、厳とした眼差しを向けられた。

「都に上れば、わたくしと縁のある人も多くおられます。その方々を頼みに、会津から逃れなさい。殿から賜ったあれこれの宝物や金銀があれば、あなたの一生を賄うに足りるでしょう」

「え？　されど、それでは母上が」

「取るに足らない女の身ですもの。あなたが出奔なさったとて、お咎《とが》めもありますまい。我が子が命を繋《つな》いでいる……それだけで幸せに、気ままに生きていけますよ」

母が菩薩《ぼさつ》に見えた。流れる涙もそのままに、私は平伏する。

「ありがとう存じ」

いや待て。何か大事なことを忘れてはいないか。

そうだ――。

「あの、母上」

「何です？」

「北川様は如何《いかが》なさるのです。私が腹を切るものと思い込んでおられますが」

するとと母は「ほほ」と笑った。悪戯《いたずら》好きな子供のような笑みであった。

「ご懸念には及びません。あなたは、男にしては声が黄色いでしょう」

「黄色いなどと！　あ、いえ。それで？」

「森川若狭にござります」

いきなり私の声を真似た。似ている。当の私が「自分の声か」と思うほどに。人は見かけによらぬもの。母に斯様な隠し芸があったとは。

ああ、いかん。左様なことで驚いている場合ではなかった。

「騙《だま》すのですか」

「あなたの声を真似た上で、分かりにくくするように、この障子越しに受け答え致します」

永劫《えいごう》に続ける訳にもいかないが、私が行方を晦《くら》ますだけの時は稼げるはずだという。

そうだ。逃げれば良いのだ。腹を切らずに済む。死なずに済む。悄気《しょげ》返っていた心が、俄然《がぜん》、力を取り戻した。

「お願いします」

一も二もなく平伏して頼み、その晩、私は夜陰に紛れて家を出た。

持ち出した宝物は小さなものに限られ、銭も上方で主に使われる銀のみであった。母の言うような「一生を賄う」ほどを持てるはずもない。銀の重さを考えれば、背負子《しょいこ》ひとつしか運べないのは致し方なかった。都に上ったら、素性を隠して商売でもする以外になかろう。

もっとも、まずは逃げきらねば話にならぬ。母はいつまで北川土佐を欺いてくれるだろうか。

＊

逃げる身ゆえ目立つ訳にはいかぬ。昼は身を隠し、先を急げるのは夜の間だけだ。打ち捨てられて荒れた寺のお堂、神社を囲う林、人目を憚りながら眠る場所はいくらでもあった。

ただ、百姓が野良仕事に出ている隙にと、納屋に潜んだのは間違いだった。何しろまだ一月の末、新春とは言え日暮れは早い。少しばかり寝過ごしたところへ家主の百姓が帰って来てしまった。

「おい、おめ誰だ！　人ん家《ち》で何してんだ」

呼ばわられ、竹竿《たけざお》か何かで尻を叩《たた》かれて目を覚ました。

おのれ私を誰だと――いや、森川若狭だと知れたら一大事だ。あと少しで会津を出られるのだから騒ぎは困る。穏便に、穏便に。

「大事ない。少しばかり眠らせてもろうたのみ。されど、私が寝所に使ってやったのだ。末代までの誉れとなったな」

「何ほざいてんだ、この。偉そうに」

しまった。この百姓は私が誰だか分かっていないのだ。それでは私に寝所を供したことの誉れが通じぬのも道理である。如何《いか》に説いて聞かせたものか。

などと思案していたら、ばらりと背負子から何かが落ちた。ちらと目を流せば十枚ほどの丁銀《ちょうぎん》である。

「いかん。落ちてしもう――」

「盗人《ぬすっと》か！　人ん家のもんを」

怒鳴り付けられた。が、心外である。

「待て下郎。ここな銀は今、私の荷から落ちたものであろうに」

「嘘《うそ》こくでねえ。おらん家から、かっぱらったもんだべ」

何という世迷言《よまいごと》だろうか。銀一枚は四十三匁《もんめ》（一匁は三・七五グラム）ほどあって、概《おおむ》ね金三分（一分は四分の一両）に値するのだ。それが十枚もあろうかというのに。

「たわけ。うぬは、これほど貯《た》め込んでいたと申すのか」

「そだな大金、持ってねぇ。けんど、おめが落としたんだ。うちから盗《と》ったもんに違《ちげ》えねぇ」

もの言いが目茶苦茶である。加えて言えば、会津には男と女とを問わず頑固者が多いが、そういうところばかり人並みなのが何とも腹立たしい。いっそ無礼討ちにしてくれようか。

いや。面倒ごとは御免蒙《こうむ》る。腰を低く話して丸く収めたい。

とは言え下々に対して腰を低くするというのは、どうやれば良いのか分からぬ。こんな具合だろうか。

「盗んだのではない。が、欲しいならくれてやる。寝床代だ」

「人を、もの乞いみてぇに」

「それは失敬したな。ともあれ、もうすぐ日が暮れる。私は先を急ぐゆえ、これにて」

「野郎！　逃げんのか」

追い駆けられた。しかも鍬《くわ》を手に。確かに会津から逃げる身だが、百姓からも逃げねばならぬとは。何だ、これは。明らかにおかしい。

夕闇の中を必死で逃げる。新春一月の末、暮れてからの風は特に冷たい。寒風を衝《つ》いて懸命に駆けること、どのくらいか。何とか逃げきれた。辺りはもう真っ暗だった。

やれやれ。それにしても、腰を低くするというのも難しいものだ。そのせいで手持ちの銀も十枚ほど減ってしまった。が、捕らえられて腹を切らされるよりはましであると思い直し、夜の道を南へ進んだ。空に北辰《ほくしん》の星を確かめて、それを背に進めば良いのだから楽なものである。

が、いよいよ会津を脱するに当たっては、とても「楽だ」とは言っていられなくなった。会津は四方を山に囲まれているため、どこに行くにも山越え、峠越えになる。そして山に囲まれた地ゆえか、夏には茹《う》だるほど暑いくせに、冬には雪に閉ざされる。野の雪はもう半ばまで消えているが、山間《やまあい》では初夏四月まで残るのが常なのだ。そこで、少しでも歩きやすい峠を行こうとしたのだが――。

「いたぞ！」

「追え、逃がすな」

楽をしようとしたのが悪かったか、峠道で追っ手に見付かってしまった。致し方なく道を逸《そ》れて山に紛れたのだが、追っ手のしつこいことときたら、寝所を飛び回る蚊の如しである。既に小半時《とき》（一時は約二時間）も追い回され、未だ逃げ果《おお》せていない。

それにしても忌々しい。こちらは目立たぬように火を持たず、雪明かり、月明かりだけを頼りに進んでいる。対して向こうは松明《たいまつ》を持っているのだから、見付けるのは訳もない話なのだ。殉死から逃れんという身の言えた義理ではないが、奴《やつ》らは卑怯《ひきょう》である。

ただ、その松明のお陰で誰の放った追っ手なのかを知り得た。長《おさ》と思《おぼ》しき者の陣笠には、鶴の丸——翼を広げた鶴を丸く象《かたど》った紋が箔押《はくお》しされている。だとすれば北川土佐の手の者だ。

これには驚いた。母はあれほど巧《うま》く私の声色を真似ていたのに、ものの五日で露見したとは。その間、北川が追い腹を催促しに来たとしても、精々が二度だろう。しかも母は、分かりにくくするため障子越しに話すと言って——。

「あ」

いかん。それでは北川が訪ねて来た折、下働きの者が案内することになってしまう。もし北川が「顔を見て話す」と言い出せば、どうなるか。母なら押し止《とど》めることもできようが、下働きには、とても。

左様なことに思い至らなんだとは、私も母も阿呆ではないのか。

いや。狼狽《うろた》えておったのだ。それだけのことである。

「いたぞ、あそこだ」

ええい、また来おった。とにかく、私は腹を切りたくない。うぬらに捕らえられる訳にいくものかと、道なき雪の中を逃げ回った。

だが中々、思うに任せない。会津の雪の何と深いことか。懸命に駆けているというのに、一歩進めば膝まで埋まり、足を引き抜くのもひと苦労だ。これは追っ手も同じだが、同じだから良いのかと言えば、そうではない。逃げる側は常に、追う側より速くなければいけないのだ。足は凍りそうになっているというのに、顔も背も滝の如き汗である。

「何か良い手は」

と、向こうに木立のまばらなところがあった。そこだけ、こんもりと雪が盛り上がっている。もしや――懸命に走り寄って雪を払えば、思ったとおり、背の低い熊笹《くまざさ》の藪《やぶ》であった。

私は「我がこと成れり」と力を得て、藪を掻き分け、雪を払いつつ進んだ。当然ながら走りにくいが、敢《あ》えてそういう道を取ったのには訳がある。

「もう良かろう」

十間《けん》（一間は約一・八メートル）も進んだところで引き返し、笹藪の入り口から少し逸れた辺りの雪に飛び込む。そして周りから雪を集め、すっかり身を埋《うず》めて隠れた。

「おい、見ろ」

少しすると、雪を隔てて声が聞こえた。

「若狭め、笹藪を行ったのか。走りにくいだろうに」

「ああ。それに、この先は崖だぞ」

そうだったのか。あのくらいで引き返していなければ、今頃は死んでいたのかも知れない。追い腹切って死ぬ方が格好も付いたろうに、などと笑われずに済んだのは僥倖《ぎょうこう》である。

「ともあれ、いま少し追うぞ」

追っ手は笹藪を奥へと進んで行った。

そうとも。これが我が策だ。常なる時なら、人は「わざわざ走りにくいところを進むはずがない」と考える。だが夜の山中、一面の雪の中に分かりやすい目印があれば、それを追ってしまうのが人というものであろう。政を視《み》てきたということは、人を見てきたのに他ならない。うぬらとは違うのだ。ざまを見よ。

ともあれ笹に助けられた。京に上って商いをするなら、屋号は笹屋にしよう。

そして、もう雪に埋もれている必要はない。早々に抜け出して逃げるのみ。

そのはず、だったのに。

「いやはや、足跡は中途で途切れておったのう」

「やはり崖から落ちたのではないか？」

などなど言いつつ、追っ手の衆が戻って来てしまった。

考えれば当然である。私とて十間しか進んでいないのだから、追っ手がそれ以上に奥まで行くはずもない。藪の先に崖があるというのなら、なおのことだ。

「さて、どうしたものか。すっかり見失ってしまったが」

「手掛かりも、なくなったな」

「崖から落ちたのなら、探しても甲斐《かい》なきことだ」

追っ手の面々は笹薮の入り口に留《とど》まって、北川土佐にどう報じたものかを話し合っている。どうして、そこに留まり続けるのだ。話すなら他を探しながらでも良かろうし、或いは引き返しても良かろうに。

これでは私が困る。

ほら。寒くなってきた。早くどこかへ行ってくれ。でなければ死ぬ。腹を切らずとも、死んでしまう。

ようやく追っ手が帰って行った頃、私の着物は半ば凍っていた。

*

会津を抜け出した私はまず江戸に向かった。江戸には諸藩の屋敷があり、また恐ろしく人の多いところだが、目立ちたくないからと言って避ける訳にもいかなかった。

なぜなら、京に上るには東海道か中山道《なかせんどう》を取る必要があるからだ。それらの街道には押し並べて関所があり、手形を持たぬ者は通してもらえないのである。

武士の場合、手形は領主が発するものだ。が、私の如く出奔した身にとって、それを得るのは無理な相談である。そこで商人を装い、旅人《たびにん》相手の宿で作られる紛《まが》いもの——

俗に「途中手形」と呼ばれる——を手に入れねばならなかった。

紛いものであるがゆえ、この手形は幾度か禁令が出されている。とは言え、それは表向きの話だ。私も政を担った身ゆえ重々承知しているが、いったん世に広まったものを除くのは難しい。御公儀も口では「ならぬ」と言いつつ、実のところは「やれやれ」と見逃しているという有様であった。

左様なものに頼らず、街道を避けて野を行けば良いと言う者もあるかも知れぬ。が、それは命知らずの浅智慧である。会津では峠越えの他は野を進んだが、これは私が長く彼《か》の地にいて諸々《もろもろ》を知っていたからに他ならない。見知らぬ地で同じことをすれば、訳の分からぬところに迷い込んで野垂れ死に、という話も十分にあり得る。死ぬのが嫌で逃げているのに、死ぬかも知れぬ道を選ぶなど馬鹿の行ないと言えよう。

かくて私は江戸に紛れ込み、品川《しながわ》宿に入った。すると辻々《つじつじ》に高札が掲げられ、罪人と思しき人相書が貼り出されている。実に美しい面立ちの若い男だ。若い身空で、しかも斯様な色男が何をしでかしたのかと目を走らせてみた。

「何なに……。右の者、君臣の道に背き、忠を捨て出奔したる者なれば——」

馬鹿な奴め。呆れつつ、その者の名を確かめると。

「会津脱藩、森川若狭」

参った。私ではないか。

これはいかん、早々に手形を作らせて逃げねばならぬと、高札から少し離れた裏通りの宿を訪ねた。

「邪魔をする。すまぬが手形を作ってくれまいか」

宿の番頭と思しき四十男が「へい」と寄って来た。

よし。会津では百姓に腰を低くしようとして、しくじった。以来、二度と同じ轍《てつ》は踏むまいと様々なやり方を考えてきたのだが、巧くいったようだ。

などと自らの手際を讃えておったら、冷や水を浴びせられた。

「あれ。お武家様、もしや高札の」

「え？　いや」

番頭は「やっぱりそうだ」と思案顔になって、きょろきょろと辺りを見回し始めた。

何とも、まずい。どこぞに目明かしか奉行所の同心でもいないかと、探している顔だ。

ならばと、私は背負子からひと摑《つか》みの銀を取り出した。十四、五枚はあるだろうか。

「これで頼む」

「ええ？　まあ……。へい、分かりやした」

にやあ、と笑って銀を受け取り、番頭はすぐに手形を作ってくれた。世の中、大概のことは金で片が付く。これも会津で権勢を握っていた頃に学んだことであった。

手形を受け取ると、すぐに東海道を進む。その日は神奈川《かながわ》宿まで行き、明くる日は江《え》の島《しま》にほど近い藤沢宿《ふじさわ》へ。さらに次の日は小田原《おだわら》に至って宿を取った。

さて、いよいよ明日は箱根《はこね》の関所を越えねばならぬ。小田原から箱根までは四里（江戸期以降の一里は約四キロメートル）余りで、朝一番に出れば昼前には関所であろう。出湯《いでゆ》のあるところゆえ、そのまま箱根宿に泊まって疲れを抜いても良いかも知れぬ。

かく思いながら夜を明かし、一路、箱根を指して進んだ。

箱根路は山間の道である。この辺りでも多くの木々は未だ葉を落としたままだ。だが会津と違って深い雪が残っているようなことはなく、旅は捗《はかど》った。

ところが――。

「うん？　あれは」

山道を登り、ふと高みから麓の辺りを見下ろせば、そこには軍兵と思しき一団があった。槍《やり》を持つ者が四、五十か。弓持ちも同じほどいる。そして、鉄砲持ちまで連れていた。物騒なこと極まりない。一揆《いっき》か謀叛《むほん》でも起きたのであろうか。

「どこの藩だ。一揆を許すとは、だら――」

だらしない。そう続くはずの言葉が止まった。掲げられた大将旗には「丸に片喰《かたばみ》」の紋。我が森川家の家紋なのだ。

「まさか。伯父上か」

下総生実藩主、我が伯父・森川出羽守重俊。その人が出した兵だとすれば、恐らくは北川土佐から仔細《しさい》を聞いたのだろう。しかもこれほど物々しい一団を寄越した辺り、私を捕らえに来た、どころの話ではない。討ち取るも已《や》むなしの構えではないか。

えらいことになった。どこぞに隠れられまいかと探しながら進む。だが、これといったところを見付けられぬまま関所まで来てしまった。

「すまぬ。早々に通されよ」

「然らば手形を見せい」

四角く骨ばった顔の関守が呼ばわってくる。何とも高飛車な物腰だが、この際それはどうでも良い。早々にここを抜けて身を隠さねばと、慌てて手形を出した。

「うん？」

品川宿で作らせた途中手形を目にして、関守は怪訝《けげん》な顔であった。私はもう何が何やら分からなくなっていたが、それでも努めて平静を装い、胸を張って返した。

「何か不都合でも？」

「不都合という訳ではない。とは申せ、斯様な手形は町人が使うものだ。其方《そのほう》は侍であろうに、何ゆえ領主の発した手形を出さぬのか」

ぎくりとした。身が震える。ああ、もう。何でも構わんから、さっさと通してくれ。頼む。

「わ、私は……侍ではござらん。旅の商人にござれば、はや通されたし」

関守は眉をひそめ、哀れな者を見る目つきになった。

「もの言いも、腰に大小差しておるのも然り。其方の如き商人があるものか」

そこで「ん？」と言葉が止まる。そして何かに思い当たったように、懐を探り始めた。

取り出された紙は、品川宿の高札に貼られていたのと同じ、人相書の手配書であった。

「もしや其方、森川若狭か」

「さにあらず。拙者は間違いなく旅の商人にて、その……そう、笹屋。笹屋と申す」

だが関守は「偽りを申すな」と目を吊《つ》り上げた。

嗚呼《ああ》。終わった。

私はこれから捕らえられる。そして会津に送られるか、さもなくば伯父が寄越した兵に引き渡されるのだ。磔《はりつけ》にされて胸を貫かれるのか。或いは弓矢か、鉄砲か。何たることだ。罪人として殺されるくらいなら、追い腹を切った方が良かったろうに。

「どうして、斯様なことに」

泣けてきた。膝から崩れ落ち、突っ伏して涙を落とした。死にたくない、助けてくれと、みっともない姿を晒した。

と、これに驚いたか、関守が「むう」と唸《うな》った。

「森川若狭。其方、何をしでかした。手配には『君臣の道に背き、忠を捨て出奔』としか書かれておらぬが」

「私は……私は、腹を切りたくないのだ。忠郷様には、この上なきご恩あれど」

だから逃げた。母に「生きてくれ」と言われて力を得た。なのに追われて。今も伯父の兵が麓まで――私の口から出た言葉はそれだけで、あとは嗚咽《おえつ》の声ばかり。

しかし関守は、それだけで「なるほど」と汲《く》み取ってくれた。

「殉死が嫌で逃げだしたか。侍としては見下げ果てた心根よな」

憐《あわ》れみが滲《にじ》んでいた。情けない奴、侍の風上にも置けぬと蔑んでいるのに違いない。

そう思っていたのだが。

「されど」

続く声は、肚《はら》の据わったものであった。

「其方が殉死したとて、会津公がお帰りになる訳ではない。また其方が死なば、御母堂も甚《いた》く悲しむであろう」

「え？」

泣いていた顔が上がる。苦い笑みが向けられていた。

「追い腹切るは忠義の心、美しきものと言われるが、わしには悪《あ》しき習わしと思えてならぬ。斯様な次第と知ったからには、匿《かくま》ってやろう。我が役目には背いてしまうがな」

そう言って幾度も頷いている。

両の眼から落ちる涙が、変わった。往生際も悪く、生にすがり付こうとしていた脂《あぶら》の如き涙。それが今や、穢《けが》れを洗い流す清らかなものになっている。嗚呼、嗚呼。いたのだ。母の言っていた「心ある人」が、ここに。

「ありがとう……存じます」

関守は「はは」と笑った。

「そう、そう。商人の言葉とは、そういうものだ。さあ、関の陣小屋に隠れておるが良い」

促されるまま、関所の脇にある小屋に隠れる。ほどなく馬蹄《ばてい》の音が近付いて来た。関守は如何にして伯父の兵を往《い》なしてくれるのだろう。生きた心地のせぬまま、私は明り取りの隙間から覗《のぞ》き見ていた。

＊

「上総生実藩、森川出羽守様ご下命にて訊《たず》ねる。この者が関所を通らなんだか」

追っ手を率いる大将が、件《くだん》の人相書を手に呼ばわる。関守は顔色ひとつ変えなかった。

「そこな人相書は我らにも送られて参ったゆえ、常々目を光らせており申した。されど未だ、この関所を通ってはおりませぬな」

実に堂々としている。何とも肝の太いことだ。私とは大違いだと、おかしな具合に感心してしまう。

大将は「左様か」と返し、当然とばかりに馬を進めて関を抜けようとした。

「待たれよ。お待ちあれ」

「手形を示さずして通ること能《あた》わず」

関守の手の者が進み出で、長槍を斜めに交わして馬の行く手を阻んだ。上が豪胆なら、その下にある者も然り。人とは、上に戴く者に染まるものである。

だとすれば。会津の面々が嫉妬に凝り固まっていたのは、私に染まったということなのか。

いや、私が嫉妬深い男だったのかと問われたら、断じて違うと答えるであろう。いたずらに人を妬むは恥だ。金輪際、左様に浅ましきものを持ち合わせてはいなかった。そもそも私は忠郷様にお引き立ていただき、端《はな》から人の上に立ってきた身だ。妬む相手などあろうはずがない。

しかしながら。

私は、武士の「当たり前」に従えぬくらいに情けなくはあった。嫉妬に走った者共の卑しさとは違うにせよ、左様な見苦しい心根を助長していたのかも知れない。関守たちの姿を見続けるほどに、その思いが強くなってきた。

「待てとは、如何なる料簡か！」

怒鳴り声で我に返った。自らを恥じている間に、いささか剣呑《けんのん》な騒ぎになっている。

「我らが道を阻むは、出羽守様に逆らうも同じであるぞ」

追っ手が眦《まなじり》を裂く。だが関守は動じることなく、毅然《きぜん》として返した。

「これは異なことを。関守の役目は、上様が御座所たる江戸を守ること。然らば我らは御公儀のお達しに従い、手形を持たぬ者は何人《なんぴと》たりとも通す訳には参らぬのです」

「たわけたことを申すでない。罪人を追うに、いちいち手形を与える領主があろうものか」

かくて関所では「通せ」「通さぬ」の押し問答になった。どれほどそれが続いた頃か、追っ手の大将はついに痺《しび》れを切らした。

「如何にしても通さぬと申すなら、押して参るのみ。我らの弓矢、鉄砲が目に入らぬ訳ではなかろう」

だが関守は、やはり肚の据わった男であった。兵の構える弓と鉄砲にも涼しい顔で、できるものならやってみろとばかり、鼻で笑っている。

「先ほども申したことなれど、重ねて申す。我らは上様の御座所を守るべく、御公儀が下命に従って関を固める者共にござる。我らに手出しするは上様に弓引くに同じ」

おお。おお！　惚れぼれする。何という男ぶりだ。良いぞ、良いぞ。もっとやれ。

「出羽守様が甥御《おいご》の森川若狭を追うておられるのは、かの者が君臣の道に背いたがゆえにござろう。然るに貴公らが関所を押し通るとは、おかしな話よ。それでは出羽守様が御公儀に背き、君臣の道を違《たが》えることになり申す。我らとしては、森川出羽守様に二心ありと、江戸表にお報《しら》せする外はない。それで構わぬと仰せあるなら、お好きになされるがよろしい」

斯様に言い放たれて、追っ手の面々は気後れしたらしい。返す言葉に困ったか「いや、その、何だ」と口をもごもごさせているばかりであった。

それを見て、関守は穏やかに語りかけた。

「のう貴公ら。出羽守様は、かつて天下の政を執るお立場であらせられたのだ。そのお方が世に騒ぎを起こすことの恥を、よくよくお考えあられよ。加えて申さば、森川若狭の一件はもう世に知れ渡っておる。出羽守様に於かれてはご無念にござろうが、かかる腰抜けひとり討ち取ったところで御一門の恥は免れまいと存ずるが」

もっとやれ、などと思っていたら、やられてしまった。腰抜け呼ばわりされたのは口惜しき限りだが、関守の言うことは一々もっともで、どこまでも耳が痛い。

私は小屋の内で頭を抱え、追っ手たちは関所で頭を抱えていた。ただ、しばらくすると関守の言い分を容れたようで、粛々と引き上げて行った。

「もう良かろう」

声をかけられて陣小屋を出れば、堂々とした佇《たたず》まいはそのままに、こちらに向けられる眼差しが慈悲に満ちていた。関守の下にある者たちも同じ顔である。

心の外側から、はらりと何かが落ちる思いがした。私の目がひとりでに、じわりと、雨上がりの空でも仰ぐものに変わってゆく。関守は「ふふ」と笑い、大きく息をついた。

「やれやれ、冷や汗ものだったぞ。大口を叩くのも疲れるものよな。ともあれ其方は、もう追われることもあるまい。心安く旅を続けよ」

ああ、そうか。心から剝がれ落ちたのは、きっと。私は受け取ったのだ。我が殿から下された宝物や金銀より、遥《はる》かに大切なものを。

「忝い……ではなかった。ありがとう存じます。ついては」

私は背負子を下ろし、一歩下がって関守に頭を下げた。

「会津から持ち出した銀と宝物の全てです。お助けいただいたお礼に、ご笑納あれ」

「お役目に背いた上で、礼を受け取る訳には参らん」

どこまでも清々《すがすが》しい男だ。が、それでは私の気が済まないと、大きく首を横に振る。

「然らば、商人・笹屋が貴殿らのお役目に感じ入り、献上したとお思いくだされ。御免」

私は背負子を置いたまま、東海道を西へと歩いて。

行こうとしたら、肩を摑まれた。

「路銀もなしでは旅ができまい。それから、商人なら仕入れに使う銭も要るだろう」

関守は先に差し出された荷を確かめもせず、大まかに半分だけ下ろして、残りを背負子ごと私の背に預けた。

胸に沁《し》みるものが、この上なく熱い。泣きながら旅を続けた。逃げるだけではない、ただ逃げるだけではいけない。そう思いながら。

＊

かくして私は京に上り、笹屋宗句を名乗って商売を始めた。目立たぬように、目立たぬようにと努めて、細々と小間物を売り歩く日々であった。

そして五年、寛永九年（一六三二）を迎えた。

この間、蒲生家は忠郷様ご舎弟・忠知様の家督が認められ、お家断絶は免れた。ただし会津六十万石は召し上げとなり、伊予松山《いよまつやま》に転封《てんぽう》となっている。

以後の蒲生家では、重臣の間で争いが起きているそうだ。自らを誇る訳ではないが、私が権勢を握っていた頃は、斯様なことはなかった。重石《おもし》が外れてこの有様である。如何に忠知様が神君のご令孫でも、これでは早晩お取り潰しの憂き目を見るやも知れぬ。

とは言え、私はもう一介の商人である。何を言うつもりもなし、何をできる訳でもなし。侍のあれこれは関わりのない話と、耳目を塞ぐのみだ。

そうした中で、ひとつだけ「与《あずか》り知らぬこと」では済まぬ話があった。

この一月二十四日、大御所・秀忠公がお隠れになり、我が伯父・森川出羽が追い腹を切った。齢四十九であった。

伯父は常より「秀忠様に重んじていただいた身、かの人に大事あらば真っ先にお供して恩に報いる」と言っていたらしい。だが世の人は口さがないもので、私の一件を以て伯父を笑ったそうだ。若狭の如き臆病者が一門にいるのだから、秀忠公がご逝去となれば、森川出羽とて逃げ出すに決まっている――と。

或いは伯父は、何があろうと殉死したのかも知れない。が、もしかしたら巷間《こうかん》の雀《すずめ》共《ども》に笑われたのが口惜しく、自らの心意気を見せ付けようとして腹を切ったのやも知れぬ。こう考えると、伯父が死んだのは私のせいだと言えなくもない。

伯父に詫《わ》びたい気持ちはある。だが「ならば死を以て」と言われても御免蒙る。やはり私は腹を切りたくない。何としても生きて、生き延びて、商人としての天寿を全うするつもりだ。

「小間物ぉ、小間物。鋏、塗り椀、針と糸。ご用のお方、あらしまへんか」

よしよし。売り口上の声は、今日も良く通っている。

第四話　天愚か人愚か

ひゃひゃひゃ！
世間はわしを
変人扱い
するがのぅ？

天愚孔平

（?～1817）

(本名) 萩野信敏　(職業) 奇人

もとは出雲松江藩・松平斉恒に仕えるれっきとした武士。
中年になってから奇行が増えていき、
江戸中で有名となる。
神社仏閣を参拝するとその証に貼る
「千社札」ブームの火付け役。

赤坂《あかさか》は諸藩の江戸藩邸が多い。三層から四層に及ぶ櫓《やぐら》、二階建ての武家長屋に挟まれた道には押し潰されそうな息苦しさを覚える。

そこを抜けると平河町《ひらかわちょう》、今度は諸藩の江戸詰め藩士が住まう屋敷の群れであった。塀は頭を超えぬくらい、外から見ても分かるほどに庭は狭い。建物の構えは精々が四、五部屋といったところだろう。厳かな大名屋敷に比べれば、多分に質素な眺めになった。

ようやく人心地がついて、なお進む。と、角地にとりわけ粗末な一軒があった。屋根瓦は古びて苔生《こけむ》し、割れているものも少なくない。開け放たれた門の前、子供の背丈ほどもあろうかという表札に大書された名を確かめ、口の中で呟《つぶや》いた。

「ここだ」

それにしても、と戸惑いの念を抱いた。家にはろくな手入れもしていないのに、小ぶりな門だけがやけに立派である。本柱の後ろに控柱を立て、四つの柱で屋根を支える薬医門だ。そう言えば、この家の先代は松江《まつえ》の藩医であったとか。

ともあれ、いつまでも門前でうろうろしている訳にはいかない。大きくひとつ息を吸い込み、五、六歩向こうの玄関に呼ばわった。

「御免。鳩谷《きゅうこく》先生はご在宅か」

昨今、江戸市中を騒がす稀代《きたい》の変人がいる。この家の当代、萩野信敏《はぎのぶとし》だ。出雲《いずも》松江藩・松平斉恒《まつだいらなりつね》に仕える士で、鳩谷を号する老儒者であった。

声をかけて、十幾つか数えるほど待つ。が、中から誰か出て来る気配はない。おかしいな、と首を傾《かし》げて再び声を上げた。

「もし。此方《こなた》、曲亭馬琴《きょくていばきん》と申す者。先だって書状を差し上げ、本日のお約束を――」

「ああ、足下《そっか》が馬琴殿か」

声がしたのは、何と頭の上であった。驚いて見上げれば、切妻屋根《きりづまやね》の陰に隠れるように駕籠《かご》が据え付けてある。その引き戸がごそりと開くと、白髪に白髭《しらひげ》の年寄りがするりと抜け出て、門柱を滑るように下りて来た。小柄なことも手伝って猿にも見える。

「いや、すまんな。会いとうない相手には居留守を使うゆえ、下働きの者には取り次ぎに出ぬよう申し付けてある」

老儒者はそう言いつつ、互いに手を伸ばせば届く辺りに歩み寄った。馬琴は「あっ」と思って息を止める。と言うのも、鳩谷は酷《ひど》く臭いという風聞だからだ。

「初めてお目に掛かり申す。ご多忙のところ、まことに恐縮です」

「いや？　今は仰せ付けられたお役目もなし、忙しゅうはない。たった今まで、そこで書見をしておったではないか」

粗末ながらも屋敷があるのに、わざわざ門に駕籠を据え付け、その中で書見とは。噂《うわさ》に違《たが》わぬ変人だ。そして近寄り過ぎである。互いの間合いはもう二尺（一尺は約三十・三センチ）もない。

「ご寛容、痛み入ります。ついては先日の書状——」

息が続かず、受け答えの声がどんどん小さくなってくる。鳩谷は「ふは」と気の抜けた笑いを漏らした。

「まず息をしなさい」

言われても踏ん切りが付かない。どうしたものかと迷ううち、目の前が暗くなってきた。

「死ぬよりは良かろう」

鳩谷が右手を伸ばし、鳩尾《みぞおち》の辺りを軽く指で突《つつ》いた。途端、馬琴の胸に残った息が「くは」と吐き出される。そして、ついに大きく吸い込んでしまった。

「あ」

あれ？　と出るはずだった声——拍子抜けの思いを押し止《とど》める。何が「あれ？」なのかと問われたらそれまで。あなたが臭いと聞いたからだ、とは言えない。もっとも鳩谷にはお見通しだったようで、息を抜くように「ひゃひゃひゃ」と意地の悪い哄笑《こうしょう》を上げた。

「臭くはあるまい？」

「いえその」

「わしゃ長寿のために湯を使わんでおる。そこが独り歩きして、鳩谷は臭い、臭いと言われとるのだろうな」

ばつの悪さに顔が赤らんだ。何か言わねばと口を開くも、巧《うま》く言葉にならない。

「あの。何と申しますか」

「湯を使わんだけで、毎朝、身は清めておるぞ。水でな」

今は冬、朝はあちこちに霜柱が立ち、日陰の水溜《みずた》まりなど凍ったまま一日中融《と》けないほど冷え込みがきつい。その最中《さなか》に、年老いた身で水とは。驚いて目が丸くなる。

「体を冷やしては風邪を召されましょう」

「いやいや、わしは生まれてこの方、風邪などひいたことがない」

これを皮切りに講釈が始まった。

曰《いわ》く、身を温めよというのは愚者のたわ言、体は冷やしてこそである。夏を思ってみよ、温まり過ぎて頭も働くまい。しかも着物を脱ごうが何をしようが、暑いものは暑いのだ。温、過ぎれば熱となる。熱、過ぎれば快からず。やがて気は腐り、病を呼び寄せる元となろう。翻って冬は良い。寒風ありとて、身を動かさば何の障りとならん。冷涼あって頭は冴《さ》え、以《もっ》て心地《ここち》好しとなすべし。飯も温かきは大敵、此方は冷や飯に冷めた汁しか口にしない、云々《うんぬん》。

「夏を好むなどと申す輩《やから》は、頭が弱いと思うて良い」

会っていきなりこれである。さすがの偏屈、今日はどれほど奇異な話を聞けるだろうかと、おかしな具合に胸が昂《たかぶ》る。と、ひと際強く冷たい風が吹き抜けて、馬琴は思わず身を震わせた。

「先生。外で立ち話も何ではござらんか」

「ん？　寒いか。なら中に入るとしよう。そこの駕籠ではなく家の中だが、良いかな」

「是非、それでお願いしたい」

「言っておくが、うちには火桶《ひおけ》も何もないぞ。身は冷やしてこそゆえな」

曲亭馬琴は江戸で名を知られた戯作者《げさくしゃ》、本当の名は滝沢興邦《たきざわおきくに》といって武士の身分である。萩野鳩谷を訪ねたのは、世に聞こえた変人に興味を持ったためだった。一方で、武士として育った頃に儒学を好んでいたことも大きい。鳩谷は数多くの著書を上梓《じょうし》した儒者で、書家としても高名である。戯作の種となる何かを得られれば幸い、そうでなくとも何かためになる話を望んでいた。

玄関に導かれながら、馬琴は期待を膨らませていったのだが――。

＊

一室に導かれ、その惨状に目を疑った。まるきり、ごみ溜めである。

部屋の真ん中には、底が擦り切れて泥だらけになった草履《ぞうり》の山。脇には壊れた桶や割れた茶碗《ちゃわん》が散らばっている。他にも塗りの剝げた盆、錆《さ》び付いて使い物にならない小刀、ぼろぼろの着物と垢《あか》じみた褌《ふんどし》など、瓦落多《がらくた》だらけであった。畳もあちこちに穴が開き、勧められた座布団などは潰れきって、煎餅布団と言っても褒め過ぎであろう。

もしや、先に「家の中で良いか」と言っていたのは、このためだろうか。

「この部屋の、その……あれこれの品は、何なのでしょう」

控えめに問う。鳩谷は、きょとんとして応じた。

「見て分からんか？」

「分かりません。ご説明願います」

こちらの困惑顔に、老儒者は嬉《うれ》しそうに頬を緩めた。しかも鼻をほじり、取れたものを指先で丸めながら。

「わしは、ものを粗末に扱うのが大嫌いでな」

今の世では、何でも少し壊れたら捨ててしまう。壊れていなくとも、わずかに具合が悪いからと言って新調する輩ばかりではないか。それでは、ひとつひとつの品に宿った魂、作り手の心根を踏みにじるに等しい。他人の仕事を粗略に扱うは心の廃れた証《あかし》だと、鳩谷は言う。

「ゆえに、直せば使える品は拾って帰るのよ。そうでなくとも、まあ持っておけば何かに使えるじゃろう」

「はあ……。左様でしょうか」

言い分は分からぬでもないし、儒者としては正しい考え方とも言える。しかしながら、ここにある諸々《もろもろ》はとても「直せば使える」ような代物ではない。そして「何かに使える」と手許《てもと》に残したものを、何かに使うことはまずないのである。

過ぎた吝嗇《りんしょく》。けち――鳩谷にはそういう風聞もあった。臭気を放っていない辺りで話半分かと思ったが、半分は正しいようだ。そして、またも鼻をほじっては丸め、ところ構わず放り捨てている。或《あるい》いは勧められた座布団にも、と思うと気色が悪い。もしや、大変なところに来てしまったのではないか。鰓《えら》の張った顎が強張《こわば》って、馬琴の面持ちが不安を湛《たた》える。対して鳩谷は平然としたもので、舌も滑らかであった。

「何にせよ、古いものは大事にせねばならん。さもなくば取り返しの付かぬ過ちを犯す」

そう言って、昔語りを始めた。

曰く。絵師の安成《あんせい》という者があって、これが銅印を手に入れた。知り合いの日雇い人が拾ったものの、何なのか分からずに持って来た品だったという。銅印には「宋人《そうひと》の某《なにがし》これを刻す」とあり、それに相応する年号も彫られていた。

古《いにしえ》の唐土《もろこし》、宋代の印。値打ちものである。安成は喜んでこれを買い取ったのだが、如何《いか》にせん印に彫られた文字が自身の名ではない。それをつまらなく思って印の字を磨《す》り落とし、鳩谷の許に持参して「書家としても名高い先生に、ぜひ字を入れて欲しい」と頼んだ。

経緯《いきさつ》を聞いて、鳩谷は激怒したという。

「今の世に宋代の印など極めて稀《まれ》なものだ。自分の号でなかろうと、そのまま使ってこそ値打ちがある。それが嫌なら元の持ち主を探して返してやるのが人と申すものよ。印を失《な》くして悲しんでおるのは明らかなのじゃから」

結局のところ鳩谷は「お主が如《ごと》き者の手に陥ったせいで、千載の奇器が失われてしまった」と言って、印の字を書かなかったそうだ。

「かくも世の人は古きを軽んじる。新しきは常に古きに勝れりと、信じて疑わん。驕《おご》りと言わずして何と言おう。品に限った話ではないぞ、これは」

古くから受け継がれてきた技も然《しか》り、世の風習や考え方も、時代も然り。今から見れば悪《あ》しき習わしと思えることにさえ、必ず、いつの世にも通じる真実と正義が含まれている。古いというだけで軽んじる輩に、ろくな者はない。云々。

聞くほどに、馬琴の眉は開かれていった。この人は偏屈、変人には違いないのだろうが、儒者としての大本はまことに正しい。そこは敬服に値する。

「ご高説、一々ごもっとも。此方も肝に銘じましょう」

「分かればよろしい。ここに積まれたあれこれも、ごみではないぞ」

返されて、思わず苦笑が漏れた。つまり鳩谷は、こちらの面持ちから胸の内を察し、やり込めるつもりで今の話をしたのだ。やはり偏屈である。

「して、足下が参られたは何ゆえか。たわいもない話をするためではなかろう」

これまでのところ、変人かと思えば見直し、見直してはやはり偏屈と認めを繰り返している。鳩谷の実際は未《いま》だ明らかならず、鬼が出るか蛇が出るか、蓋を開けてみるべきだろう。喉で軽く咳払《せきばら》いをひとつ。馬琴は居住まいを正した。

「昨今、先生のお噂をよく耳にいたします。如何なるお人かと思い、諸々をお聞きしとう思って参じた次第」

「なるほど。萩野鳩谷にではなく、天愚孔平《てんぐこうへい》に会いに来たということか」

天愚孔平——老儒者はその名で江戸町人に人気を博していた。奇行を挙げればきりがない、とにかく見ていて面白い、と。細かいことは何も知らないが、戯作者として、町人が喜ぶものを探るのには確かな意義がある。詰まるところは「あなたが、おかしな人だから」ということだが、遠回しに言ったのは角を立てぬようにという心配りであった。もっとも当人は、即座にそれと解しながらも意に介さず、けろりとしたものである。

「そうじゃな。何から話そうか」

「では、まずお歳《とし》を伺いましょう」

当たり障りのないところから、と水を向ける。鳩谷は「うむ」と頷《うなず》いた。

「百と五歳じゃ」

「は？　いや。まさか」

「まさかも何もあるか。まあ正しく百五つかと言われたら少し心許ないが、多分そのくらいじゃったと思う。とは申せ、生まれて十二年の間、父が藩に届け出ておらなんだからな。我が殿の御前では九十四か九十五か、そのくらいじゃと言うておるよ」

「お戯れを。とても、そのお歳には見えませせぬぞ」

鳩谷は「うひゃひゃ」と楽しげに笑った。

「足下も世の常の人と同じことを申される。よく言われるのじゃよ。百五歳などと申すは嘘《うそ》に違いあるまい、とな」

遠い昔の唐土、漢《かん》の時代。李少君《りしょうくん》は、いつ誰に歳を聞かれても常に七十歳だと答えたが、それと同じに見られているのだという。もっとも馬琴の目には、世の人の方が正しく思われる。鳩谷の佇《たたず》まいや話しぶりは八十ばかりにしか見えない。

「まあ歳より若く見えるのは、身を健やかに保ってきたからじゃろう」

「先ほどの、あれですか。湯を使わずに水で身を清めるという」

「左様。身の穢《けが》れは病を呼び寄せる。わしは医術を専らにする身ではないが、医者だった父をずっと見て参ったゆえ、並の医者より知るところは多いぞ」

　鼻高々という顔で、なお自らのやり様を誇る。齢《よわい》四十から湯を使わず、女を抱かず、妻さえ遠ざけてきたのだと。

「女色《にょしょく》もいけませんか」

「女を抱けば気の昂ること激しく、いたずらに命を削るものよ。わしも幾人か子を生《な》したが、以後は身を労《いた》わるべく慎んでおる」

　さて、果たしてどこまで本当なのか。思って、はたと疑念を抱いた。

「女断ちも四十歳から？」

「然り」

　だとすれば辻褄《つじつま》が合わない。なぜなら、鳩谷には吉原《よしわら》通いの噂があったからだ。

　松江藩の先々代・松平宗衍《むねのぶ》が隠居した後、この人に連れられて夜な夜な遊び呆《ほう》けたという。当時の藩主・治郷《はるさと》が業を煮やし、宗衍の隠居料を削ったというから、かなり酷かったに違いない。また、鳩谷には奥州二本松《おうしゅうにほんまつ》藩の先代・丹羽長貴《にわながよし》との縁もあり、この人とも共に吉原通いをしていたと聞こえている。

「四十から……というのは、覚え違いでは」

松平宗衍は三十年ほど前に世を去っている。ならば宗衍との吉原通いは、恐らく五十年ほど前までの話だろう。鳩谷の百五歳が正しいのなら、その時は若くとも五十路である。

もう一方の丹羽長貴は、十五年前に齢四十一で逝去した。この人と共に遊んだのなら、精々二十年前までといったところで、鳩谷は少なくとも七十を超えているはずなのだ。

これを言うと、得心顔で「それか」と返された。

「いやいや、間違いではない。吉原で遊んだとは申しても、女は抱いておらんのよ。たとえば丹羽様と初めて吉原で遊んだのは、確か三十七、八年も前なのじゃが――」

あたかも昨日のことのように、往時の話が語られた。

＊

三味線の音に合わせて芸妓《げいぎ》が舞う。丹羽が盃《さかずき》を干すと、脇に付いた女郎が控えめに銚子《ちょうし》を差し出し、次の酒を注《つ》いだ。半ばまで満ちると、丹羽は鳩谷に目を向けた。

「どうだ。楽しんでおるか」

離れた吊《つ》り目を細めて問うてくる。鳩谷は少しずつ盃を嘗《な》め、つまらなさそうな顔で

「はあ」と返した。

「気懸かりがありまして、楽しめませぬ」

「はて？」

目の前の膳から刺身をひと切れ摘《つま》み、食いながら答えた。

「御身が、膳の料理を残しそうですので」

ものを粗末にするのは大嫌いなのだ、と眼差《まなざ》しで語る。丹羽はいささか呆《あき》れ顔で「これだものな」と笑った。

「ものを大切にせよと申すは、いつもの講釈で聞いておる。だが鳩谷、宴《うたげ》の膳とは敢《あ》えて余るほどに支度するものぞ」

楽しむための席で「酒が足りぬ」「肴《さかな》が足りぬ」では興も醒《さ》めてしまう。ことに人を招いての宴となれば、何かが不足することなど、あってはならない。

「客人に楽しんでもらうため、相手を思い遣《や》ってのことなれば、儒の心にも適《かな》うであろう」

それが粋《いき》というものだ、と得意顔である。鳩谷は少し眉をひそめつつ、胸を反らせた。

「つまり、粋とは無駄ということですな」

「だから偏屈と言われるのだ。そうまで申すなら、我が膳まで平らげたが良かろう」

丹羽の呆れ顔は、今度は「いささか」では済まなかった。盃を干す動きひとつにも、くさくさした思いが滲《にじ》んでいる。女郎がちらと目を流せば、幇間《ほうかん》――たいこもちが満面に笑みを浮かべ、場を冷やすまいと無駄な言葉を連ね始めた。

この様子を横目に見つつ、鳩谷は膳から皿を取って料理を掻《か》き込んでゆく。傍らには丹羽が付けてくれた女郎がいるが、目もくれない。何でありいす、何でござんすねえ、などと言葉をかけられるも、女が持つ銚子を奪い取って手酌で盃を重ねるのみであった。

自分の膳を全て平らげ、酒も余さず呑《の》みきった頃、宴は終わった。

すると店の若い者が来て、次の座敷に導かれる。そこには、毒々しいほど鮮やかな緋《ひ》色《いろ》の布団が三枚重ねで敷かれていた。

「すぐ参りますんで、お待ちを」

若い者が障子を閉めて立ち去った。行灯《あんどん》に浮かび上がる布団に腰を下ろせば、染み付いた女の匂いが漂う。吉原とは、そういう場所だ。

「粋とは何ぞや」

独りごちて、胸に湧き上がろうとする昂りを抑え込んだ。護摩行《ごまぎょう》でもしているような顔であった。

少しの後、障子の外に声がする。

「お待たせ様でありいす」

すっと障子が開いて入って来たのは、先の宴で傍らにいた女郎であった。護摩行の顔の右脇に座り、ふわりと身を寄せてくる。布団から漂ったのと同じ、ただし遥《はる》かに強く艶《なま》めかしい匂いが鼻をくすぐった。

「宴、楽しめないようでござんしたね」

「わしは膳を平らげたが、丹羽様は半ばまで残された。ものを粗末にする様を見ては、楽しめぬものよ」

聞いて、女郎はくすくす笑った。

「大丈夫、残りものは女郎たちで頂戴しますんで」

「そうなのか」

無駄にならないと知ったら、ぱっと眉が開いた。女は呆れた笑い顔である。

「お殿様の、学問の先生なんでござんしょ？　でも今宵《こよい》は、私《わ》っちが先生」

「何だそれは」

「粋な遊び方を教えてやれって、言われてんですよ」

袴《はかま》の脇から女の白い手が滑り込む。細い指が褌の内に及び、鳩谷の男を器用に弄んだ。滅却していた昂りが瞬く間に再燃した。長く女色を断ってきたのも手伝ってか、帆柱の如くそそり立ち、脈打っている。

「あら、ご立派」

媚《こ》びた笑みで、女郎がちらりと着物の胸を開く。控えめながら美しい膨らみが覗《のぞ》き、鳩谷は顔を背けた。

「考えておったのだ」

「何を？」

「おまえを抱かずに済ませるには、如何にすれば良いかを」

女郎は「おかしなお方」と含み笑いで、なお帆柱をくすぐる。もう片方の手で、袴の腰紐《こしひも》をするすると解《ほど》くのも慣れたものであった。

「そんな無粋、言いっこなし」

耳たぶを軽く引っ張られて顔を向けた。女が自らの着物の裾を捲《まく》り、ゆるりと脚を広げる。奥の陰から淫猥《いんわい》な芳香が漂った。

鳩谷はまた顔を背け、正面を向く。そして固く目を瞑《つむ》った。

「いかん。わしは女色を断っておるし、我が家系は女郎を抱くことを禁じられておる」

早口に言い、右手で帆柱を摑《つか》む。そして上へ下へと動かし、手すさみ——手淫に及んだ。

「何をなさってんです」

「十四年ぶり……いや二十七年ぶりかも知れんが、わしの男が目を覚ましてしもうたのだ。致し方なかろう」

言いつつ、手は上へ下へと忙《せわ》しなく動く。女郎は甲高く声を張って咎《とが》めた。

「あんまりじゃ、ございせんか。こんなの女郎の恥でありいす」

「恥ではない。むしろ誇れ。おまえが良い女ゆえ、我が股座《またぐら》も猛《たけ》っておるのだし」

「私っちと寝てくださいって、申し上げてんです！」

「楽で良かろう。おまえは何もせんで済むのだ」

胡座《あぐら》をかいたまま、目を瞑って手を動かし続ける。女郎はその後も幾度か怒りの声を寄越《よこ》したが、鳩谷にとってはその声さえ昂りの素《もと》であった。

「う……。うむっ」

ついに、終わった。いきり立っていたものから、次第に張りが失われてゆく。すっかり萎《な》えてしまうと、ひとつ「ふう」と息をついて、安らいだ声を女郎に向けた。

「改めて申す。おまえは良い女じゃ」

「知りません」

女はそっぽを向いている。左後ろから眺める膨れ面の頬が、行灯の灯《ともしび》を白く跳ね返した。

＊

「――と、斯様《かよう》な次第でな。吉原通いはしておったが、女色とは無縁。嘘ではあるまい」

誘う女を捨て置いて、せっせと自前で励む年寄りの図が目に浮かぶ。この上なく滑稽な様子を得意顔で――ある意味で武勇伝なのかも知れない――語られ、馬琴は腹を抱えて笑った。

丹羽長貴は以後も鳩谷を連れて遊び、この偏屈に何とか女を抱かせようとしたそうだが、幾度繰り返しても失敗に終わり、ついには諦めたという。

「いやはや、笑ってしまうとは失敬の極み。されどまあ、何と意志のお強い。宗衎公と通われた時も左様になさっておいでしたのか」

鳩谷は「いやいや」と首を横に振った。

「宗衎公の幼き頃、我が父がお付きの医者を務めた縁もあって、あの御仁とわしは共に育ったようなものじゃった。馬が合ったし、わしのことも色々とご承知であられた」

ゆえに丹羽とは違い、女を宛がうような無粋はしなかった、と言う。この人に懸かると粋と無粋が逆しまになるらしい。

それはさて置き、宗衎に連れられた折も女を抱かなかったとなれば、いったい如何に遊んでいたのだろう。眼差しで続きを促せば、鳩谷も興が乗ったようで、軽く笑いながら語った。

「宗衎公はな、吉原で出される膳を好まなんだのよ。葵《あおい》の御紋が入った椀《わん》やら盃やら持ち込んでな、料理も藩邸で作らせたものを運ばせて、それで宴を張る御仁じゃった」

「妓楼《ぎろう》の側にしてみれば、ちと困る客ですな」

何しろ松江藩の隠居が宴席を頼むのである。たとえ宗衍が手を付けないと分かっていても、妓楼の側からすれば、膳を支度しない訳にはいかない。

鳩谷は大きく頷いて、然る後に胸を張った。

「そこで、わしの出番という訳じゃ。ご隠居様が見向きもせぬ膳を平らげるのよ。まあ、そのために連れて行かれたのであろうな」

馬琴はしばし、くすくすと肩を揺らしながら聞いていた。が、ここに至ってひとつの疑問が浮かび上がってくる。

「先生を交えての宴なら、藩邸から運ばせた二人分、予《あらかじ》め妓楼で支度した二人分で、合わせて四人分の膳があるはずですが」

「ああ。藩邸から運ばれたご隠居様の分を除いて、全て食うたぞ。ものを粗末にするのは大嫌いじゃからのう」

首尾一貫している。が、三人前を毎度ひとりで平らげるのは杓子定規《しやくしじようぎ》と言うべきか、はたまた意地になっていたのか。さすがの偏屈である。とは言え、こうして話してみると、決して嫌な人ではない。江戸町人からすると、斯様な人となりが粋で痛快に映るのかも知れない。

そして、或いは——。

「いやあ、今のお話で分かり申した。先生は松江の番頭《ばんがしら》格にまで昇られましたが、精勤するのみでは出世も難しいご時世、やはり歴代ご主君の覚えがめでたかったのでしょうな」

先々代の宗衍とは、たった今の話だけでも仲の良さが分かる。先代の治郷とて、父・宗衍の遊興を咎めはしたが、鳩谷という人が父に付いていてくれるのを好ましく思っていたのだろう。

鳩谷は「そうであろうな」と笑いつつ、しかし「それだけではない」と続けた。

「何を隠そう、わしの出世はきちんとした功ゆえである」

藩儒の立場でこそないが、博覧強記で名の通った儒者である。藩士の子弟に教えを説いてきたのは間違いない。だが松江藩で番頭と言えば、家老と中老に次ぐ立場で、藩政に携わる身だ。その位に就くには、相当に功績を積む必要がある。

「それは？」

期待を込めて問う。鳩谷はにやりと笑って、軽く顔を突き出した。

「では、わしが治郷公の面目を保った折の話でもしようか」

またぞろ面白い話が聞けるのだろう。馬琴は胸躍らせて耳を傾けた。

＊

「然らば、今日の講義はこれまで」

　藩士の子弟に儒の教えを説き、十幾人かの礼を受けて一室から出る。西日の橙色《だいだいいろ》が濃くなり始めた時分で、あとは参覲《さんきん》で江戸に上がっている藩主・治郷に挨拶をすれば今日の役目も終わりであった。自身の屋敷は藩邸から目と鼻の先、日が暮れる前には戻れるだろう。

　思いつつ廊下を進み、玄関へ向けて右手に折れる。と、見知った顔の江戸家老が頭を抱えながら右往左往していた。こちらに気付いていないのか、難しい顔で溜息《ためいき》をひとつ。思い立ったように玄関へ向かったと思えば、すぐに止まって「駄目だ」と戻って来る。

「ご家老、如何《いかが》なされました」

「うわ……。お主か」

　驚きと嫌気の入り混じった声に、鳩谷は「ふむ」と頷いた。

「面倒な奴《やつ》に会った、という顔ですが」

「やかましい。いつもこういう顔をしておる」

「それは、左様な面差しに生まれ付いたということですかな？　それとも、わしと会う時はいつも、ということでしょうや」

家老は苛立《いらだ》ちも露《あら》わに、蠅《はえ》でも追い払うように手を振った。

「一大事なのだ。下手をすれば我が首が飛ぶ。お主に関わり合《お》うておる暇はない」

そう言って困り顔に戻る。鳩谷は「異なことを」と詰め寄った。

「仁・義・礼・智《ち》・信、儒家は五徳を重んじる。ことに仁、つまり慈悲の心は重きもの。御身の首が飛ぶと聞いて知らぬ振りはできませぬわい」

「お主では、まとまる話も壊してしまうと申して……。いや」

待てよ、という顔をしている。さては何かしら仕損じたことがあって、それを如何に繕うべきかという話であろう。そして、この家老は――多くの者がそうだが――儒者・萩野鳩谷を嫌っている。だとすれば。

「御身の咎を、わしになすり付けようという悪巧みですかな」

「人の心を読むな！」

あっさり白状しているのだから世話はない。からからと笑って返すと、家老は「はあ」と大きく溜息をついた。

「実はな。大変な話を忘れておったのだ」

ひと月ほど前、幕府から各藩に湯島聖堂《ゆしませいどう》への献供《けんく》が命じられた。普請や修繕に使う財を納めよという下達だが、家老はこれをすっかり失念し、手筈《てはず》を整えていなかったらしい。

「しかも今日が期限なのだ。時分は七つまで」

そこへ、どこかの寺から夕七つ（十六時）の鐘が渡る。家老の顔が、見る見る青ざめていった。

「何たることか。お主などに捉《つか》まって、良案の出ぬまま七つになってしもうた」

もう終わりだ、主君の面目を潰してしまったと頭を抱えている。とは言え、ごくわずかの間しか話していない。湯島聖堂まで献納に行くなら間違いなく半時《とき》（一時は二時間）以上を要したであろう。たとえ良案とやらが出たところで、間に合うはずはなかったのだが。

鳩谷は「ふはは」と笑った。

「容易《たやす》い話ではござらんか。すぐに片付けてご覧に入れる」

向かい合う目が、丸く見開かれた。

「片付けるとは、如何なる手管で」

「わしが献納に向かうと申しておるのです」

「たった今、刻限を過ぎたのだぞ！　まったく、お主は」

鳩谷は「おや」と首を突き出し、家老に顔を寄せた。

「わしが献納に向かえば、仕損じたのは御身ではなく、この鳩谷ということになりますが」

「今すぐ湯島に向かえ。この一件が殿のお耳に入る前に、早《はよ》う」

咎から逃れられると知った途端、家老は掌《てのひら》を返した。

献納の財は千両箱が二つである。これを左右振り分けにして馬の鞍《くら》に支度し、鳩谷はその馬に乗って湯島に向かった。到着は半時ほど後の七つ半（十七時）で、案の定、湯島聖堂の役人は刻限を過ぎた献納を受け付けようとしなかった。

「如何に雲州公のご献納であれ、既に締め切っておるのだ。早々に引き取られい」

鳩谷は「そこを何とか」と笑った。

「実は、藩の屋敷を出たのは今朝じゃったのよ。ところが寄る年波ゆえか、道中で腹痛《はらいた》を起こしてなあ。ちと知り合いの家に寄って、休ませてもろうたという訳じゃ。按配《あんばい》が良うなるのを待っておって、遅れたに過ぎん。分かったら受け取るが良かろう」

「それは其方《そのほう》が都合であろう。先にも申したとおり、刻限を過ぎたものは受け取れぬ」

「何と！　御公儀には仁の心がないと申すか。嗚呼《ああ》……世も末じゃわい」

鳩谷は嘆きつつ、献納の二千両とは別に持参した風呂敷包みから、白装束と三方《さんぽう》、そして匕首《あいくち》を取り出した。

「おい爺《じじい》。何をしておる」

「見て分からんか。斯様な仕儀となっては殿に申し訳が立たぬ。この場を借りて割腹仕《つかまつ》る」

役人が、小さく「ふふん」と鼻で笑う。できる訳がないと高を括《くく》っているのだ。

それなら、それで良し。衆人環視の中、纏《まと》っていた着物を脱いで白装束に替え、匕首の乗せられた三方に向かい合って合掌した。

「雲州公が臣・萩野鳩谷が死に様、とくとご覧《ろう》じよ」

と、役人たちが「うわあ」と騒ぎ始めた。

「鳩谷？　あの偏屈か？」

「おい、やめさせよ！　萩野鳩谷なら、まことにやりかねん」

「ここを血で汚しては」

役人たちは口々に言いつつ、わらわらと纏わり付いて、抜き払った匕首を引っ手繰った。床板に少しばかり血が落ちているが、鳩谷のものではない。刃物を奪うに当たって、役人こそ怪我《けが》をしたようである。

それと見て、鳩谷は声を荒らげた。

「たわけ者めらが！　国のため、若人に教えを説く聖堂ぞ。それを如何に番所の床とは申せ、こともあろうに血で汚すとは。其許《そこもと》らには向学の心がないのか」

「え？　いや、その……。まこと、申し訳ない」

鳩谷の名を聞いた役人たちはすっかり肝を潰し、また一喝されて怯《ひる》み、謝る側に回ってしまった。当の鳩谷はそれらの顔を見回して荒く鼻息を抜いた。

「雲州公の献納を受け取るが良い。さすれば其許らの愚行も不問に付す」

「お。おう。それで良ければ」

役人たちは、ついに二千両を受け取った。釈然としない顔の群れを一瞥《いちべつ》し、鳩谷は白装束のまま馬に乗って帰って行った。

＊

「――と、斯様な次第じゃ。わしの名ひとつで、刻限に遅れた金子《きんす》を受け取ってもらえた」

松江藩松平家は東照神君《とうしょうしんくん》・家康の二男、結城秀康《ゆうきひでやす》の流れを汲《く》む家柄である。幕府から命じられた献供を忘れていたのでは面目も丸潰れになろう。そこを自分が救った、偏屈の評判も使いようだと言って、鳩谷は笑った。馬琴はまたも大口を開けて笑ってしまった。

「いや、たびたびの失敬を」

「構わん、構わん」

余の者なら、笑うどころか「天下の法を捻《ね》じ曲げるとは怪《け》しからん」と怒るらしい。その言い分にも頷けるところはあるが、戯作者にとって正しいのは常に楽しい方である。

馬琴はくすくす笑いながら懐の帳面を取り、矢立《やたて》から筆を抜いて、今の話をさらさらと書き付けていった。

「まだまだ、斯様な話もあるぞ」

鳩谷の舌はなお滑らかであった。

曰く。ある時、江戸城の桜田門《さくらだもん》にて乗り馬が暴れ、そのまま門を通ってしまった者があった。下馬せずに門を抜けることは重罪に当たるが、その者は門衛に一両を摑ませ、これを以て許されたという。そうと聞いた鳩谷は、わざわざ馬に乗って桜田門を抜けた。

「わしも門衛に一両を渡した。一両払えば、ここで馬を試させてくれるのだろう、とな」

馬上のまま門を抜けたにせよ、馬が暴れて致し方なかったくらいは見ていれば分かる。軽い叱責で終わらせるべきところ、賂《まいない》を得て法を捻じ曲げるなど言語道断、斯様な乱れを正したのだと胸を張っている。

「門衛の奴、恥じて謝りおったわい」

つい先ほど、自ら法を捻じ曲げた聖堂の一件を話したばかりである。その舌の根は未だ乾いていない。しかしながら、と馬琴は敬慕の眼差しになった。

今の話の、法を重んじる姿こそが鳩谷の真実ではあるまいか。何しろ、下手をすれば首が飛んでいたのだ。湯島聖堂の話にしても、放っておいたら本当に切腹したのかも知れない。

「先生は、常に身を挺《てい》して実践なされるのですな」

「人に教えを説く儒者とは、かくあらねばならん。そうは思わんか」

大きく頷いた。諸々のやり様が極端に過ぎるから、偏屈だの変人だのと言われるものの、この人は良い学者である。

以後もあれこれ話を聞き、面白そうなところを書き留めていった。と、少し離れた寺から――恐らくは芝《しば》の増上寺《ぞうじょうじ》か――昼八つ半（十五時）の鐘が届く。既に一時ほどが過ぎていた。

「いやあ、すっかり話し込んでしまいましたな。そろそろ、お暇《いとま》せねば」

「何じゃ。楽しい時も終わりか」

名残惜しそうに返されて、悪い気はしない。とは言いつつ、本当なら今日の約束は半時前の昼八つ（十四時）までだったのだ。

「先生はこの後、ご用事があるというお話だったでしょう」

「あ、そうじゃった」

「暇を見て、また参ります」

丁寧に挨拶して、馬琴は鳩谷の屋敷を後にした。

来た道を逆に辿《たど》り、大名屋敷の群れを抜けた。赤坂界隈《かいわい》を外れて芝に至れば、増上寺の前に引かれた東海道である。行き交う人混みの中、心地好い溜息をひとつ。すると軽く腹が鳴った。

「八つ半か。小腹もすく頃だ」

馬琴は街道筋の水茶屋に向かい、縁台に腰掛けて団子と茶を頼んだ。ほどなく運ばれた品を口へ運び、今日のことを考える。

稀代の変人と謳《うた》われる人を訪ね、戯作の種にするつもりだった。が、どうしようかと迷っている。

門の屋根に隠れるように駕籠を据え付け、その中で書見をしていた辺りは大いに驚いた。部屋に入れば瓦楽多の山、火桶ひとつない部屋で鼻をほじりながら話す姿は、確かに度外れた変人なのかも知れない。

しかし、儒者としては優れた人だった。これを面白おかしく書いて世に送り出すなど失敬、不敬であろう。天愚孔平の名で人気を博しているという以外、細かいことを知らぬまま訪ねたのだが、町人の噂はあれこれ尾鰭《おひれ》が付いただけではないのかと疑っている。何しろ世の雀《すずめ》たちは口さがない。その人の実を知りもしないくせに、分かった気になって揶揄《やゆ》するのが常なのだ。

鳩谷を物語の種にするのは、やめよう。あれほど楽しんで語らった相手なのだ。そう思ってひとつ頷き、残った茶を一気に干した。

そこへ――。

「おや。馬琴殿ではないか」

不意の声、鳩谷である。用事があるという話だったから、自分が去ってすぐに出たのだろう。赤坂にほど近い芝で鉢合わせになってもおかしくはない。思ってやや右手、南側を向く。

度肝を抜かれた。

「え？　せ、先生。え？」

数歩の先にあった姿は、先《さき》まで語らっていた人とは思えなかった。

雲ひとつない晴天の下、ご丁寧に雨合羽《あまガッパ》を羽織り、笠《かさ》に腰蓑《こしみの》。ごみ溜めの如き部屋にあった古草履を腰にぶら下げ、それを幾つも連ねて引き摺《ず》って歩いていた。右手に握るのは杖《つえ》かと思いきや、ひと振りの釣り竿《ざお》である。

「ええと。その。釣りにでも、行かれるのですか」

訳の分からぬ格好だが、ただ釣り竿を持っているという一事を頼りに、呆け顔で問う。さも意外とばかりに「え？」と返された。

「どこからどう見ても、稲荷《いなり》詣《もうで》の出《い》で立ちであろうに」

呆け顔が引き攣《つ》った。どこからどう見ても、その出で立ちではない。と言うより、どこに行く格好にも見えない。

ともあれ何か返さねばと、当たり障りのない追従をする。

「稲荷詣は……昨今の流行《はや》りですな。信心、まことに良きことと存じます」

すると鳩谷は、嬉しそうに「ほう」と笑みを見せ、こちらの肩を摑んできた。

「ならば共に参ろう。今日は二十ほど回るつもりでおる」

どうやら、先の追従から「良きこと」だけを切り取って聞いたらしい。

正直なところ、困った。

屋敷で話していた時なら、共に稲荷詣も悪くないと思ったであろう。だが今は違う。これほど頓狂な格好の人と一緒に歩くのは、有り体に言って恥ずかしい。

「共にと申されましても……ですな。先ほどお暇したばかりで」

鳩谷の眉が、ぐっと寄った。

「良いと申すから誘ったのに。斯様な時、弟子は黙って師に従うものぞ」

こちらの都合を何ひとつ考えぬ、横柄な言い分である。それより何より――。

「あ、あのですな。弟子になった覚えは」

戸惑いながら控えめに抗弁するも、聞く耳を持ってはもらえなかった。鳩谷は都合の悪いところを全て聞き流し、呵々《かか》と嬉しそうに大笑する。

「わざわざ我が屋敷を訪ねてまで、教えを請うたではないか」

そして言い放った。馬琴のみではない、大儒と言われるあの者も、この藩の藩儒も、湯島聖堂で教える儒者も然り、一度でも自分と言葉を交わせば全て弟子なのだと。

「誰も彼も我が弟子である。わしは荻生徂徠《おぎゅうそらい》先生の弟子筋だが、その徂徠先生とて元は我が祖父の門下じゃったがゆえ、やはり我が弟子筋と言えよう」

「いや。さすがにそれは目茶苦茶でしょう」

鳩谷の眉が、再び強く寄った。

「何が目茶苦茶なものか。そも、わしは孔子《こうし》の後胤《こういん》なるぞ」

「は？　孔子？」

啞然《あぜん》、愕然《がくぜん》という顔が返された。

「まさか足下、孔子を知らんのか」

孔子。姓は孔、諱《いみな》は丘《きゅう》、字《あざな》は仲尼《ちゅうじ》。弟子たちと交わした話をまとめた「論語」は、全ての儒学の礎となっている。

いや。その孔子は知っているのだが。

しかし。

今度は馬琴が愕然とした。

「その……。あの孔子でしょうや」

「孔子に『その』も『あの』もない。孔丘、字は仲尼。他に誰がおる」

話が大きすぎる。自身の祖が孔子だと言って憚《はばか》らぬ者が、どこにあろう。馬琴の胸中に警戒の黒雲が湧き出した。

名うての偏屈、稀代の変人と謳われる人。思えば自分は、萩野鳩谷という人を詳しく知らぬまま交わりを持った。そして判じた。偏屈だの変人だのは噂に過ぎない、と。だが、間違いではなかったか。屋敷で話していた時は、目の前にいる「変人の顔」が見えなかっただけ。そうでは、ないのか。

狼狽《ろうばい》する傍ら、鳩谷は自らの家系について滔々《とうとう》と語り始めた。

「その昔、豊前《ぶぜん》の草野《くさの》城主・萩野信敦《のぶあつ》が海を渡って唐土に行った折、孔子の何代目かの男が、ちょうど死んだばかりじゃった。して、その……名を何と言ったか、まあ『何とか殿』には妾《めかけ》がおったのじゃが、主《あるじ》に死なれて路頭に迷っておった。信敦はこれを憐《あわ》れんで日本に連れ帰ったところ、この妾が『何とか殿』の子を宿しておると分かった」

しばらくの後、この妾は子を産んだ。萩野信敦は実子に恵まれなかったため、この子を養子に取って萩野家の家督を継がせたのだという。

「萩野家は元々が平氏であったゆえ、孔子と平氏の後を襲う者とて、姓を孔平《くひら》と改めた。我がもうひとつの名乗り、天愚孔平は、ここから取ったものだ」

かくあって、自分は正しく孔子の末裔《まつえい》だ。孔子が儒学の祖である以上、全ての儒者は孔子の末裔たる自分の弟子と言って差し支えない。鳩谷はそう言って、何を疑うこともない顔である。

「馬琴殿も儒の道を学んでおったのじゃろう。その上で我が屋敷を訪ね、教えを請うた。どこからどう見ても立派に弟子である。分かったら稲荷詣に付き合うがいい」

あたふたしている間に手を摑まれてしまった。ぐいと引く力は、とても当人の言う百五歳とは思えない。

「い、いや先生。此方は家に帰ろうと。お待ちを」

馬琴は無理やりに茶屋の縁台から立たされ、そのまま引っ張られて行った。

「お！　見ろよ、天愚の爺だ。今日も妙ちくりんな格好じゃねえか」

「また何か、やらかすぜ。付いてってみるけえ？」

「おうよ。ちょいと離れてこうぜ。天愚は臭えって話だからな」

などなど言いつつ町雀たちが集まり、遠巻きに付いて来た。その数が次第に増えてゆくも、鳩谷は平気の平左で、調子はずれの鼻歌交じりである。

「お、お放しくだされ。後生ですから。せ……鳩谷殿」

にやにやと薄笑いの人々が見守る中、手を引かれる馬琴こそいい面の皮である。この有様では、もう「先生」とは呼べなかった。

＊

江戸町人にとって稲荷大明神は身近な神で、あちこちの神社に祀《まつ》られている他、長屋の建ち並ぶ片隅にも必ず祠《ほこら》がある。こうした神社や祠を十、百と回るのは昨今の流行であった。

「さあ、さあ。早う回らんと日が暮れてしまうぞ」

稲荷詣の道連れができて、鳩谷は実に嬉しそうである。対して馬琴は、後ろからぞろぞろと付いて来る野次馬たちに顔を見られまいと首を縮めていた。

付き合うこと自体は構わないのだ。が、こうも突飛な出で立ちで手を引かれては困る。戯作者として名の売れた身、おかしな噂が立てば先々に響きかねない。

「あ、あの。わざわざ手を引かずとも」

おずおずと、小声で不平を漏らす。と、鳩谷は眉をひそめた。

「せっかく案内してやろうと申すに。人の厚意を無にするとは、馬――」

「わあ！　あ、あ！　ば、馬喰《ばくろちょう》町の方にでも、参りますか」

馬琴と呼ばれそうになって慌てて遮り、取り繕う。鳩谷は「おや」と目を丸くした。

「二十も回るんじゃぞ。馬喰町だと遠すぎる」

「はあ……。それではお任せいたします」

手を引くのは、やめてもらえそうにない。或いは、そうすれば逃げてしまうと思っているのだろうか。分かっていて手を引くのなら底意地が悪い。分かっていない、掛け値なしに厚意で案内しようと思っているのなら、それはそれで始末が悪い。

ちらりと目だけを流せば、後に続く野次馬は既に二十を超えていた。皆が鳩谷の――天愚孔平の奇行を楽しみにして、ひそひそ、くすくすと聞こえてくる。

その様を知って、馬琴は心中で嘆いた。

偏屈だの変人だのは、世の馬鹿者が何も知らずに言っているだけだと思っていた。だが、何も知らないのは世の人ではなく、自分の方だった。

町人は分かっていたのだ。鳩谷すなわち天愚孔平という変人は、近寄らねば害のない妖怪の如きもの。だからこそ数々の奇行を眺め、ただ笑ってきた。

然るに自分は近寄り、あまつさえ触れてしまった。そして、気に入られた。古い神社のお堂に封印された箱を面白半分で開け、悪霊に取り憑《つ》かれた。それに近い恐怖と後悔、苦悩に面持ちが歪《ゆが》む。

「お。あそこに祠があるな。さあ馬――」

「ば、ばば、晩飯は！　何にしよう……」

またも馬琴と呼ばれそうになり、慌てて潰した。鳩谷は「おい」と苦笑している。

「晩飯など、後で考えれば良かろうに。ああ、ただし冷や飯に限るぞ」

青い顔で「はは」と乾いた笑いを漏らす。端から見れば、急に的外れのことを言い出す自分も変人の仲間に見えているはずだ。どうしたものかと思ううちに、鳩谷は細い道の辻にある稲荷の祠へと嬉しそうに近付いて行った。

祠の前には、ごく小ぶりな賽銭箱《さいせんばこ》が置かれている。鳩谷は左手に掴んだ一文銭を放り込み、形どおりに二拝、二拍、一拝した。

見物人はさらに増えて、三、四十人になっている。逃げ出したいのはやまやまだが、この人垣を抜けるのはひと苦労だろう。再び鳩谷に捕まってしまうかも知れないし、逃げるに当たって野次馬たちに顔を見られでもしたら、もう目も当てられない。

躊躇《ちゆうちよ》している脇で、変人は懐から一枚の札を出した。そして腰蓑の内にある短い竹筒から冷や飯と思《おぼ》しき米粒を取り、それを糊《のり》として祠の屋根に貼り付ける。札にある「天愚孔平」の芝居文字は、版木で刷ったものらしかった。

「こうしてな、わしが来たことを知らしめるのよ」

それが何のためなのか、馬琴には分からない。いずれにせよ神仏に対しては不敬な行ないではあるまいか。

と、鳩谷はにやりと笑った。

「後ろに大勢付いて来とるじゃろう。わしが来たと分かれば、その社は栄える」

この人は紛《まご》うかたなき変人だが、屋敷で話した折に思ったとおり、心の底には真人間が住む。その徳が顕《あらわ》れて少しばかり見直したのだが、鳩谷はすぐに自ら台なしにした。

「というのは方便で、実のところは一度詣でた目印よ」

ない。

「信心の話なれば、二度目があっても良いではないですか」

小声で応じると、さも心外そうに返された。

「いかん。わしは千の社を回るつもりでおる。あと百年も生きるなら二度目、三度目があっても良いが、百五歳くらいの身なれば、我が寿命とて残り五十年もあるまい」

あと五十年も生きるつもりなのか。否、この人なら本当にそのくらい生きるかも知れない。

おかしな具合に感心していると、鳩谷は右手の釣り竿をひょいと持ち上げる。竿先の糸が引かれ、賽銭箱から一文銭が抜け出て来た。

「出た出た。天愚の賽銭釣り戻し！」

「けちの極みの草履大王だ」

野次馬が囃《はや》し立て、大笑いで手を叩《たた》く。馬琴は顔から火が出そうな思いで、囁《ささや》くように批難した。

「神仏に献じた賽銭を手に戻すなどと」

もっとも当人は、どこ吹く風である。

「まこと神仏に届くなら斯様なことはせぬ。じゃが賽銭を手にするのは坊主や神主ぞ」

だから不敬には当たらないのだと、胸を張る始末である。

何を言ったところで、と観念した。この苦行から解き放たれるには、早々に二十の稲荷を回り終えるしかあるまい。馬琴の胸中は、もうそれだけであった。

以後も鳩谷は、あちこちの祠を詣でた。その全てに刷り物の札を貼り付け、一度放り込んだ賽銭を引き抜いて回っている。道中に打ち捨てられたものがあれば、如何に値打ちのない品であっても拾い、懐に収めてしまう。斯様な醜態を晒《さら》すたび、野次馬からやんやの喝采が飛んだ。馬琴は顔を赤らめ、穴があったら入りたい思いに苛《さいな》まれ続けた。

どれほど稲荷を回ったであろう。気が付けば日枝《ひえ》神社、赤坂界隈の近くに戻って来ていた。日枝神社は須佐之男命《すさのおのみこと》の孫・大山咋神《おおやまくいのかみ》を祀る社だが、本殿のやや北西には稲荷大明神も祀られていて、これを山王稲荷《さんのう》と言う。

それにしても、と馬琴は小声で問うた。

「御身のお宅に近いのに、まだ詣でておられませなんだか」

「斯様に大きな社なら、鳥居に札を貼ることにしておる。じゃが、ここには貼られておらんじゃろう」

確かに貼られていない。とは言え、人の小ささを思わせるほど厳かな鳥居である。訳の分からぬ札を貼るなど、何と罰当たりな。そんなことをすれば何かしら咎を負わされ、仕置きを受けるのではあるまいか。

不安を抱えながら山王稲荷へ向かう頃には、天愚孔平の見物人はなお数を増し、五十人を超えているらしかった。

それらが遠巻きに囲む中で参詣を済ませ、日枝の大鳥居まで戻る。すると鳩谷は、釣り竿の先に札を付けて「えいや」と手を伸ばした。届くはずがない。この鳥居は人の背丈で七つか八つ、とにかく大きいのだ。

「届かぬなら、諦めるが良いでしょう」

馬琴は少しばかり安堵《あんど》した。札を貼る狼藉《ろうぜき》がなければ、咎も仕置きもない。と、思ったのが間違いだった。釣り竿で届かないと分かると、鳩谷は「仕方ないのう」とぼやき、そして。

何と、鳥居を登り始めた。

「え？　え？」

呆気《あっけ》に取られた。そう言えば屋敷を訪ねた折は、門の屋根に据え付けた駕籠に入っていたのである。日々ああしている身、鳥居を登るくらい訳はないのだろう。しかしながら、これは札を貼るどころの騒ぎではない。何たる不敬か。

「またやったぜ、天愚の奴」

「懲りねえなあ。毎度、剃がされてんのに」

野次馬が笑っていた。またやった、毎度剃がされている、とは。つまり鳩谷は以前にもここを詣で、同じように鳥居を登っていたことになる。

もしや鳩谷は既に耄碌《もうろく》して、詣でたことを忘れているのか。

いや。違うだろう。貼った札を社の者に剝がされてしまい、意地になっているのだ。いつか本当に罰せられそうである。

しかし、そうした懸念は馬琴だけのもので、野次馬たちは大喜びだった。

「おい、近くで見ようぜ」

鳩谷が鳥居の上に立つと、野次馬の輪が狭まって、呆然《ぼうぜん》と立ち尽くす馬琴を呑み込んでゆく。小さく「あ」と声が漏れ、軽く身が震えた。これは僥倖《ぎょうこう》、人波に紛れて逃げてしまえば良い。

「すまぬ、通してくれ。通せ」

鳥居に押し寄せる人を掻き分け、掻き分け、ようやく輪の外に出る。大きくひとつ「ふう」と息をつき、今のうちにと急ぎ足でその場を離れた。

背後遠くには、鳩谷の大声が響いていた。

「荘子《そうし》に言う。天の小人は人の君子なり。天の小人、つまりは天の愚者。わしこそ天愚の孔平であるぞ」

野次馬から、どっと笑いが起こった。

「何言ってやんでえ、べらぼうめ」

「それじゃあ、てめえが人の君子ってことになっちまうぜ」

言いたくなるのも当然である。この世に於《お》ける稀代の変人とは、天愚ではなく人の愚者――。

「え？」

馬琴は足を止めて振り返った。天の愚者が人の君子ならば。人の愚者とは、つまり天の君子ではないか。

「あれが？」

鳩谷は人々の喝采に手を振って応えながら、刷りものの札を鳥居に貼り付けていた。

この騒ぎに紛れて、馬琴はどうにか逃げ果《おお》せた。

以後、二度と鳩谷に関わろうとしなかった。無論、戯作の種にもしていない。だが、やはり気に入られてはいたようで、幾度か「共に稲荷詣を」「たまには遊びに来い」と文が届いた。もっとも、何かと理由を付けて断るうちに、いつしかそういう誘いも途絶えたのだが。

六年後の文化十四年（一八一七）に、萩野鳩谷が世を去ったと聞こえてきた。松江藩では行年を百一歳としているが、真実かどうかは定かでない。鳩谷が稲荷詣のたびに貼っていた札は、今では「千社札《せんじゃふだ》」の名を得て町人の流行りになっている。寺社の側はこの不作法に迷惑しているらしく、幕府もこれを禁じたのだが、江戸町人には効き目がなかった。

鳩谷の死を知って、馬琴は半ば目を伏せて考えた。

果たしてあの変人は、天の愚者、つまり人の君子だったのか。世に一面の愉楽を与えていたことを思えば、そうだったのかも知れない。しかし、振る舞いは紛うかたなき人の愚者だった。だとすれば、つまりは天の君子だったのだろうか。

「分からんな。俺は凡人で十分だ」

苦笑して筆を執り、紙の上に「天愚孔平伝」と走らせた。凡人にできるのは、鳩谷という人について書き残しておくことのみである。

第五話　刀と政宗

欲しい。
耄碌爺（秀吉）の
天下の逸品のその刀が
とてつもなく欲しい！

伊達政宗

（1567～1636）

職業　仙台藩・初代藩主

わずか18歳で名門・伊達家の家督を継承し、
その後は東北の多くを支配下に収める。
小さい頃に右目を失明したことから
「独眼竜」とも呼ばれていた。
好きな戦国武将ランキングでは、
常に上位。

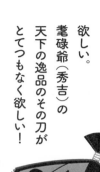

「掛かれ！」

そのひと声で、珍妙な車の群れが進んで行った。足軽が乗っているのだが、牛の革で分厚く覆われた屋根を備えて矢玉を通さない。この城、朝鮮・晋州城《しんしゆうじよう》を落とすべく作られた亀甲車という。牛の革なのに亀の甲とは、これ如何《いか》に。

などと思いつつ戦を検分しておったら、なるほど件《くだん》の亀甲車は火矢でさえ弾《はじ》いている。大したものではあるが、このために牛を百頭も殺して革を剝いだというから無残なものだ。もっとも俺――この伊達政宗《だてまさむね》も、かつて小手森城《おでもり》で人を八百ほど撫《な》で斬りにしているのだが。

「それ、突き崩せ！」

がなり立てる大音声に、俺は眉を寄せた。声に続いて打たれる陣太鼓の方が、まだ幾分静かである。ともあれ、指図に続いて車が猛然と押し出された。中の足軽たちが丸太を構え、それによって城の石垣を穿《うが》つ。突っ込んでは引き戻されることを幾度も繰り返すうちに、狙いどおりに石垣は崩れ始めた。

「いいぞ。もうひと息だ。叩《たた》け、崩せ、ぶち抜けい！」

正直なところ、かなりうるさい。戦場は騒々しいのが常なれど、この声は特に耳に障る。それと言うのも、声の主が俺と不仲の加藤清正《かとうきよまさ》だからだ。

俺は清正が嫌いだ。

とは言え、端《はな》から嫌っていた訳ではない。話せば長くなるが、念のために語っておく。太閤《たいこう》・豊臣秀吉《とよとみひでよし》殿下の家中に於《お》いて、俺は新参である。麾下《きか》に加わったのは今から三年前、相模《さがみ》の北条氏政《ほうじょううじまさ》・氏直《うじなお》父子を討つ戦、いわゆる小田原《おだわら》の陣に参陣せよと命じられた折だ。俺とて天下を窺《うかが》う者、初めは従う気などなかった。まあ結局は我が智囊《ちのう》・片倉景綱《くらかげつな》に説かれて参陣したのだが、すっかり遅参となってしまった。

経緯《いきさつ》を考えれば、首を刎《は》ねられて然《しか》るべきところだったのかも知れない。が、どうにか許された。奥羽《おうう》には小田原への参陣に応じぬ者も多く、伊達を敵に回せば、それらの旗頭にしてしまうからであろう。

ともあれ許されたのだが、一点のみ罰せられることがあった。殿下の発した「天下惣《てんかそう》無事《ぶじ》」に反するという咎《とが》で、攻め取ったばかりの会津《あいづ》を召し上げられたのである。これは如何にも無念であった。

ならばと、殿下に取り潰された大崎《おおさき》・葛西《かさい》の両家を動かして一揆《いっき》を起こさせた。きりの良いところで連中を降《くだ》らせて召し抱え、その功で会津に代わる新恩を巻き上げてやるつもりだった。しかしながら、世の中そう巧《うま》く運ぶものでもない。一揆を唆《そそのか》したのが露見して、言い逃れに四苦八苦した挙句に国替えを命じられ、所領も減らされてしまった。

さすがに観念して、以後はおとなしく従っている。

すると、どういう風の吹き回しか、殿下は俺をかわいがるようになった。清正はこれが気に入らないのだろう。ことある毎《ごと》に突っ掛かってくる。

まあ遅参の一件や一揆の件があった上でかわいがられる者など、気に入らなくて当然かも知れない。知れないのだが、表向きは笑って接するのが人というものではないか。何かにつけて「おまえが嫌いだ」と撒《ま》き散らす奴《やつ》など、どうして好きになれようか。

清正め、やれ俺の兜《かぶと》に付けた弦月《ゆみはり》の前立てが邪魔だの、右目の眼帯がむさ苦しいだの、顎の張った顔が不細工だのと。縮れ髭《ひげ》を伸ばした清正の方が、よほどむさ苦しく不細工である。

かくある次第で、当然の如《ごと》く双方不仲となって今日に至っている。此度《こたび》の唐入《からい》りでも、海を渡って朝鮮まで来たは良かったが、清正の如き者と同陣というのは如何にも腹立たしい。

「それ叩け！　ようし、よし、崩したぞ。者共、突っ込めえい！」

ああ、うるさい。石垣を崩した以上、勝負どころであるくらい誰にでも分かるだろうに。そもそも晋州城の兵は多くて八千かそこら、対してこちらは九万余の数なのだ。いきり立って暑苦しく吼《ほ》えずとも、勝ちは決まったに等しいではないか。まったく。

「よし！　いいぞ。儀太夫《ぎだゆう》、一番乗りだ」

ほどなく清正の家臣・森本《もりもと》儀太夫が斬り込んで行き、城内は蜂の巣を突《つつ》いたような騒ぎになった。と、次第に他の亀甲車も城壁を破り始める。観念したか、敵兵は城を捨てて逃げ出すようになった。

「む！　逃すな、討ち取れい」

戦う気の失《う》せた敵など放って置くが良かろう。などと思いつつ見守るに、ふと俺の目に飛び込んできた姿があった。

「うむ？　あれは」

思わず声が出た。もっとも清正の大騒ぎに吞《の》み込まれて、他の者には届かない。

目に留まった敵兵は牛の如き大男で、寄せ手を掻《か》き分けてこちらに迫ろうとしていた。腑《ふ》抜け揃《ぞろ》いの敵にあって、この男は天晴《あっぱれ》である。それは清正も認めたようで、牛男を指差して「良き敵ぞ、あれを討て」と叫び散らした。

応じて兵共が出て行くのだが、相手が桁外れの大男であるせいか、斬り余している。具足の肩や胴に斬り付けても、それ以上に刀や槍《やり》が通らないらしい。

「ええい。かくなる上は」

忌々しげな清正の声に、これは、と目が向いた。もしや自ら出て斬るつもりなのか。

と、思ったのだが。

「あのような者、捨て置け！　兵のひとりくらい何ほどもない」

がくりと力が抜けた。自ら「良き敵」と言った、その舌の根も乾かぬうちに。

やれやれ、致し方ない。如何にしても斬れないのは、相手が悪いのではない。使う刀が鈍《なまく》らなのだ。

「肥後《ひご》殿。強き敵こそ討ち漏らしてはならじ。この刀で斬るが良かろう」

立ち上がって清正の許《もと》に進み、ひと振りの刀を差し出してやった。何を隠そう、俺の持つ中でも指折りの業物《わざもの》・景秀《かげひで》の太刀である。

ところが清正め、顔を真っ赤にして怒りおった。

「皆の衆が持て余しておるからには、無用である。差し出がましいことを申すな！」

俺に刀を借りるのが癪《しゃく》に障るのだろう。だが、せっかく名刀を貸してやろうというのに断るとは何ごとか。意地でも斬らせるべしと、鞘《さや》から抜いて押し付けてやった。

「これは俺の小姓の刀だ」

俺に借りるのでなければ良かろうと、言外に含ませる。すると清正は、受け取った上で何やら考え始めた。

いささか、苛々《いらいら》した。

奴の頭の中は、恐らくこうだ。政宗に借りた刀でなければ面目は施せる。しかし、もしこの刀で大男を斬り果せれば、自身や家臣が政宗の小姓に見劣ることになってしまうぞ——と。左様なことに拘《こだわ》りおって。いや、小姓の刀だと偽ったのは、まさに「おまえは我が小姓にも及ばぬ」と嘲ってやるためなのだが。

「何を躊躇《ためら》っておられる。無理にでも斬り給《たま》え！」

さあ、どうする清正。意地を張って、討つべき敵を捨て置くか。武士の風上にも置けぬ奴よ。それともこの景秀で敵を斬り、我が小姓にも満たぬ刀しか持たぬと認めるか。

俺はどちらでも良いぞ。

「……これで斬れなんだら？」

それはお主の腕が悪いと言いたいところだが、今は思い止《とど》まった。

「斬り果せなんだら、詫《わ》びる」

「ほう？」

清正は、にやりと笑って床几《しょうぎ》を立った。そして馬廻《うままわり》衆《しゅう》に声をかけ、七、八人を連れて戦場に出て行った。

これで良い。景秀ほどの業物で斬れぬ相手などいないのだ。よしんば清正が斬り果せなかったら、俺が出て行って敵を斬り捨ててやれば良い。その時には、刀のせいではなく清正の腕が悪いということになるだろうし、どちらに転んでも胸のすく話になる。

思う間に清正は件の男へと詰め寄って、袈裟《けさ》懸《が》けに斬り掛かった。案の定、牛男の肩から胴は両断される。勢い余った刀は足許の土に打ち込まれていた。あの分では五、六寸（一寸は約三センチメートル）も埋まっているだろうか。

「うは、うわははは！」

いかん、思わず笑ってしまった。肝を潰した清正の顔は、それほどに滑稽であった。しばらくの後に戦は終わり、晋州は落城した。我が景秀はどうなったかと言えば、土に固く塡《は》まり込んでしまったため、掘り起こして抜くことになった。

「言っておくが、見事なのは刀であって、お主ではないぞ」

清正が悔し紛れに言う。俺は「はは」と軽く笑ってやった。

「家臣には常々、言い聞かせており申す。刀、脇差は武士の命、鞘も良きものを使って束ねを付け、思わぬところで刀が抜けぬよう鞘止めにも良きものを使うべし、また常に手入れを怠るでないぞ、と」

主君の役に立とうと思うなら、そのくらいの気遣いはあって然るべし。翻って、この心構えこそが自らの身を助けるのである。ゆめゆめ油断があってはならない。

「しかも刀とは、念入りに手入れをしておっても、いざその時になると難が出てしまうものでもある。然らば人を討つに当たり、一刀で仕留めんなどとは思うべからず。斬り果せねば叩き殺すのだという気概を持て。伊達の者は皆、その覚悟で戦場に臨んでおる」

件の牛男を討てなんだのは、斯様《かよう》な覚悟が足りなんだからである。言ってしまえば、加藤の家臣は甘い。ひいては主君たる清正が甘い。下の者は必ず上の人となりに染まるものだからだ――と、かかる肚《はら》で語った言葉なのだが。

「如何《いかが》かな、肥後殿」

「こ、この……それへ直れ！　斬り捨ててくれる」

どうやら俺の意地悪、もとい、真意はきちんと伝わっていたらしい。清正の奴、自らの差し料に手を掛けおった。だが馬廻衆が必死に止めている。まあ、そうなるだろう。陣中で味方に斬り掛かるなど乱心に他ならず、今日の戦功も全て失うのだからな。

「おのれ政宗、覚えておれよ！」

清正の悔しげな胴間声が心地《ここち》好い。我が手に戻った景秀を鞘に仕舞い、軽くせせら笑って立ち去った。いやはや愉快、愉快。

*

唐入りの戦は、ほどなく引き上げとなった。和議の談合が始まったからだ。交渉の間は替わり番で朝鮮に詰める者があるが、俺にその任は与えられていない。かくして文禄《ぶんろく》五年（一五九六）の秋には伏見《ふしみ》にあった。

この七月、伏見には酷《ひど》い地震があった。太閤殿下の隠居所たる伏見城――形ばかりの隠居ではあるが――も石垣が崩れてしまい、それまでの指月《しげつ》から木幡山《こはたやま》に移すことになった。

普請に当たり、俺は殿下に船を献上した。城を移すなら、殿下も伏見に詰める日が多いはず。お世継ぎの拾丸《ひろいまる》様がおわす大坂に出向く暇もなかろうが、船なら早く行き来できるゆえ使ってくれと、胡麻《ごま》を擂《す》った訳である。

正直なところ、媚《こ》びへつらうのは性に合わない。にも拘《かかわ》らず機嫌を取ろうとしたのには、当然ながら訳があった。

およそ一年前、殿下の養子・関白秀次《ひでつぐ》殿が切腹に追い込まれた。謀叛《むほん》を企てた咎だというが、間違いなく濡《ぬ》れ衣《ぎぬ》である。殿下は老境に至ってから実子の拾丸様を儲《もう》け、これを後継ぎにせんと思《おぼ》し召されて、秀次殿が邪魔になったのだろう。耄碌爺《もうろくじじい》、もとい、お歳《とし》を召してお目が曇られたとしか言いようがない。

そして俺は、この秀次殿と懇意だった。殿下の養子であるからには親しくして当然である。だがそれゆえに、俺も謀叛に加担したのではないかと疑われてしまった。根も葉もない話である。

まったく耄碌爺、いやその。

ああ！　面倒だ、もう耄碌爺で構わぬ。耄碌爺の胸ひとつで身が危うくなっては敵《かな》わんのだ。

幸い、徳川家康《とくがわいえやす》殿の口添えによって、伊達家はことなきを得た。とは言え俺はかつて小田原攻めに遅参し、奥州《おうしゅう》に一揆を唆して、殿下に逆らった男である。散々に怒らせた相手だけに、睨《にら》まれぬようにするための苦労は絶えない。

船を献上したのはそういう理由による。この船は殿下の好みに合わせて、朱塗りの派手なやつにした。

すると明くる日、仮普請の城に召し出された。応じて上がってみると、本丸御殿の庭へ通される。殿下はそこに床几を出して座り、何やら刀をご覧《ろう》じ、愛《め》でておられた。

「政宗、お召しに従い参上仕《つかまつ》りました」

二間《けん》（一間は約一・八メートル）も離れて跪《ひざまず》き、登城の挨拶をする。満面の笑みが返された。

「おお、良う参ったのう」

今日は機嫌が良さそうである。が、何しろ耄碌爺だ。少しのことで勘気《かんき》に触れる恐れは十二分にある訳で、振る舞いには気を付けねばならぬ。

「して、今日のお召しは如何なご用にござりましょうや」

と、殿下はたった今まで愛でていた刀を鞘に収め、楽しそうに笑った。

「聞いたぞ。朝鮮の晋州攻めで、虎の奴をやり込めたそうじゃのう」

虎とは加藤虎之助《とらのすけ》、つまり清正のことだ。刀についての心得を語り、おちょくってやった一件であろう。

「やり込めたつもりは。ただ、この政宗が如何に刀を大切にしておるか、ひいては如何に太閤殿下のお役に立たんと精進しておるか、その心構えを語ったに過ぎませぬ」

「良きかな、良きかな。さほどに刀を大事にしとるなら、ええ刀を見たかろう？」

「お手にある脇差が、それにござりますか」

殿下は「如何にも」と大きく頷《うなず》いた。

「おみゃあが寄越《よこ》した船な。実に、ええもんじゃったわい。献上の褒美代わりに、逸品を見せたろまい。こっちゃ来い、来い」

忙《せわ》しなく手招きされた。一礼し、腰を低くして前に出る。互いに手を伸ばしても届かぬ辺りまで進むと、殿下の小姓が先ほどの刀を預かって俺に渡した。

一見して、見事なこしらえだった。円《まろ》やかに光る銀《しろがね》の鞘、柄《つか》には鮮やかな朱色の糸が巻き締められている。

「如何な由来の刀にござりましょう」

「聞いて驚け。織田信長《おだのぶなが》公が惚《ほ》れ込んでお集めになった備前長船光忠《びぜんおさふねみつただ》、二十五腰のうちのひと振りじゃぞい。ほれ、抜いてみい」

なるほど、確かに天下の逸品。かほどの刀と聞けば、見るだけでも胸が躍る。押し戴《いただ》き、改めて一礼すると、固唾を呑んで静かに抜いた。

「おお……」

これは、と目が丸くなった。白く光る刃と黒光りする刀身、二つを別《わか》つ刃紋が美しい。無数の水滴が刃から刀身へ流れ落ちんとしている、或《あるい》いは蛙《かえる》の子が頭を揃えているかに映る紋は、蛙子丁子《かわずこちょうじ》だ。大きめの紋、小さい紋が折り目正しく並ぶ様は、人の手で打たれたものとは思えない。

何と素晴らしい刀だろう。抱き締めて千畳敷きの畳を転げ回りたいくらいだ。いや、それでは身が切れてしまうが、つまりそれほどに美しい。

「——宗。おい。政宗」

殿下に声をかけられて、我に返った。

「あ。つい見惚《みと》れてしまい」

「よだれ、出とるぞ」

「ご無礼を」

慌てて小袖で拭う。その間も、目はこの脇差に釘付《くぎづ》けであった。

「どうじゃ。名刀と呼ぶに相応《ふさわ》しかろう」

「まさに。眼福とは、このことにござる」

するとは何を思ったか、殿下はこう問うてきた。

「欲しいか？」

欲しいかと問われたら、欲しいに決まっているではないか。見せてやると言うから、見るだけかと思っていたのに。

或いは殿下は、自らの言さえ忘れてしまうほどに耄碌なされたのか知らん。だとすれば。俺がこの刀を持ち帰っても、明日には忘れているのではあるまいか。

悪心が湧き出して「持ち去れ」と囁《ささや》く。一方、振る舞いに気を付けよという良心が「ならぬ」と首を横に振る。

そうだ。だめだ。睨まれては敵わじ、身を慎んで――。

「はっ！　欲しゅうござるゆえ、頂戴仕る。ありがたき幸せ」

我ながら情けないが、俺の良心は容易《たやす》く負けた。なに、殿下もすぐに忘れるゆえ大事ない。多分、そのはずだ。きっと。

「然らば、これにて」

俺は走った。長船光忠の脇差を持って、一目散に逃げた。

「おい政宗。待たんか、この阿呆《あほう》。おい！」

後ろから、慌てた声が飛んで来る。この上ない不作法をしでかしておいて何だが、聞こえないことにした。聞こえていれば、言われたとおりに待たねばならぬ。が、聞こえていないのだから仕方ない。恐らく、そのはずだ。

殿下はなお何やら叫んでおいでだったが、誰が追って来るでもない。

と、いうことは。間違いない、この刀は俺に下されたのだ。

幸せであった。これほどの逸品を手に入れて、まさに有頂天であった。

そして明くる日、俺はまた城に上がった。城普請のうち、伊達の割り当てを視《み》てやらねばならなかったからだ。

すると。

そこに、いたのだ。太閤殿下が。

「おう政宗。早速、光忠を差しとるんか」

にこやかに言う。が、然る後にその面持ちが険しくなった。

「わしから盗んだものを、昨日の今日で差して参るとは大した度胸じゃ」

「え？　それがしに下されたのでは」

目を白黒させる俺を捨て置いて、殿下は傍らの小姓に命じた。

「おみゃあら、聞いたとおりじゃ。政宗にあの脇差を盗まれた。取り返して来い」

「いやその、殿下」

今日には忘れていると思ったのに、もしや俺を罠《わな》に嵌《は》める策だったのか。嗚呼《ああ》、何たること。耄碌爺の策に弄ばれるとは一生の不覚ぞ。このままでは、俺は盗人《ぬすつと》だ。首を刎ねられ、伊達も潰される。

そんなことが、あって堪《たま》るか。断じて認められん。

ならばと、肚が据わった。

かくなる上は潔く豊臣と一戦を交えるべし。そのためには、まず――。

「三十六計逃げるに如《し》かず！」

そうだ。まず、ここから逃げねば話にならぬ。俺は走った。脇差を腰に差したまま、一目散に逃げた。

「おい。逃げたぞ」

後ろから声がした。殿下の小姓か。

「ということは、まことに盗んだのか」

「殿下のお戯れではなく？」

語り合い、慌てて追って来る。俺は、なおも逃げた。

「待たれよ」

「伊達殿、観念なされい」

さらに逃げた。十も数えるほど逃げた。と、今度は「きゃきゃきゃきゃ」と楽しげな笑い声が上がった。甲高く、捻《ね》じれたような声音で。

「もうええ、追うでにゃあ。盗んだちゅうんは戯れじゃ。許して遣わせ」

小姓共が「え」と驚き、駆け足をやめた。

俺も、逃げるのをやめた。

どうやら、俺の慌てる姿を見たかっただけらしい。殿下も人の悪いことだ。耄碌爺め。

＊

時は流れ、人は世を去る。太閤殿下は脇差の一件から二年ほどで黄泉《よみ》に渡った。

後継ぎは拾丸改め豊臣秀頼《ひでより》殿であった。が、その折の秀頼殿はわずか六歳、政《まつりごと》は老衆《おとな》や奉行衆が執るより外になく、それがゆえに豊臣は老衆《しゅう》筆頭・徳川家康殿の思うがままとなってしまった。

こうなると、天下人が代わるのは無理からぬ話だ。家康殿は関ヶ原《せきがはら》の戦いで石田三成《いしだみつなり》を破り、豊臣家臣のまま将軍位に就いた。

俺はと言えば、家康殿に味方して生き残っている。奥羽の独眼龍《どくがんりゅう》という二つ名のとおり、俺は幼い頃に疱瘡《ほうそう》を患ったせいで右目がない。が、先を見通す目はあったと言えよう。

それから十五年。家康殿は――いや、主家となった以上は家康公とお呼びしようか。

家康公はついに豊臣を滅ぼして徳川の土台を固め、然る後にお隠れになった。

家康公は豊臣から天下を奪い、あまつさえこれを潰した。では悪人なのかと言えば、俺はそうは思わない。そもそも太閤殿下とて、織田信長公の天下を奪って世を統べたのだ。戦乱の習いである。かく言う俺も然り、もし自らに運があり、また徳川幕府に何らかの綻びがあるなら、今からでも天下を奪う気はある。

もっとも幕府にはこれと言った綻びが見えぬし、我が伊達家の仙台も六十二万石の大藩ゆえに扱いが良い。ならば、まずはおとなしく仕えているのが吉である。

さて徳川幕府には参覲《さんきん》交代がある。大まかに言えば、大名が交代で国許を離れ、将軍御座所の江戸に出仕するというものだ。江戸表にあるのは概《おおむ》ね一年で、その間は城に上がる日も多い。

そうした折、城内では他国の大名とも顔を合わせる。そして何人か集まれば、何だかんだと話に花が咲くもので、今日も参覲の大名衆であれこれと話していた。つまらぬ話題なら早々に切り上げるのが常だが、この日は刀剣についての談議であっただけに、ついつい俺も話し込んでしまった。

と、いつしか話は脇差に及んだ。皆が自分の差し料を自慢し、順繰りに語っていく形になっている。

あらかじめ断っておくが、秘蔵の品を普段から差している訳ではない。これは誰もが同じだ。つまりこの場の自慢合戦は「普段差しでさえ、これほどのもの」という話である。

「さて、次は伊達殿の番ですぞ」

右隣の藤堂高虎《とうどうたかとら》が自慢を終え、満足げに促す。俺は小さく笑って胸を張った。こと刀については大いに自信がある。朝鮮の役で披露した景秀も然り、太閤殿下から奪い取った、もとい、拝領した長船光忠も然り、他にも大倶利伽羅広光《おおくりからひろみつ》に鎺国行《はばきくにゆき》、鶴丸《つるまる》と、集めた刀は名品揃いだ。

「然らば、お話し致そう。今日の我が差し料は――」

「伊達殿なれば、さだめし正宗《まさむね》でござろうな」

喜び勇んで口を開くに、話の腰を折る者がある。加藤嘉明《よしあき》だ。あの加藤清正と同じく太閤殿下の子飼いから出世した男だが、俺はこやつが嫌いだった。と言うより、俺には嫌いな奴が多い。この男「も」嫌いだと言うのが正しいだろう。

嘉明の何が嫌かと言えば、俺に対して厭味《いやみ》たらしいのだ。これなら清正の方が、真正面から突っ掛かって来ただけ幾らかましである。まあ蚤《のみ》が大きいか小さいか、そのくらいの違いでしかないが。それにしても、俺の周りには二人も痴《し》れ者の加藤がおるせいか、もう加藤と聞いただけで嫌気が差すほどになっている。余の加藤殿には申し訳ないが、人とはそういうものであろう。

それはさて置き。

俺の差し料だから正宗であろうな、とは。馬鹿ではないのか。俺の名とかけて面白おかしく横槍を入れたつもりだろうが、はっきり言ってつまらぬ。こういうのは洒落《しゃれ》ではなく、たわ言の類だ。

刀匠・五郎入道《ごろうにゅうどう》正宗は、俺が持つ大倶利伽羅を打った広光の師匠とも養父とも伝えられる名匠である。つまりは逸品の中の逸品、たとえ持っていたとしても普段差しにする盆暗《ぼんくら》などある訳がない。

だが。しかし。

腹が立つ。

嘉明の如き阿呆に茶化されたことも腹立たしいが、それ以上に、俺の差し料が正宗ではないと言えば、持っていないと思われそうなのが癪に障る。そして嘉明は、きっと鬼の首を取ったかの如くに喜んで俺を貶《けな》すだろう。

そんなことは我慢がならぬ。誰に嘲られても腹は立つものだが、嘉明の如きに侮られては末代までの恥だ。

かくなる上は。

「いかにも。我が差し料、正宗に相違ござらん」

どうだ参ったか。驚け嘉明。悔しがるが良かろう、たわけめ。

などと思いつつ、実のところ恐れていた。厭味たらしい嘉明ならば「ちと拝見」くらいは言いそうなものである。まあその時は言い逃れをするまでだが。太閤殿下を相手に大崎・葛西の一揆を唆し、露見しながらも言い逃れて生き延びた俺なのだ。嘉明などに負けるはずがないと自分に言い聞かせ、正宗の刀について知るところを語っていった。さも今の差し料がそれであるかのように。

「――然れども我が差し料の正宗は、幅広く切先が長い。鎌倉の幕府が終わって後の作刀と見られるがゆえ、大業物なれど格下と考えて、普段差しにしておる次第」

幸いなことに、嘉明の阿呆は「拝見」とは言ってこなかった。ただ、にやついている。どうした嘉明。正宗の如き業物を普段差しにしていたら、そうまでおかしいか。いや、確かにおかしいのだが、この男に斯様な目で見られるというのが許せぬ。

「とは申せ、沸《にえ》の美しきことは、やはり正宗ならでは。日々身に帯びて愛でるに相応しき逸品と存ずる」

苛立ちを顔に出さぬよう努めつつ、脇差について偽りの自慢を終えた。

ほどなく刀剣談議はお開きとなり、伊達の江戸屋敷へ戻った。が、その頃になっても俺の腸《はらわた》は煮えくり返ったままであった。嘉明のにやけ面を思い出すほどに、あの薄ら馬鹿にびくびくさせられた屈辱が蘇《よみがえ》る。

このままでは誰か手打ちにしてしまいそうだ。それではならじと、茂庭良元《もにわよしもと》を呼んだ。

「良元、おるか。良元！」

「はっ。これに」

伊達家譜代の家柄、仙台藩で「一族」の家格を持つ重臣である。俺が苛立っているせいか、神妙な顔であった。

「おい。おまえ、何か悪さでもしたのか」

「滅相もない」

「ならば堂々としていろ。余計に腹が立つ」

良元は釈然としない顔だったが、構わずに命じた。

「ところで、正宗の脇差を持って参れ。俺が集めた中の、どこかにあるだろう」

「はっ。殿の差し料については諸々《もろもろ》存じ上げておりますれど、恐れながら、ご所蔵の中に正宗の脇差はございません。ただ、打刀《うちがたな》の正宗はございます」

打刀とは大小の大だ。脇差ではないが、それがあれば十分である。

「分かった。ならば、それを短く磨《す》り上げて脇差に直せ」

ぽかんとした顔が返される。然る後、良元は情けなく眉尻を下げた。

「ご無体な。天下の逸品に左様なことを」

「構わん。やれ」

「まず！　まず、落ち着かれませ」

いったい、どうしたのか。何ゆえ正宗ほどの業物を磨り上げろなどと言うのか。良元に問われて今日の仔細《しさい》を語る。ひととおり話し終わると、向かい合う目が呆《あき》れた色を映した。

「左様なことで意地を張らずとも。打刀と話を取り違えたとでも仰せになれば、面目は施せましょう。それに脇差なら、太閤殿下より拝領の長船光忠もございますれば」

「正宗の脇差について、散々に自慢して来たのだ。打刀と取り違えておった、などと申さばどうなるか。嘘《うそ》が露見するではないか」

仙台六十二万石の大身が嘘をつけるはずもない。とにかく磨れ。脇差に直せ。できぬと言うなら俺にも考えがあるぞと凄《すご》んだ。

「さあ、どうする良元。知行の召し上げくらいで済むと思うなよ」

「これまたご無体な。ああ、もう……承知仕りました」

急ぎ、抱えの刀工に命じて直させるという。ほれ見たことか。できるではないか。できるのにやりたくないというのは怠慢に他ならぬ。

「されど殿。まこと、よろしいのですか。磨り上げてから悔いても遅うござりますぞ」

「二言はない。やれと言ったら、やれ」

良元は嘆きつつ去って行った。

数日の後、正宗は脇差となって我が手にあった。柄を外し、持ち手の部分——茎《なかご》を検《あらた》める。

「……おい良元。これは、どういうことだ」

「は？」

訳が分からぬ、という顔をしている。訳が分からぬのは俺の方だというのに。苛々して、手の内にある刀を荒く突き出した。

「茎の銘を見よ。振分髪となっておるではないか」

「振分髪。振分……ああ」

少し考えて、良元は得心顔になった。

「これは『伊勢物語』にある古い歌にちなんだものでしょう」

伊勢物語の二十三段、筒井筒《つついづつ》。

昔、いつも井戸の周りで遊んでいる男の子と女の子があった。二人は大人になるにつけ、互いに恥ずかしがって会わなくなってしまった。しかし、関心を失ったのではない。男はこの女をぜひ妻にしたいと願い、女もこの男こそと思い、親が勧める縁談を断り続けていた。

ある時、男は心を決めて、女に歌を贈った。

筒井つの　井筒にかけし　まろがたけ　過ぎにけらしな　妹《いも》見ざるまに

井戸の囲いと丈比べをしていた私の背も、あなたに会わずにいる間に、囲いの高さを超えるほどになりました。そろそろ、妻としてお迎えしたく思います。

　これに、女は返歌を詠んだ。

比べこし　振分髪も　肩すぎぬ　君ならずして　誰《たれ》かあぐべき

振り分け髪——お下げにしていた私の髪も、いまでは肩にかかるほどになりました。この髪を結い上げ、私を大人の女にしていただくのなら、あなたを措《お》いて他にないと心に決めておりました。

「——と、いうものです」

うっとりした顔で良元が語る。いささか眉が寄った。

「伊勢物語くらい俺も知っている。その振分髪が、何ゆえ刀の銘なのだ」

「お待ちを。続きがございます」

人伝《ひとづて》に聞いた話だがと前置きして、良元は続けた。

かつて織田信長が朝倉義景《あさくらよしかげ》を滅ぼし、朝倉家所蔵の正宗を手に入れた。しかし信長が佩《は》くにはやや長かったため、短く磨り上げたいと思ったらしい。

「そこで信長公は、如何にすべきか細川幽斎《ほそかわゆうさい》殿に諮《はか》ったと聞きます」

　すると幽斎は、今の振分髪の歌を引き、磨り上げるべしと答えた。振分髪を結い上げるのと正宗を磨り上げることをかけ、貴重な逸品を磨り上げるのは信長を措いて他にあるまいと答えたのだという。

「何だ、へつらいおって。幽斎とはかくも情けなき奴だったのか」

「殿も、昔は太閤殿下のご機嫌を取ろ――」

　じろりと睨んでやる。つまらぬ言葉は、それで止まった。

　ともあれ振分髪の訳が分かった。なるほど気分が良い。つまりは刀工が俺に謙《へりくだ》ったということである。

「そうか。俺を信長公に見立てたのだな。天下の器であると」

「いや……信長公になったつもりかと厭味――」

「おい」

　再び、じろりと睨む。良元は震え上がって「はは」と乾いた笑いを漏らした。

「今のは穿ちすぎでしたな。殿が貴重な刀を磨り上げたのを気に病まぬよう、鍛冶が信長公の差し料になぞらえたのでしょう」

「元より気に病みはせぬ。これで俺は嘘つきでなくなったのだからな」

　それにしても、振分髪とは信長公に由来の銘であったか。長船忠光の脇差も然り、ことほど左様に俺は信長公に縁があると見える。いやはや愉快、愉快。

＊

生きておる以上、如何な者とて世の理《ことわり》を外れることはできぬ。太閤・秀吉殿が黄泉に渡り、東照神君《とうしょうしんくん》・家康公がご遠行なさったように、人は時の流れにだけは抗《あらが》えないのだ。

俺とて例に漏れはしない。既に齢《よわい》六十を過ぎ、十分に老境である。

徳川の天下も、今やすっかり盤石になった。昔は「徳川に綻びあらば」と思っていたが、こうなると天下を窺うなど虚《むな》しき夢でしかない。昨今では泰平の世を楽しみ、天下と領民のために働くを良しとして、心穏やかに過ごしている。

俺は——否、歳も歳ゆえ「わし」と申そう。わしは今日、包丁を手に料理をこしらえた。元は陣中での食を豊かにすべしと始めたのだが、天下が定まってからは良き趣味となっている。特に今日のように、大切な客がある日は熱が入りやすい。馳走《ちそう》とは旬の品をさりげなく出し、主人自ら調理して、もてなすことである。

そして、その客人とは。

「おお伊達殿。久しいのう」

「三位様《さんみ》、ようこそお出《い》でくだされた」

徳川御三家、水戸《みと》藩主・頼房《よりふさ》様である。三位様とは官位のことだ。

この御仁には、ひと癖あった。

昨寛永《かんえい》三年（一六二六）のこと、頼房様は従三位権《じゆさんみごんの》中納言《ちゆうなごん》の位に就かれた。まあ、わしも同じ官位を持っておるし、加賀《かが》の前田利常《まえだとしつね》や薩摩《さつま》の島津家久《しまづいえひさ》もまた権中納言なのだが、それゆえ頼房様は「家臣筋と同じ扱いなど言語道断」と憤られた。結果、今年に入って早々に従三位から正三位《しようさんみ》に昇叙を果たされている。

跳ね返りと言うか、反骨と申すものか。そうした人となりは、出で立ちの好みにも出てくるものだ。頼房様は派手で珍妙な着物を好み、具足や刀、脇差も目立つこしらえにしておられる。世が戦乱の真っ只中《ただなか》にあった頃の、傾奇者《かぶきもの》と言えよう。

「どうだ伊達殿。今日の着物も振るっておるだろう」

「如何にも、如何にも」

まず袴《はかま》を着けず、小袖を着流しにしている。色は毒々しいまでの緋色《ひいろ》で、しかも袖がない。紅藤色の肩衣《かたぎぬ》には、背に金糸で鳳凰《ほうおう》が縫い取られていた。肩衣とは裃《かみしも》の上であるから、常なるものは腰の辺りまでなのだが、頼房様のは足許に届くほど長く、陽春の風になびいている。象牙色と浅葱色《あさぎいろ》で編んだ組紐《くみひも》が帯代わりであった。

官位に不服を申し立てる不作法も然り、傾《かぶ》いた出で立ちも然り、上様——三代・家光《いえみつ》公は頼房様に頭を痛めておいでらしい。

が、わしはこういう気風をかえって好ましく思う。若い頃はそれで構わんのだ。そも反骨の心なくして大業は成し得ない。御三家の当主ならば、わしもなおのこと凡俗にはない気太閤様の骨を持たねばならぬだろう。珍奇なる出で立ちも男立てと申すべきで、わしも太閤様の唐入りに際しては誰より目立つ具足で上洛《じょうらく》したものだ。

言ってしまえば、頼房様は若い頃のわしに通じるところがある。泰平に馴《な》らされた年寄りの目に、若く荒々しい生気はことの外に眩《まぶ》しい。

そんな次第で、この賓客を大いに歓待した。

自ら手掛けた膳は五つ。前菜には鰈《かれい》と菜の花の酢味噌和《すみそあ》え。続く煮物は長芋で、絹さやの青をあしらった。造りは細魚《さより》を井桁盛に、焼き物は鯛《たい》。締めは筍《たけのこ》飯と手毬麩《てまりふ》の吸いものである。頼房様は作法など知ったことかと豪快に平らげ、満面の笑みであった。

「いやはや、伊達殿の料理は実に旨《うま》いのう。これを手ずから作るのだから恐れ入る」

「もったいなきお言葉にござる」

世の中、褒められて嫌がる者はいない。ことによると、貶されて「我が目に見えぬことを気付かせてもらった」と謝する輩《やから》もあるが、そういう者こそおかしいのだ。世には謙虚と受け取られても、わしに言わせれば卑屈に過ぎる。ともあれ、料理を楽しんでもらえた喜びに、わしは上機嫌であった。

興が乗ると、もっと楽しんでもらいたくなる。では、と次のもてなしに話を向けた。

「ときに三位様は、刀にもご執心だとか」

「おう。刀、脇差は武士の命じゃ。それが分からん奴は阿呆よな」

わしも常々、家臣たちに同じことを言い聞かせてきた。やはり、この御仁には通じるものがある。それでこそだと、秘蔵の刀をお見せすることにした。まあ、正直に言えば見せびらかしたかったのだが。

かくあって小姓を呼び、江戸屋敷にある名物を持って来させた。

「さ、とくとご覧あれ」

まずは唐入りの折、阿呆の清正をからかうのに使った景秀を。

次に、あの振分髪正宗を。

あれを、これを。そして、ついにこのひと振りの出番となった。

「これなむ、かつて織田信長公の差し料であった脇差、備前長船光忠にござる」

銀こしらえの鞘の煌《きらめ》き、柄に鮮やかな朱糸は今なお変わらない。人は老いてゆくものだが、刀は常に手入れを怠らずにおれば歳を取らないのだ。

「おお。これはまた見事な」

頼房様は大いに喜ばれ、すらりと抜いた。

「何と……」

それきり言葉を失っている。陶然とした眼差《まなざ》しで蛙子丁子の刃文を見つめ、瞬《まばた》きすらなされない。あまりに美しいものを見ると、人の心はそれに吸い込まれ、現世《うつしよ》に帰って来られないのではないかという恐れすら覚えるものだ。この光忠を初めて見た折、わしも今の頼房様と同じになったことを思い出す。

「実は、この光忠には面白い話がありましてな」

「それは？」

頼房様が、はっと我に返った。危うく「向こう側」に囚《とら》われるところだったと、顔に書かれている。わしは「はは」と笑い、二年余り前だったか、江戸城の宴《うたげ》から抜け出した話をした。

「上様から御夜話に招かれましてな。お城に上がって宴となったものなれど、まあ席は長いわ話はつまらぬわで、うんざりしておったのです」

「上様と伊達殿は仲がよろしかろう。なのに、つまらん話だったのか」

「繰り言ばかり聞かされましたからな」

家光公は女嫌いである。と申すより、男が好きなのだ。夜伽《よとぎ》も小姓を抱くばかりで、御台所《みだいどころ》様をお迎えになってからもお手を付けずにいたという。まあ武士が男を抱くのは常なる話だが、こと将軍となると、それでは困る。

「早《はよ》う世継ぎをと急《せ》かされるのが嫌だと、そればかりで」

頼房様は何のてらいもなく、げらげらと笑った。

「如何にも、上様らしいわ」

「左様な次第なれば、それがし気晴らしのため幾度も厠《かわや》に立ち申した。が、さすがに付き合いきれなくなりまして、この脇差を置いて勝手に帰ってしもうたのです」

「これを置いて？」

驚いた顔である。斯様な逸品を捨て置いて帰るなどと聞けば、誰でもそうなるだろう。が、わしとてこの光忠を手放す気は毛頭ない。

「そこに、からくりがありましてな」

にや、と笑って種を明かした。

実は、この光忠の偽物を作っていたのだ。鞘や柄のこしらえを同じにして、中は竹光というものである。

「政宗が光忠を置いて下がるはずがないと、皆が思ったのでしょう。誰に呼び戻されることもなく、楽に帰れましたわい」

後から聞いた話では、あまりに長く戻らないので、上様は人を遣《や》って探したらしい。そして、わしがとっくに帰ってしまったと知り、偽の光忠を抜いてみたそうだ。中が竹光だと分かって、上様はただ笑っておられたという。

「俺が同じことをしたら、大目玉だったろうな。上様と昵懇《じっこん》の伊達殿ならではだ」

頼房様はまたも豪快に笑って、目尻の涙を軽く拭う。然る後に再び光忠に見入り、長く溜息《ためいき》を漏らした。

「それにしても美しいのう。これは、どこで手に入れたのだ」

それか、と悪戯心《いたずらごころ》が頭をもたげた。話のついでだと、太閤様から有無を言わさず奪い取った一件を詳《つまび》らかに語ってゆく。

「政宗が盗んだと言われた時には肝を冷やしましたわい。かくなる上は豊臣と戦じゃと、覚悟を決めたものです」

「なるほど。左様な手管であったか」

楽しげに幾度も頷き、頼房様は光忠を鞘に収めた。そして居住まいを正し、真剣そのものの眼差しになる。

「のう伊達殿。たっての願いじゃ。この光忠、俺に譲ってはくれぬか」

ぜひに、と頭を下げる。それも平伏かと思うほど深々と。水戸は主家筋、しかも頼房様は家康公の十一男とあって、いささか畏《おそ》れ多い。

「お手を上げられませい」

「おお！　では、くれるのか」

ぱっ、と面持ちを明るくする。しかし。

「それはまた別の話にござろう。お譲りする訳には参りませぬ」

「何だよ……」

ぬか喜びと知って、悲しげな目になってしまった。不憫《ふびん》とは思うものの、それでも譲る訳にはいかぬのだ。何ゆえ駄目なのかと問われたら、駄目なものは駄目だとしか言いようがない。

が、頼房様も引き下がらなかった。

くれ。ならぬ。

だが、くれ。いや、なりませぬ。

押し問答をどれほど繰り返したろうか。先《さき》までの語らいで漂っていた楽しげなものは、すっかり流れ去ってしまっていた。

「左様か。如何にしても、譲ってはくれぬと」

「これぱかりは、平にご容赦を」

すると、頼房様の目に若い血気が宿った。そして。

「ならば先達に倣うのみ。御免！」

言うが早いか、光忠を持って逃げ出してしまった。

あれか。先達に倣うとは、つまり。

わしが太閤殿下から拝領した時のこと、そのままか。

「いや！　いやいやいや！　なりませぬ。三位様、ご無体な」

驚いて、懸命に追いかけた。家臣たちが「何ごとか」と出て来て、共に追う。だが歳を重ねた身の、何と切ないことであろう。頼房様を捉《つか》まえるより、わしの息が切れる方が早かった。

荒く、肩で息をしながら思った。相手が家臣なら手打ちにしてやるところだ、と。

「あ。ええと。うむ……」

口がへの字に結ばれた。わしも、豊臣の家臣たる身で同じことをしていたのだった。今の今まで首が繫《つな》がっているのは、ひとえに秀吉殿のご寛典に他ならないのか。

そう思うと、苦笑が漏れた。まさしく、あの折の秀吉殿と同じ笑みであった。

「おい。もう良い、追うな」

既に小さくなった頼房様の背を眺め、家臣たちを制した。わしと通じる御仁だからこその、この顚末《てんまつ》なのであろう。いやはや、何とも。

その後、件の光忠は水戸家の家宝と定められたらしい。名物が我が手を離れたのは悲しいが、とりあえず、ひと安心である。

第六話　色道仙人

一生に一度、
なけなしの金で
女郎を
買いたいだと？
だったら、
ワシが……

中島棕隠

（1779～1855）

（職業）儒学者。漢詩人。狂詩作家

京都の代々儒者の家に生まれる。村瀬栲亭に学んだが、ゆえあって江戸に下り、10年ほどして帰京。後に出版した詩集『鴨東四時雑詞』で有名になる。

辻《つじ》を折れて「この辺りのはずだ」と通りを眺める。四、五軒の向こうにひと際目立つ建物があった。鰻《うなぎ》の寝床と称される京町家の中、この一軒だけは料理屋の如《ごと》き普請である。簡素ながら門を構えた二階家で、門前に至れば、横書きに「色道指南」と大書された看板が掲げられていた。

「ここだ」

新十郎《しんじゆうろう》は固唾《の》を呑み、そこへ足を踏み入れる。狭い間隔で並べられた飛び石を踏んで玄関に至り、大きく息を吸い込んで「御免」と声を上げた。

「此方《こなた》、伊予松山藩《いよまつやま》に仕える者。名を小竹《こたけ》新十郎と――」

と、口上の途中だというのに、がらりと引き戸が開いた。出て来たのは五十過ぎと思《おぼ》しき細身の男で、白髪交じりの髪を総髪の髷《まげ》に束ねている。

「ようこそ、お出《い》でなされた。この中島棕隠《なかじまそういん》に漢学の指南を受けに参られたか」

折り目正しい、という言葉がしっくりと来る佇《たたず》まいである。しかし新十郎は、それにこそ驚いた。果たしてこの家で良いのだろうか。門の看板は確かめたはずだが。

「あ、いや。漢学ではなく、ですな」

「何じゃ違うのか。松山の藩士と申されるゆえ、てっきり」

いささか狼狽《ろうばい》していると、棕隠と名乗った男は得心したように「おお」と手を叩《たた》く。

「なら狂歌ですな。そうどすか、この大極堂有長《おおごくどうゆうちょう》に習いたいと」

「は？」

今しがたの折り目正しい口調はどこへやら、町衆の如く語りかけてくる。しかも中島棕隠を名乗っていたのに、今度は大極堂有長などと、ふざけた名を口走るとは。狂歌を云々《うんぬん》しているが、もしやこの人は狂人ではないのか。思いつつ、しどろもどろに返した。

「い、いいえ。歌の嗜《たしな》みも、その、よろしいのですが。ええと……ここは兎鹿斎《とろくさい》先生のお宅では、ござらんのでしょうか」

「ああ、そっちかよ！　いやいや、俺がその兎鹿斎だ。おめえさん、色道の指南を受けに来たって訳だぁね」

今度は江戸言葉である。訳が分からない。

「いや、その。え？　中島……棕隠というのは？　大極堂有長とは？」

目を白黒させながら問うと、相手は何でもないとばかりに呵々《かか》と笑った。自分には三つの顔があるのだ、と。

「代々が学者の家系ゆえ、学問の時には中島棕隠を名乗っておる。せやけど大極堂有長の名ぁで戯作《げさく》やら狂歌やらの時は、版元はんやら町方衆を相手にしますさかい、こないな喋《しゃべ》り方なんどすわ。で、江戸暮らしン時に色道に開眼したもんでな、兎鹿斎の時には江戸言葉って訳さ」

武家の言葉、京言葉、江戸言葉をくるくると変えながら、よくもまあ滑らかに話せるものだ。やはり狂人か。とは思えど、そもそも色ごとを追求して「色道」と吹聴《ふいちょう》する者である。常人である方がおかしいのだと自らに言い聞かせ、おずおずと訊《たず》ね直した。

「ええ……。では、貴殿が兎鹿斎先生で間違いないと」

「おうよ。まあ入《へえ》んな」

手招きされて玄関の内へ。料理屋の如き外見に違《たが》わず、邸内もそれらしい造りであった。玄関から進んですぐのところに廊下があり、奥へ続いている。三間《けん》（一間は約一・八メートル）ほど進むと右手には真四角の坪庭があり、小さな池で鹿威《ししおど》しが風流な拍子を刻む。この庭を囲って廊下が巡らされ、それぞれに面して四つの部屋があった。

各々の部屋を一見して、度肝を抜かれた。白くあって然《しか》るべき障子の色が、どれも白くない。庭の左側は薄い浅葱色《あさぎいろ》、右側は真っ黒。手前は若草色に染められ、そして最も奥、二階へ上がる階段近くの部屋に至っては毒々しいまでの緋色《ひいろ》である。

恐ろしいところへ来てしまった。やはり帰ろうかと尻込みして、新十郎は「あの」と掠《かす》れ声を出した。すると兎鹿斎は胸を張って、こう言う。

「どうだ、良かろう」

「え？　あ、はあ」

帰ると言いそびれて曖昧に返事をすると、兎鹿斎は「違う、違う」と眉を寄せた。

「この家の名前だよ。銅駝余霞楼《どうだよかろう》ってんだ」

言いつつ、新十郎の手を取ってぐいぐいと引っ張って行く。連れられたのは最も奥、緋色の障子の一室であった。

部屋に入って、またも面食らった。四方の壁に隙間なく春画が貼られている。

「す、すごい部屋ですな」

「そろそろ怖くなってきたかい？」

兎鹿斎の口ぶりは、ゆったりとして実に落ち着いていた。こういう部屋に入れば人は怖《お》じけるものだと理解していて、目つきも「それで当然」と語っている。

つまりは心も何も、全てが平静でありながら、こういう狂態に暮らしているということだ。ならばこの人は狂人ではない。人というものを超越した仙人である。

そうした思いさえ見透かしたように、兎鹿斎は「へへ」と笑った。

「色ごとってのはさ、情に狂った心の行き先だあね。色道指南を受けに来たってこたあ、おめえさんの頭ん中も、春画だらけの部屋と何も変わらねえ。違うかい」

「……いやはや。仰《おつしや》るとおりです」

一面で感服してしまった。この人は、人の心や情を知り抜いている。その上で色道の看板を掲げているなら本物だ。先《さき》まで覚えていた抵抗がだいぶ薄らいでくると、それも察したか、兎鹿斎が座布団を勧めてくる。従って座を取ると、おもむろに問いかけられた。

「さて。どういう訳で色道をお望みなのか、まず、そこから聞かせてくんねえ」

「実は――」

促されるままに経緯《いきさつ》を語った。

新十郎は伊予松山藩の小役人の家に生まれた。父は厳格で、かつ吝嗇家《りんしょくか》――けちで名の通った人であった。

「半人前の身に嫁取りなど早いと言われ続け、二十三を数えた今まで独り身にござる。加えて藩からの禄《ろく》も、将来に備えて貯《た》めておくよう厳しく命じられておりました」

「なら女郎を買って遊んだこともねえ、女そのものを知らねえって訳だな」

うな垂れて「はい」と返した。

「その父が、去年の末に亡くなりまして」

家督を継いだ新十郎は、藩の京屋敷詰めを命じられた。二ヵ月ほど前、三月一日を以《もっ》て上洛している。

「京に上がるなら、祇園《ぎおん》で女郎を買おうと決めたのです。父の命に背くことにはなりますが、それでも女人《にょにん》の味を知りたく思うは男の性《さが》にて。然るに、です」

一家の主《あるじ》となったは良いが、所詮は小役人である。禄は少なく国許《くにもと》には母も存命とあって、無駄遣いはできない。

「女郎を買うにせよ、これまで貯めてきた金しか使えません。遊べるのは一度きりなのです」

「なるほどね。つまり、どうしてもハズレを引きたくねえってことか」

「はい。そんな折、色道指南の噂《うわさ》を耳にいたしまして」

兎鹿斎なる粋人があり、色ごとに於《お》いて辛《つら》い目を見る者がないようにと、男女の間に纏《まつ》わる諸事を説いている。この人なら女を見極める術《すべ》も承知しているだろうと、ここを訪ねて来た。

「何とぞ、伝授してくだされませ。お願い申し上げます」

すがる目を向けた。が、返ってきたのは「どうかねえ」と気乗りのしない声だった。

「色ごとってのは、長く時をかけて覚えるもんだ。おめえさんの歳《とし》じゃあ、どれほど遊び慣れた奴《やつ》だって、まだ何も知らねえも同じだぜ」

もう少し時を経て、まずは人を見る目を養ってからの方が良い。その意見は至極真っ当である。これを以て新十郎は、兎鹿斎が人として正しいことを確信した。色ごとで辛い目を見ぬようにというのは、決して建前ではない。そう思い、意を強くして、なお頼み込む。

「先生の仰せは良く分かります。此方も時をかけて目を養い、その上で女を選ぶつもりでした。されど、すぐにでも指南を受けねばならぬ訳ができまして」

「へえ。そいつは？」

「先頃、長屋の衆に誘われ、近々祇園に繰り出すことになってしまったのです」

藩邸に備えられた、武家長屋。ここに住まうのはいずれも下級藩士で、上下の違いは大したことがない。とは言いつつ、京詰めの長い者はやはり先達である。その誘いを断って、色々と気まずいものを残すのは如何《いかが》なものか──。

「左様な次第です。ですが此方は、たった一度しか遊べぬ身。つまらぬ思いをして祇園から帰れば一生の悔いとなりましょう。何とぞ、お助けくだされ」

兎鹿斎は「参ったね」と眉を寄せた。

「そうまで言うんなら、教えねえこともねえけどよ……。近いうちのお誘いってのは、いってえ全体《ぜんてえ》、いつなんでえ」

「同じ組の五人が揃《そろ》って非番になる、二十日後です」

しかも席の兼約──予約の都合を考えれば、どの女郎を買うのか、十日後には決めておかねばならない。そうと聞いて、兎鹿斎はなお困ったようであった。

「俺が二十年かけて会得したことを、十日でねえ。いいかい小竹さん。俺の色道はな、今でも学ぶことが六十四もあるんだぜ。深く掘り下げりゃあ、もっと多くあるかも知れねえ」

ひとつを座学で学び、それを幾度も実践して自らのものにする。女の味を知らぬ者が全てを会得するには、果たして何年かかることか。それを向こう十日でというのは、やはり無理がある。言われて、新十郎は「それでも」と平伏した。

「耳学問ひとつでも違うものでしょう。どうか」

額を畳に擦《こす》り付けること、どのくらいか。大きな溜息《ためいき》で「分かったよ」と返ってきた。

「そうまでされちゃあ、嫌たあ言えねえや」

「おお！」

如何《いか》にしても時がない。今日は非番で、この後も特に用事はないからと、その日から指南を始めてもらうことになった。

＊

「初めにお伺いしたいのは、好色な女の見分け方についてです」

同輩が女遊びについて語るたび、聞かされることがあった。自分だけ妙境に達し、女が何も感じていないのは虚《むな》しいと、皆が口を揃えて言う。一度きりの遊びなら、虚しい思いをしたくはない。その気持ちで問うたことであった。然るに。

「ん？　おめえさん、女郎を買うんだよな？」

「はい。先ほど申し上げたとおりです」

即座に返すと、兎鹿斎は難しい顔を見せた。

「ああ……何て言うのかね。まず、女郎ってのは男と寝るのが商売だ」

商売である以上、よほど気に入らぬ客を除いては愛想良く接するものであるし、つまらぬ床入りであっても感じたふりをするものだ。同輩が女郎を指して「石仏の如き女」と評するのは、その者が嫌われているのではないか、と言う。

「つまりだ。おめえさんが相手に嫌われねえように気を付けりゃあ済む話だな」

新十郎は「何と」と眉尻を下げた。

「女遊びとは、かくも夢のない話にござるか」

「いや、綺麗《きれい》どころを抱く訳だからな、夢を見に行くってのは間違いじゃねえんだが。何てえのか……夢は見るな」

大方、おまえは女郎を妙境に導いて満足したいのだろう。そういう夢は見るな。遊郭など男が快楽を満たすだけのところだ、割り切れ、ということであった。

「いや先生！　それでも、それでもです。如何に商売だとて、男と交わって何も感じない女と、そうでない女はいるでしょう」

「そりゃ、そのとおりだが」

「だったら此方は、男を迎え入れて少しでも喜悦を覚える女を選びたい」

兎鹿斎は少し呆《あき》れたように「ふむ」と頷《うなず》いた。

「それに答えるにゃあ、心得を六つ七つも繙《ひもと》かにゃならん」

「望むところです。お教えくだされ」

「しょうがねえな。それじゃあ、まず色道之四から二つ教えてやる」

曰《いわ》く。女の好色は血気、すなわち血の巡りにあり。目つき鋭く髪は黒々、頬は常に赤みを帯びて、少しばかり太めの女が良い、と。

「それからな、好き者の女はアレが臭い」

「アレと申しますと、その」

「女の、あそこだ」

と言われても、実見せねば臭気など判じられるはずもない。どうやら顔つきで見分けるしかあるまいと、筆を執って帳面に箇条書きにした。

「さて次だ。まず、こいつを見ねえ」

兎鹿斎は背後の文箱《ふばこ》から数枚の版絵を取り出した。膝元に並べられたのは、あられもない図である。

「こ、これは」

「女の、あそこだ」

「絶景かな……」

　実物ではないが、初めて目にするものである。この部屋全体に春画が貼られているのだが、絵の中の女は男と交わっていて、その部分だけをじっくり見られるようには描かれていない。一枚ずつ手に取っては、目を血走らせてじっくりと見ていった。

「ここがこうなって。羽のようだ。上のところに豆のようなものが。おお」

「……おい。おめえさん、ちと怖《こえ》えぞ。鼻息が荒すぎだ」

　気持ちが萎《な》えたような声で苦言を呈される。が、新十郎はどこ吹く風で「いやはや」と顔を上気させた。

「男の持ちものが十人十色なら、女も同じなのですな」

「ああ……まあ、そうだ。広いの、狭いの、穴の上付きと下付き、豆がでけえの、それこそ色々あらあな」

　諦めたように応じ、ひとつずつ指差しながら講釈を加えてゆく。新十郎には、その度に版絵から淫靡《いんび》な臭気が漂うかに思えた。説明された以外にも関木《かんのき》、巾着、陰冷《しみず》など。他が形だけの話であるのに対し、この三つは玉門《ぎよくもん》の中の話であって、版絵では示せないという。

「まあ、入れてみて具合がいいかどうかの話だな。まず陰冷は興醒《きようざ》めだ。巾着に当たりゃ上々、巾着の上に狭けりゃなお良し。気に留めといて欲しいのは関木の女でな」

関木の女陰は、入り口のすぐ上に骨が張り出していて、交わると男根に痛みを覚える。そういう女を引いた時には、後ろから抱いてやれば痛まない、と言う。

新十郎は「おお」と感嘆した。女の側に悦楽の気配が見られなければ虚しいと聞くが、男女の交わりである以上、男の側の快楽とて大事であるはずだ。これも帳面に記してゆく。が、今度は箇条書きだけでは終わらなかった。

「おい。おめえさん何描いてんだ？」

「女の、あそこです」

「ああ、もう。この絵はくれてやるから、やめろ。話が先に進まねえ」

それなら、と筆を止める。が、再び渋面を向けられた。

「やめるなら塗り潰して消しとけよ。脚開いた絵に縦線が一本じゃ、餓鬼の股じゃねえか」

「あ、はい。いや……これは、これで」

三たび、呆れた渋面が向けられた。

「ともあれだ。女の股には妙器と、そうじゃねえのがある。百発百中とはいかんが、顔や姿から見分けるやり方も覚えとけ。色道之十五だ」

これは「血の巡りが良い女は好色」に通じるところだが、血気旺盛な女は髪が縮むため、癖毛や縮れ毛になりやすい。そういう女は持ちものも概《おおむ》ね上質、手足に産毛の多い女も佳品の女陰を有していると見て間違いないという。

「ふむふむ、癖毛、縮れ毛の女。毛深き女……と」

「巷《ちまた》じゃあ足の指なんぞ見て、こいつぁ締まりがいいに決まってる、小股の切れ上がったいい女だって言うけどよ、そりゃ当てにならねえぜ。覚えときな」

これも箇条書きに筆を走らせる。したため終えぬうちに、次の言葉が発せられた。

「色道之二十一に照らしゃあ、足のでけえ女は狭くて締まりがいい。それから色道之十七だ」

最初に「目つきの鋭い女は好色」と言ったが、これは血の巡りで見る場合の話である。さらに大事なのは、心の動きからして好色な女を推し測るための見方だ、と続く。

「ほう。それは？」

答えて曰く。淫らな女、男を悦《よろこ》ばせる女とは、目の光が濁っているものだ。或《あ》いは左右の目が違うところを見ている、すなわち斜視の女も良い、と。

「目の下も見とくといいぜ。涙袋ってえのか？　これが、ぷっくり膨らんだ女は淫乱だって、蘭書に書いてあった。膨らんだとこを軽く吸ってやるとな、途端に水が漏れて、びしょ濡《ぬ》れになるんだとさ」

「水漏れ？　はて、びしょ濡れとは」

「女の、あそこだ」

女は情を発して玉門を潤ませる。これがなくば、如何に男がいきり立たせようと、中に入ること能《あた》わず――。

「目の下ひとつ吸うだけで、女がその気になるってんだ。知っといて損のねえ話だろ。おめえさんみてえに筆おろしもしてねえ奴だって、あっという間に水も滴るいい男、って訳さ」

水も滴る、すなわち女が淫靡な水を滴らせるほどの男になれる。新十郎は鼻息も荒く、一々を帳面に記していった。

「女の好色について、他には?」

「まあ、このくれえだな。汗までかいて、おめえさんも疲れたろう」

なるほど、ずっと昂《たかぶ》りどおしで幾らか疲れている。箇条書きにしたものを数えれば、実に七つもあった。

「これほど多くを伝授いただけるとは」

「まあ、おめえさんが言ったとおりの耳学問だがな。本当は、ひとつ知るごとに何人も女を試して会得する話なんだぜ」

さすれば自分なりの好みに合う女を見付けやすい。そういう女とならば夜の営みも巧《うま》くいき、互いに情を深めていける。色道を知るのは男女円満のためなのだと、兎鹿斎は語気を強めた。

「とりあえず女郎を見定める手助けはしてやるが、女遊びでいい思いをしてえだけなら、色道の入り口にも立てねえぜ。そこんとこは忘れんなよ」

「肝に銘じましょう。明日からもよろしくご指南くだされ」

新十郎は意気揚々と藩邸に帰って行った。

＊

新十郎の役目は京屋敷の門番で、昼夜問わずの出仕を求められる。とは言え休みなく門を守る訳でもなく、一日に二度の交替番があった。

昼番の時は夜に、夜番の時は昼に、合間を見て兎鹿斎の指南を受け、四日目を迎える。

この日はとっぷり暮れてから銅駝余霞楼を訪ねた。

「さて先生。今日は、女を妙境に導く術についてお教え願えませぬか」

意気込んで問う。対して兎鹿斎は「あ？」と呆《ほう》け顔だった。

「おめえさん、女郎を買うんだよな？」

「はい」

「で、筆おろしも、まだなんだよな？」

「はい。ゆえに女を悦ばせる方法を、と」

「馬鹿」

即座に一蹴された。世には春画が出回り、また草双紙には艶話を扱う洒落本《しゃれほん》もあるが、そうしたものの見すぎ、読みすぎではないのかと。

「どんな男でも女を巧く扱えると思ってんのか。筆おろしもしてねえ奴が、何言ってやがる」

以後、立て続けに捲《まく》し立てられた。初めての時など女を悦ばせる余裕もなく、闇雲に自らの快楽を貪った挙句、あっという間に果ててしまうものだ。女を妙境に導くには、それこそ山ほどの経験を積み、自身の淫欲を二の次、三の次に考えられるくらいでなければいけない。さらに「接して漏らさず」の鍛錬も必要だ。が、如何に鍛錬したところで、自らの妙境を制御できる男など滅多にいるものではない——。

「おめえさんなんぞ、女郎に掛かりゃイチコロだぞ。入れた、出した、はい終わりって、鳥みてえにあしらわれて終わりだよ。ああもう、歌っちまうぞ。鳥っ鳥ぃ、鳥人間、てなもんだ」

散々な言われようである。面白くない。むっとして、少しばかり抗弁した。

「それは、やってみなければ分かりますまい」

「ほう？　えれえ自信だね」

小馬鹿にしたような言い種《ぐさ》に「何の」と胸を張った。

「先生が仰せの『接して漏らさず』は世に広く言われておること、ゆえに此方も自らの手で鍛錬しております。達しそうになったら止《や》め、達しようという時に止め、を繰り返して」

「何でえ手銃《せんずり》か。で、何回も我慢して出すと極楽って訳だな」

「はい、もう、それは！」

「馬鹿」

またも一蹴された。とは言え引き下がるつもりはない。

「左様に仰らず、どうかご指南を。一度きりの遊びなのです。できる限りのことをせねば、生涯の悔いを残しましょう」

「大袈裟《おおげさ》な奴だねえ。女を悦ばせるってのは一番難しい話なんだが……まあ、しょうがねえ。指南を引き受けた以上、訊《き》かれたことにゃあ答えるよ」

やれやれ、という顔で語られた。色道之十および色道之二十五である。

「まず、相手の女の気持ちいいとこを探せ」

そう言って、初めの日と同じ女陰の版絵を引っ張り出した。何枚も持っているらしい。

「上んとこの豆、おさねだ。それと、その下の割れ目。ここらへんを揉《も》んでやれ」

揉むと言っても、按摩《あんま》の如く力を入れてはいけない。指一本で、ゆっくり、やんわりと続け、玉門の中に挿《さ》し入れて少しずつ動かす。

「どこで女がいい声を出すか、ツボを覚えとけ」

交わる時も、ただ動けば良い訳ではない。時に深く、時に浅く、相手の女が感じやすいところを攻めるべし。巷間《こうかん》には「七度浅く、九度深く」だの「九度深く、三度浅く」だのと言われるが、兎鹿斎は「九度浅く、一度深く」が一番だと言う。

「いいか。浅く突く時ゃ女それぞれの、いいとこを攻めろ。深く突く時にゃ、奥の奥を叩くつもりでやれ。どんな女でも奥は気持ちいいもんだ。それとな」

交わりながら、女の口を吸うことを忘れるべからず。相手の口を全て塞ぎ、上から漏れ出でようとする淫気を下がらせ、女陰に戻してやると良い。

言いつつ、兎鹿斎は「ただし」と付け加えた。

「おめえさんは女郎を買うんだろう。だったら、この指南は虚しいものかも知れねえぞ」

繰り返しになるが、女郎が男と交わるのは商売なのだ。声を上げて悦んでいると見せ、実のところは腹に男を乗せながら、目は天井の板目を数えているものだと釘《くぎ》を刺される。

新十郎は「そんな」と眉を下げた。

「こちらが懸命になっておるというのに、心ここにあらず、とは」

「しょぼくれた面すんねえ」

そもそも女にとっての妙境とは、快楽の極致であると同時に疲れるものなのだ。一日に幾人も客を取る女郎が本気で交わっていては、身が持たない。道理で考えろと言って、兎鹿斎は「つまり」と付け加えた。

「女の妙境、イクってのはな、情が全てだよ。本気で相手すんのは、少しなりとて情のある男に限られるって訳だ」

「おお。では女郎が此方に情を寄せるようにすれば良いのですな」

「馬鹿」

三たび一蹴された。女郎に惚《ほ》れ込ませるには一度きりの遊びでは足りない、幾度も通って馴染《なじ》みになり、交わるのが常の間柄になって、初めてその望みが生まれるものなのだ、と。

「まあ女の攻め方は他にもあるがな。入れて腰振る時に、勢い付けて金玉で尻の穴を叩いてやるといい。もっとも、これも女がその気になってねえと効き目はねえんだが」

「では、此度《こたび》のご指南は全くの無駄だと？」

眉が寄り、口がへの字になる。それと見て、兎鹿斎は呆れたように溜息をついた。

「何を言いやがる。女の悦ばせ方より大事なことだって、きっちり教えたはずだぜ」

女は情の生きものである。まず、それを重々承知しておかねばならない。重ねて説かれ、新十郎は他の箇条書きより字を大きく記した。

*

「先生。一大事ですぞ」

六日目のこと、新十郎は開口一番、深刻な面持ちで切り出した。兎鹿斎は鳩《はと》が豆鉄砲でも食ったような面持ちである。

「何でえ藪《やぶ》から棒に。何がどう一大事だって？」

「実は同輩から聞いたのですが、その者は初めて女と交わる時に勃《た》たなかったと申すのです」

気が昂りすぎ、かえって、いちもつが固くならない。そういう話を耳にしたという。

「そのくせ、女郎に少し触られたら精を撃ち出してしまうのだとか」

「おお。まさに鳥じゃねえか。鳥っ鳥ぃ、鳥人間、ときたもんだ」

「あの。その歌、お気に召したので？」

「うん。何か知らんが気に入った。それで？」

新十郎は思い詰めた顔で、重大事を明かすように口を開いた。

「何を隠そう、此方も初めて女を抱こうとする身です」

「そいつぁ何べんも聞かされてんじゃねえか。やれやれ……つまり、もし固くなんねえ時はどうしたらいいかって話だな」

それならばと、今日は色道之三が語られた。

兎鹿斎は言う。色欲とは健全な心身の発露なり。病を得た時や気苦労が重なる時、人の血気は衰える。女の好色が血気すなわち血の巡りにあることは初めに教えたとおりだが、それは男とて同じなのだ、と。

「暮らしが平穏無事、悩みごともなし、金に苦労することもねえ、人の心ってのはそういう時に気が満ちるようにできてんだ。そこへいくと、おめえさんは危ねえな」

幾度も遊ぶだけの金を持たず、女郎を買うのも一度きり。ゆえに「しくじる訳にいくものか」となり、わざわざ指南まで受けに来ている。斯様《かよう》な思いが心の重荷となれば、いざ「その時」に気ばかり昂って体が意に沿わないという破目になる。

「心と体ってのは、きちんと繋《つな》がってるもんだぜ。察するところ、そのご同輩とやらも小禄の身だろう。おめえさんと同じで、ちょっとずつ貯めて、ようやく遊びに行った。違うか？」

「……まさに、そのとおりです。この機を無駄にすまいと意気込んでいたのに、と」

兎鹿斎は「はは」と大笑した。

「そいつが、いけねえんだよ。おめえさんなんぞ、まだ奥方も取ってねえんだ。連れ合いができりゃあ何十回、何百回だって、できるじゃねえか。まともに生きてりゃあ、先々、女なんぞ幾らでも抱ける。そのくれえに考えて気を楽にしな。そうすりゃ、つまんねえ話にゃなるめえ」

「お待ちを。ええ……まともに生きておれば、女は幾らでも抱ける。連れ合いができれば何万回もできると思っておれば良し、と」

「何万回って、おい。幾つまで生きる気だ？」

毎夜一度ずつ女と情を交わしても、一万回を超えるには概ね三十年を要する。何万回なら百年以上だ。言われて「あ」と頭を掻《か》き、箇条書きを「何千回」と改めて顔を上げる。

「なるほど、妻《めと》を娶れば……。とは申せ、世の人は『妻と女郎は別腹』と申しますが」

すると、どうしたことか、兎鹿斎が「嗚呼《ああ》」と長く嘆息した。この人が初めて見せた、深い悔恨の情である。そこに強い違和を覚え、新十郎は首を傾《かし》げた。

「どうなされたのです、先生」

「其許《そこもと》が『妻と女郎は別腹』などと申すゆえ、若き日を思い起こしてしもうたではないか。わしは――」

「あ、あの。江戸言葉は？」

「色道に開眼する前の話をするゆえ、今のわしは中島棕隠である」

おかしなところで徹底しているのだなと戸惑いながらも、黙って話を聞いた。

兎鹿斎こと中島棕隠は若い折に妻を娶っていた。新十郎と同じくらい、二十歳過ぎの頃であったという。しかし幾度も妻と床を共にするうち、これで良いのかと思うようになった。世に女は数多くあるというのに、それを味わう機を逸してしまったのではないか、と。

「まあ、若気の至りよな」

思えば、それまでは学問に打ち込んでばかり、放漫に遊んだこともない。たったひとりの女だけを知り、他を知らずに生涯を終えて良いのだろうか。斯様な悩みを抱いていた時、とある商家の若旦那に嫁いだ女を見て、ひと目惚れをしたという。

「そこでな。夜這《よば》いをしたのだ」

「何とまあ、大それたことを」

「されど、これが巧くいった。商家の若旦那は毎夜、祇園で遊んでおる。妻は長く捨て置かれ、情欲が溜《た》まりに溜まっておったのだろう」

味を占めて、棕隠は手あたり次第に夜這いを繰り返した。武家屋敷に働く腰元、夫に死なれた寡婦《やもめ》、時には寺の尼にさえ手を出した。だが、いずれも人妻を盗む——姦通《かんつう》を越える快楽は得られなかったという。

やはり、夫のある女に限る。そう思ったのが破滅の扉であった。

「武家の腰元とも懇ろになっておったゆえ、その女に手引きさせてな。同じ藩の京家老が国許に帰っておった折、その妻に夜這いを」

これも巧くいき、思いは遂げた。が、幾度も夜這いをしているうちに、元々の相手だった腰元が嫉妬の炎を上げ、全てを明るみに出してしまった。

「いやはや。我が父が奔走してくれたお陰で命こそ繋がったが、京にいられなくなってのう。妻とも離縁せざるを得ず、江戸で十年ほど、ほとぼりを冷ますことになった」

「江戸で色道に開眼したと仰せでしたが、左様な次第でしたか」

では江戸でおとなしくしていたのかと言えば、それも違った。

湯屋に行き、湯船の中で十五、六の娘を生娘から女に変えてやった。吉原《よしわら》の遊里に繰り出して遊んだ。女郎屋の芸妓《げいぎ》は芸のみを売るものだが、その芸妓に言い寄って、他日この女と通じた。そうかと思えば、またも人妻に夜這いした。

「それでよ、そうこうするうちに開眼したのが、俺の色道って訳さ」

「あ。また江戸言葉なのですな」

「開眼してからは兎鹿斎だからな」

狂態と言えるほど淫心に溺れ、その末に兎鹿斎は考えたという。

昔から、女色《にょしょく》のために身を滅ぼす者、身代を潰す者は後を絶たない。しかし色と欲は車の両輪が如しで、誰であろうとこの二つは持っている。両者のうち欲心を断つことは、難しいながらも、できない話ではなかろう。ただ、如何にしても色情だけは捨てられないのが人間というものである。

「そこに気付かにゃ、分かんねえ境地もあるってもんさ。まあ……分かった時にゃあ後の祭り、後悔先に立たず、なんだがな」

「後悔、ですか。先生は如何なる悔いを残したのでしょうや」

問うてみると、兎鹿斎は苦い顔で、自嘲するように鼻で笑った。

「ちぃと話しすぎたな。とは言いつつ、おめえさんみてえな若《わけ》えのが、道に迷わねえように……てえのが俺の色道だからな」

生涯の悔い。それは最後の最後、十日目に教えてやる。ゆえに今日は帰れ。兎鹿斎はそう言ってこの日の指南を打ち切り、赤い障子の部屋を出て行った。

*

兎鹿斎の悔いとは何なのだろう。それを気にかけつつ日々の指南を受け、ようやく最後の日、十日目を迎えた。

「やれやれ。おめえさんみてえな馬鹿野郎の相手も、今日で最後となると名残惜しいや。それじゃあ約束どおり、俺の悔いってのを――」

「あ、お待ちを。その前に、今日もお伺いしたいことがあるのです」

「何でえ、まだあんのか。まあ構わねえや、言ってみろ」

新十郎は大きく息を吸い込み、吐き出し、胸を落ち着けた。そして真剣そのものの目で、真っすぐに師を見つめる。

「極めて大事な話です。実は此方……その。被《かぶ》っておるのです。皮を」

そのせいで女郎に嫌がられないか、心配でならない。問うた目は今にも泣きそうである。対して兎鹿斎は、ぶは、と噴き出していた。

「何でえ、おめえさん皮被りか。あはは、こりゃいいや」

「笑いごとではありません。世の女は『皮被りなど男にあらず』だの『皮被りなど願い下げ』だのと申しておるではないですか」

それでも兎鹿斎はしばし笑い続け、然る後に「構うこたあねえ」と胸を張った。

「色道之五十だ。実はな、皮被りってのは、女にとっちゃ嬉《うれ》しい摩《ま》羅《ら》なんだぜ。剝《む》けた男が五十回動いて果てるとこを、皮被りは百回かかる」

それだけ長い間、女に悦びを与えられるのだ、と。新十郎は「ええ?」と疑いの眼《まなこ》だが、兎鹿斎は見ていないのか、包茎《かわかつき》の良さを滔々《とうとう》と述べ立てている。

「たとえば相撲取りにゃ皮被りが多い。が、女郎は相撲取りの客が付くと喜ぶ」

付いた客が並の男なら、それは商売の種でしかない。妙境に至るどころか、少しの悦びさえ覚えぬように鍛錬されている。しかし皮被りの男、さらに力強い相撲取りなら、客の相手をしているにも拘《かかわ》らず数度の妙地に達するのだという。

「諺《ことわざ》にも『会《お》うて死にたい包茎』って、好色女の気持ちを言ったものがあらあな。摩羅は皮被りに限ると言ってもいい。おお尊きかな包茎、てなもんだ」

新十郎は少し呆気《あっけ》に取られ、腕を組んで考えた。が、すぐに右の拳で左の掌《てのひら》をポンと叩き、得心顔に心地《ここちよ》好いばかりの笑みを浮かべた。

「いやあ、そうだったのですな。何と先生もお仲間だったとは。いや、これは心強い」

途端、頭をぺしりと張られた。

「ふざけんな。誰がお仲間でえ」

「いえいえ、隠さずとも良いではござらんか」

「やかましい。俺ぁ床上手で女を悦ばせてきたんだよ。五十に続いて色道之五十一だ。女にとって皮被りに勝る摩羅はねえが、女が本当に惚れる相手は床上手な男である、だ」

最初の日、初めてこの赤い部屋に導き入れた折に言ったとおり、色ごととは情に狂った心の行き着く先なのだ。慕う相手には女陰の潤みも強くなり、情があるからこそ妙境に至る。ことほど左様に女は情の生きものなのだと、兎鹿斎は力説した。

「今日までに教えたろうよ。自分なりの好みに合う女を見付けて、夜の営みがいい按配《あんべえ》になりゃあ、お互いの情も深くなるもんだって。ええ？」

一気呵成《いっきかせい》に捲し立てられ、新十郎はおずおずと口を挟んだ。

「あ、あの。そうまで懸命になられずとも……。先生が皮被り仲間でないのは、もう分かりましたから」

「ん？　おお。そうか、分かりゃあいいんだ。うん」

気まずいのか、兎鹿斎は軽い咳払《せきばら》いで取り繕い、声を落ち着けて続けた。

「ともあれ、皮被りを嫌がる女は『あたしゃ見識の狭《せめ》え馬鹿でございます』って白状してるようなもんだ。それにな、相手の女がおめえさんを本当に憎からず思ってんなら、皮被りだろうと爪楊枝《つまようじ》だろうと笑いやしねえ」

兎鹿斎は言う。心根のまともな女なら、誰であれ、そこは変わらない。詰まるところ、男女の間に於いて何より重んじるべきは情なのだと。

「まあ、情のある相手と楽しむのがいいってのは表だな。ものごとってのは、表がありゃあ必ず裏もある」

「ええ……と。情があって交わることで妙境に達する。これが表なら、つまり裏とは……交わって悦楽を得た相手には、後から情が生まれるということで？」

にか、と良い笑みが返された。

「分かってきたじゃねえか。でな、実は……俺の残した悔いってのも、そこにある」

色情に駆られ、淫乱を極めた若き日から、自分はその「裏」ばかりを追い求めてきた。

しかし四十を過ぎ、情こそが大事と悟ったことで、ひとつに気付いた。

遠い昔に娶った妻がいた。自分の淫蕩《いんとう》が原因で離縁する破目になった時、妻は一切の怒りを見せなかった。ただただ、心の底から悲しんでいた。どうしてです、わたくしはそこまで至らぬ女にございましたかと、むしろ自らを責めるがゆえの恨み言を漏らしていたのだ。

それを思い出して、分かった。遅まきながら、まさに、ようやく思い知った。妻は自分に確かな情を寄せていたのだと。

痛恨の極みであった。自分はなぜ、それを大事にしてやれなかったのか。どうして今日まで妻の真心に気付かなかったのか。兎鹿斎はそう言って、深く、深く溜息をついた。

「……人ってのは、ただの欲は捨てられても、色ごとの欲は決して捨てらんねえ。そこに気付かにゃ分かんねえ境地もあるって、前に話したろう。分かった時にゃあ後の祭りだって。俺のことだよ」

ひと頻《しき》り自嘲の笑いが響く。然る後、新十郎に慈愛の目が向けられた。

「若えうちはよ、たくさんの女を抱きてえもんさ。だけどな……俺に抱かれて、本当に悦んでくれる女がひとり、確かにいたんだ。たったひとりの女房を、千人の女に見立てて楽しみゃあ良かったんじゃねえのかって、今でも思う。それが俺の悔いって奴さ」

若き日の自分が、情こそ全てだと分かっていたなら。妻ひとりが千人の女にも勝ると、そう思えていたら。

きっと、妓楼《ぎろう》で女郎を買う必要もなかったろう。

美しい女に目を奪われて、しかし相手にされず、それを以て虚しい気持ちを持て余すこともなかった。

夜這いをして他人の妻を盗むようなことも、しなくて済んだ。

そのはず、だった。

「結局な。女と寝るなら、互いに情を寄せ合った相手に限るってことさ。心も体も気持ち良くってなあ。こんなに嬉しいことが、他にあるかってんだ」

そして色道之六十四が語られた。掘り下げれば、もっと上があるかも知れない。しかし、今の自分が承知している色道の極意とは、これなのだと。

「生涯、変わらず睦《むつ》み合える女を見付けるこった。その女を嫁に取って、ずっと抱いてやれ。そうすりゃ、おめえさんも相手も幸せに生きていける。あ、ただし面や姿の良《よ》し悪《あ》しで決めるんじゃねえぞ。何度も言うが、男と女は飽くまで、ここだ」

兎鹿斎は右手の親指で自らの胸を突《つつ》き、そう言って微笑《ほほえ》んだ。新十郎は「恐れ入りました」と平伏しつつ、しかし直後に顔を上げ、幾らか眉を寄せて問うた。

「先生。それでも、不細工より美しい方が、より情を寄せやすいと思うのですが」

「おいおい。分かってんだか、分かってねえんだか……。しょうがねえ奴だな。なら、おめえさんに一句詠んでやる」

そして小唄でも捻《ひね》るかのように、朗々と五、七、五で詠み上げた。


――灯《ひ》を消せば　うちの女房も　小町なり――


戯作者・大極堂有長の名を持つ者ならではの、川柳であった。

「さて。今のおめえさんに教えるのは、このくれえで構わねえかな」

「はい。十日間の教え、肝に銘じます」

改めて一礼し、新十郎は腰を上げた。そこへ兎鹿斎が「おいおい」と慌てた声を上げる。

「待ちねえ、おめえさん。謝礼はどうした」

「え？　謝礼……とは」

「武芸だろうと学問だろうと、人に指南を受けたら謝礼は払うもんだろう」

眉をひそめて返されたが、言われてみれば確かにそのとおりである。色道などと素っ頓狂な話ゆえ、常なることとは違うと思い込んでいたのだが。

「これは失敬を。お幾らになりましょうや」

「おめえさん、帳面に箇条書きにしてたな。俺、幾つ教えた？」

問われて、新十郎は懐から帳面を取り出した。十日間で教わり、書き付けてきたことを数え上げる。すると。

「二十三箇条、ですな」

兎鹿斎は「なるほど」と大きく頷いた。

「そんなに教えたかい。じゃあ、ひとつ一両で二十三両だ」

「に？　二十三……両？」

さっと血の気が引いた。貯め込んでいたもの、女郎を買うための資金は二十五両なのだ。謝礼を支払えば残りは二両。全く、足りなくなってしまう。

「殺生な。それでは此方が祇園に行けぬではありませんか」

「おっと。なら、今でなくてもいいぜ。利子も取るつもりはねえ。ただ、俺も五十六を数えたもんでな、いつまで生きられるかは分からん。だから今年中に頼まあ」

それとて無理な話である。そもそもが小禄の小役人、しかも国許には老母もあって、これを養わねばならないのだ。一文たりとて無駄遣いはできない身が、今年中に二十三両もの借財を返す当てなど、どこにあろうものか。

「……その。少し、まけてもらう訳には」

「そいつぁ、できねえな」

指南を受けに来る者には、ひとつ教えるごとに一両と決めてある。大身の武士であれ、大店《おおだな》の番頭であれ、しがない町人であれ、それは違えていない。新十郎だけ値引いたと知れたら、他の者は如何に思うだろうか。色道仙人の信用は崩れ、看板を下ろすことになってしまう。

「じゃあ、おめえさんとこの京屋敷に立て替えてもらっちゃ、どうだい」

「それこそ、できませんよ。嗚呼……」

新十郎は財布に温めた小判を二十三枚、泣く泣く差し出した。

「……終わった。祇園の夢が。二度と見られぬ夢が」

「おいおい。色道の極意、教えてやったろうに。色ごとは、互いに情を寄せ合う女との交わりに尽きる。そいつを知ったんだ。女郎なんぞ買わねえで、一生の連れ合いを探す方に力を入れりゃあ良かろうよ」

そうは言われても、である。少しばかりの恨み言は許されるはずだと、新十郎は半ばべそをかきながら問うた。

「先生には漢学者・中島棕隠のご高名があり、食うには困りますまい。戯作者・大極堂有長として歌集の売上もある。その上、どうして色道指南にまで謝礼をお求めなさるのです」

すると兎鹿斎は「何を言ってやがんでえ」と笑った。

「おめえさんみてえな若えのが道に迷わねえように、ってのが俺の色道だ。それにしたって、掘り下げりゃあ、さらに上の極意があるかも知れねえ。だからよ」

「だから？　それは？」

「決まってんじゃねえか。この金で祇園に行って、女郎を買う」

第七話　小田城の落とし方

居城である小田城を
何度も落とされ、
家を滅亡
させてしまった……

小田氏治

（1531～1602）

職業　武将。戦国大名

常陸（現在の茨城県）の名門・小田家の
第15代当主となるも、
近隣の領主からの圧迫に苦しめられる。
戦に出るたびに敗戦を繰り返したことから
“戦国最弱”といわれる。

「おお摂津《せっつ》、良う参った」

古河《こが》城本丸館の広間に参ずると、徳川家康公《とくがわいえやす》が鷹揚《おうよう》に迎えてくださった。

昨天正《てんしょう》十八年（一五九〇）七月、関白《かんぱく》・豊臣秀吉《とよとみひでよし》殿下が相模《さがみ》に進軍、小田原《おだわら》の北条《ほうじょう》氏政《うじまさ》・氏直《うじなお》父子を討伐して天下を統一なされた。然《しか》るに今年三月、奥州《おうしゅう》で九戸《くのへ》政実《まさざね》が叛乱《はんらん》を起こした。家康公はこの討伐に出陣しておられたが、此度《こたび》めでたく戦勝となって引き上げの道中であった。

「呼び立ててすまんな。其方《そのほう》の歳《とし》では土浦《つちうら》からの旅も身に応えたろう」

「いえいえ、ほんの二日ばかりの道にござります。それに、倅《せがれ》を召し抱えていただいたご恩もございますれば」

私──摂津守《せっつのかみ》こと菅谷《すげのや》政貞《まささだ》は当年取って七十四の老骨である。旅は確かにひと苦労だったが、顔に浮かぶのは喜びの笑みだけであった。

「御身こそ長陣を終えられたばかりで、さぞやお疲れでしょう。左様な折、この年寄りに会いたいと仰せくだされたのですから、かえって嬉《うれ》しゅう存じまする」

「そう申してもらえると、ありがたい。さすがは音に聞こえた忠義者よな」

忠義者のひと言に、先からの笑みが少し苦いものを孕《はら》む。と、家康公も同じような面持ちになられた。

「どうやら前の主君を思い出したようだな」

「申し訳ございませぬ」

「構わん、構わん」

大らかな笑い声が、広間の中に響いた。

前の主君とは、小田氏治《おだうじはる》殿である。この御仁はかつて常陸《ひたち》の南半国を領する大名だったが、関白殿下の北条征伐——小田原の陣に参陣せず、所領を召し上げられてしまった。氏治殿は北条を盟主と仰いでいたのだから、まあ致し方ない成り行きではあろう。我が菅谷一族は、その氏治殿の臣であった。小田家とは一蓮托生《いちれんたくしょう》の身ゆえ、やはりこの折に所領を失っている。

だが、私が小田家に傾けた忠節を知り、賞してくださる人があった。関白殿下の重臣・浅野長政《あさのながまさ》殿である。浅野殿の推挙を受け、我が倅・範政《のりまさ》が徳川家に召し抱えられた。今や菅谷一族の主君は家康公なのだ。小田家のことは昔の話と、私は改めて一礼した。

「して本日のお召し、如何《いか》なるご用向きにござりましょうや」

家康公は「それよ」と身を乗り出された。

「まさに小田氏治殿について聞きとうてな」

目が丸くなった。もう氏治殿のことは思うまいと割り切った矢先、いささか決まりが悪い。

「それはまた、如何なる訳で」

「実は関白殿下より、小田殿を許すとお達しがあった」

もっとも、元どおりに大名として取り立てられる訳ではない。家康公の二男・結城秀《ゆうきひで》康《やす》殿の客分という立場だそうだ。

「ここだけの話だが」

声をひそめて手招きされる。従ってにじり出ると、口元を扇で隠し、言葉が続けられた。

「殿下は徳川を締め付けとうて仕方ないのだ」

小田原征伐の後、徳川家は五ヵ国の所領を全て召し上げとなり、代わりに北条の旧領を宛がわれた。慣れぬ地を治めさせて一揆《いっき》でも起きれば、これを罪として徳川の力を殺《そ》いでやれる。それが殿下の肚《はら》なのだと、家康公は仰せられた。

「ところが、待てど暮らせど徳川が下手を打たん。ならばと、殿下は秀康に目を付けたのであろう。小田殿を客分として抱えさせてだな、ええ……その」

口籠もる様子と面持ちから、言わんとしていることは概《おおむ》ね分かる。敢《あ》えて「はは」と笑い飛ばし、こちらから口を開いた。

「我が旧主・小田氏治殿は当代一の非才、稀代《きたい》の盆暗《ぼんくら》と世に嗤《わら》われておりまする。それが秀康様の客分として醜態を晒《さら》さば、徳川様に火の粉が飛ぶは必定。如何に抑え込むべきか……というお話にござりますな」

「いや。まこと、あいすまぬ。何と申すか……そのとおりじゃ」

身を小さくした家康公に、私は満面の笑みを返した。

「ご懸念には及びませぬ。氏治殿は確かに非才で、盆暗と申さば、そうでもありましょう」

「待て待て。懸念だらけなのだが、それは」

「されど、です」

それでも、かの人には忠節を尽くすだけの値打ちがあった。そして今なお信ずるに足るものがある。私は胸を張り、氏治殿と過ごした日々を語っていった。

＊

時は永禄《えいろく》六年（一五六三）。私は四十六歳、氏治殿は三十三歳であった。

常陸国、筑波山《つくばさん》の南には尾根続きの宝篋山《ほうきようさん》がある。その南西の麓に、小田家の本拠・小田城はあった。城と言っても、鎌倉の時代に構えられた館に形ばかりの物見櫓《ものみやぐら》を備えたくらいの普請でしかない。

　この城から、酒樽《さかだる》を山と積んだ荷車が幾つも出て行った。その後ろに氏治殿がゆったりと馬を進める。私も供を務めて轡《くつわ》を並べた。

　爽やかに風が吹き抜ける中、城下の外れまで進む。半町（一町は約百九メートル）も向こうで櫓が組まれていた。村々から領民が集い、秋祭りを催す日であった。

「おうい。皆々、支度は進んでおるか」

　氏治殿が声を上げると、祭りの支度に勤《いそ》しむ民の目が集まった。

「お屋形様じゃ」

「ようこそお出《い》でくだされました」

　歓迎の声が返ると、氏治殿――お屋形様は丸顔を朗らかに綻ばせた。

　言い忘れていたが、小田家は関東八屋形のひとつ、屋形号を許された家柄である。鎌倉幕府を開いた源　頼朝《みなもとのよりとも》公の重臣・八田知家《はったともいえ》の嫡流で、ざっと四百年の長きに亘《わた》って小田の地を治めた名門なのだ。

　そういう家柄にも拘《かかわ》らず、小田家累代は領民に対して偉ぶるところがない。ことに当代屋形の氏治殿は、秋祭りの日には祝い酒を振る舞い、民と共に楽しむのが常だった。

「踊りの櫓も、そろそろ組み上がるようじゃな。皆、あと少し気張れよ。組み終わったら、共にこの酒を酌み交わそう」

お屋形様の呼び掛けに、櫓を組む面々が「はい」と応じる。その中に、良い笑顔で大声を寄越《よこ》す者があった。

「そろそろって言っても、あと半時《とき》（一時は約二時間）もかかっぺ。お屋形様、先に呑《の》んでたらいいのに」

「お、良いのか？　わしは蟒蛇《うわばみ》ぞ。左様なことを申しておると、組み上がる頃には其方らの呑む分がなくなってしまうが」

胸を張るお屋形様を見て、粟餅《あわもち》や水飴《みずあめ》を運ぶ女たちが、けらけらと笑った。

「そったに強くねえべ。去年だって酔い潰れちまったでねが」

周囲が、どっと沸いた。

和やかな空気の中、櫓が組み上がっていった。少しすると近隣の鹿島《かしま》神社から宮司がやって来て、神輿《みこし》に神を降ろす。その頃には、小田城の裏手、宝篋山にある極楽寺《ごくらくじ》から僧門の面々も顔を出していた。

民と共に歌い踊り、酒を呑み、餅を食い。とっぷり暮れる頃に、お屋形様は小田城へとお帰りになった。

「今年も良き祭りであった。のう政貞」

「民もお屋形様を慕い、共に楽しんでおりましたな」

道中、夜風に酔いを醒《さ》ましながら言葉を交わす。お屋形様は遠くを見る目になり、しみじみと語った。

「はっきり申して、わしの力は父上には及ばぬ。ゆえにご遺言を固く守り、家臣領民を大事にすることから始めたのだ。すると皆が、わしを好いてくれる。ありがたいことよな。ゆえに、わしはまた民のため、お主ら家臣のために何かしたいと思う」

「良きお心がけにござります」

「そこで、だ」

何だろう。思って右隣の馬上を見ると、お屋形様が小さく手招きをした。

「お主に頼みがある。城に戻ったら、ちと部屋に来てくれ」

どうやら、ここでは話しにくいことらしい。だとすれば。

「佐竹《さたけ》との争いについて、でしょうや」

「それもある」

常陸の南半国を領する小田家に対し、北半国は佐竹義昭《よしあき》が強勢を張っている。生き馬の目を抜くが如《ごと》き戦乱の世、争いは避けて通れない。小田と佐竹は宿敵の間柄であった。

城に戻り、お屋形様に従って居室に至る。対面して座るなり、驚くべきことを命じられた。

「実は、北条と盟約を結ぼうと思うてな。お主、使者に立ってくれ」

「は？」

私は細面の中に目を丸くし、口もあんぐりと丸く開けた。対してお屋形様は丸顔の目を嬉しそうに細めている。

「あの。佐竹との争いについて、ご相談なのでは」

「佐竹と争うのに、強い相手との盟約は力になると思わぬか。ひいてはそれが民のため、家臣のためにもなる」

「いや確かに。ですが、その。盟約の相手が……北条と、聞こえましたが」

「左様に申した。聞き間違いではないぞ」

改めて平然と返され、強く眉が寄った。

「ならぬでしょう、それは！　かつて北条との盟約を反故《ほご》にして、敵方の上杉《うえすぎ》に鞍替《くらが》えしたと申しますに」

小田と佐竹の争いは、両家の話のみに留《とど》まらない。そこには越後《えちご》の上杉、相模の北条という大国の思惑も絡んでいた。

常陸の情勢が面倒なことになったのは、上杉政虎《まさとら》が発端だった。政虎は関東管領《かんとうかんれい》の職にあり、数年前から「関東の平穏」を大義名分に掲げて常陸の争いに介入している。佐竹義昭はこれに取り入って盟約し、後ろ盾を得て勢いを増した。俄然《がぜん》苦しくなった小田家は、往時の盟主・北条を裏切り、上杉への鞍替えを余儀なくされたのだ。

「それが今さら、どの面下げて再びの盟約などと。北条が容《い》れるとは思えませぬ」

するとお屋形様は「はは」と笑い、あっけらかんと返した。

「いやさ、この話は北条から持ち掛けて参ったのだ」

そして続ける。北条は上杉と敵対しているだろう。上杉方の佐竹とも、ことある毎《ごと》に角突き合わせているではないか――。

「そこで北条は、佐竹と争うに当たっての味方が欲しくなった。ゆえに、幾年か前まで盟友だった小田を引き戻そうとしておるのだ」

「お見立てに間違いはございますまい。されど、これでは同じことの繰り返しですぞ。北条に鞍替えすれば、必ずや上杉が兵を向けて参ります。守りの弱い小田城では、また落城の憂き目を見るは必定かと」

「うん？　ああ、この城も一度は落とされたのう」

「三度です。ご自身に都合の悪いことだからと、お忘れにならんでくだされ」

一度目は七年前、下総《しもうさ》の結城政勝《ゆうきまさかつ》に落とされている。これを以《もっ》て小田は、関東一の強国・北条との盟約に及んだ。北条を敵に回して守りきれる城ではないと判じたか、結城はあっさりと小田城を捨てた。お屋形様は労せずして本拠に帰り果《おお》せた。

二度目は六年前、佐竹義昭に敗れて落とされた。が、佐竹はまだ上杉と結ぶ前で、そこまでの強敵ではなかった。北条の援兵を得たお屋形様は、楽に小田城を奪い返している。

三度目は五年前で、またも佐竹に落とされた。誰あろう、この菅谷政貞が兵を出して奪い返したのだが、この時の佐竹は上杉の後ろ盾を得ていて、散々に苦戦を強いられたものだ。

私の苦戦を見て、お屋形様はこう仰せられた。上杉を敵に回すは愚策なり。北条を見限って鞍替えするに如《し》かず、と。

「なのに、どうしてまた上杉の敵になるのです。もう少し諸々《もろもろ》をお考えくだされ」

ほとほと弱りきって諫《いさ》める。が、お屋形様は「失敬な」と口を尖《とが》らせた。

「お主に常々言われておるとおり、わしなりに良う考えておるぞ。此度のことも考えに考えた上で決めたのだ」

「考えに考えた上で、何ゆえ北条の誘いに乗って同じ轍《てつ》を踏もうとなされるのです」

「知れたことよ。誘いを断らば、今度は北条に攻め立てられるからだ」

どちらにしても同じなら、誘ってくれた側に付く方が利口だ。少なくとも当面は助けてくれるだろう、と言う。

「それに上杉の所領は山向こうの越後で、攻めて来るには幾らか間が空こう。然るに北条はすぐ南の武蔵《むさし》まで領を広げておる。これに攻められたら、あっという間に取り囲まれるぞ」

「いえその。一分の理もない……とは申せませぬが」

「そもそも上杉は当てにならぬ。小田も佐竹も上杉の盟友じゃと申すに、佐竹が我が領に手出しするのを見過ごしておるではないか」

上杉は佐竹の方が大事なのだ。お屋形様はそう仰せになり、拗《す》ねた顔を見せた。

「わしを見よ。お主ら家臣は全て、分け隔てなく重んじておる。それが人の主と申すものであろう。上杉はその器にあらず」

言い分そのものは正しい。正しいのだが、しかし。

「ならば上杉に重んじられるよう力を尽くしなされ。それこそ小田の盛運をもたらしましょう」

「いやさ、上杉には愛想も尽きた。政虎め、関東管領だの関東の平穏だのと申しておるが、実のところは小勢を従えて自らの力としたいだけなのだ。己を偽る男など頼むに足りぬ。ゆえに北条には既に、盟約を容れる旨の返書を送った」

「あ痛たたた……」

まさか返答済みだったとは。額に手を当て、天を仰いだ。

ご自身で仰せられるように、お屋形様は全ての家臣を等しく大事になされる。領民思いでもあり、より良い主君になろうと常に心がけているお方だ。かつ、北条や上杉の思惑を察するくらいの頭もある。

が、惜しむらくは、あと一歩先を考えられない。この辺りが、ご自身で自覚なされる

「父上に及ばぬ」の大本なのだ。さらには、頭に血が上ると諸々の判断がおかしくなる。結果、不幸を呼び込む行ないに走りやすい。

思うに此度の一件も、ただ「北条に誘われたから」ではないのだろう。上杉に軽んじられていることを、長らく肚に据えかねていたのだ。北条からの誘いでその鬱憤が一気に噴き出し、判断を誤ってしまわれたか――。

「ともあれ北条との盟約は、あとは仔細《しさい》を詰めるのみとなっておる。だからこそ、お主のような切れ者でなければ使者は務まらんのだ。是非に頼む、このとおりだ」

困ったお方だ。とは思いつつ、こうして「お主が頼りだ」と拝まれると断れない。掛け値なしに凡愚なだけのお方なら、とうに見限っているだろうに。

致し方なし。明くる朝、私は憂鬱な気分で北条への使者に立った。

もっとも、向こうから誘ってきただけあって、交渉はすんなりと進んだ。ただし小田はかつて北条を裏切っているゆえ、人質だけは求められた。これは当然であろう。

話を持ち帰ると、お屋形様は二つ返事で「よろしい」と受け容れた。

人質として差し出すのは、庶長子の友治《ともはる》様と決まった。かつて嫡男と認められていながら、正室腹の弟・守治《もりはる》様が生まれたために廃嫡されたお方である。それが今度は人質に出されるというのだから、おいたわしい話ではあった。

ところが、後にこれが小田家を救うことになるのだから、分からないものである。お屋形様は何かにつけて不幸を呼び込む行ないが目立ったが、最後の最後、すんでのところで、ひとつだけ幸運に恵まれるという不思議なお方であった。

*

半年ほどして、時は永禄七年（一五六四）一月――。

北条との盟約を知って、やはり上杉は兵を向けて来た。未《いま》だ寒風吹き荒《すさ》ぶ中、年明け早々に動いたのだから、怒りのほどは相当なものである。

一報を得て、我ら小田勢は山王堂《さんのうどう》の地まで打って出た。宝篋山と筑波山の麓に沿って北西に二十里（一里は約六百五十メートル）ほど行った辺りである。

上杉政虎は野戦に滅法強い。それを相手に野戦を挑んだことは、後にお屋形様が非才だの阿呆《あほう》だのと言われた一因であろう。しかし、である。重ねて言わせてもらうが、小田城の守りはとにかく弱い。上杉を相手にこの城に籠もるのは、野戦を挑む以上に危ういのだ。

「大丈夫だ。お主らは強い」

力と力のぶつかり合いで小田の武士が負けるものか。荒々しい坂東《ばんどう》武者の血を引く者共よ、越後の田舎猿に格の違いを見せ付けよ――お屋形様の鼓舞はいつも勇壮である。

それが私たちに実力以上の力を与えてくれることも度々あった。

実際、小田の武士は強い。策略の入り込む余地のない戦いでは滅多に負けぬくらいだ。負けるのは大概、お屋形様の人となり、つまり「あと一歩先を考えられない」辺りに付け込まれ、策の網を張られた時である。

今回はそうした懸念がない。なぜなら、上杉が野戦に絶対の自信を持っているからだ。こちらが打って出たなら踏み潰すまでと、高を括《くく》っているに違いない。そういう敵の油断と、我ら小田家中の底力、この二つが勝敗を分ける鍵となるだろう。

誰もがそう思っていた。ところが。

「え？　いや、お屋形様。何ゆえ川向こうに陣を張るのです」

私は驚いて問うた。山王堂には桜川《さくらがわ》の流れがある。筑波山と宝篋山を迂回《うかい》して東流し、我が居城・土浦の海——霞ケ浦《かすみがうら》に至る川だ。お屋形様が陣張りを命じたのは、この川を背にした野原であった。

「これでは背水の陣ですぞ」

「障りない。かつて結城と戦った折に、山王堂は知り尽くしておる」

その「結城と戦った」時は完膚なきまでに叩《たた》かれて追い討ちを食らい、挙句の果てに小田城を落とされている。先に話した「一度目」だ。かく申し上げて懸念を差し挟むも、お屋形様は「否とよ」と高らかに笑った。

「政貞は心配性だのう。良いか、こうして川を背にしておれば、上杉の兵共は勇んで突っ込んで来るに決まっておる。されど我らが陣の正面は泥田の如き地で、いたずらに踏み込めば腰まで埋まってしまうのだ」

そこを弓矢で狙い撃て。敵の骸《むくろ》を積み上げて足場と成し、踏み越えて逆襲に転じようと言う。なるほど、ここはそういう地だ。しかし、私の懸念は他にあるのだが。

「む。来たようだぞ」

陣張りも終わらぬうちから、野の向こうに上杉勢の一団が見えた。黒々とした兵の塊が、我先にと突っ掛けて来る。

「皆々、陣張りは後で良い。隊伍《たいご》を整え、上杉の猿共に目にもの見せてやれ」

勇ましい号令ひとつ、法螺貝《ほらがい》が戦の始まりを伝えた。将の下知《げじ》に従い、足軽たちが瞬く間に備えを布《し》いてゆく。そして猛然と突撃してきた敵が、いざ泥沼に――。

嵌《は》まらなかった。腰まで埋もれてしまうはずのところを、易々《やすやす》と踏み越えて来る。

「あ痛たた……やはり」

「こ、これは如何に。政貞！」

「上杉勢は我らに先んじて陣張りを終えており申した。我らがここに来るまでに、通れるところを見定めておったのではござらぬか」

然り。私が懸念していたのは、まさにこれであった。お屋形様の顔に、子供が見てもに号令した。

分かるほど取り乱したものが浮かぶ。これでは軍配も振るえまいと、僭越《せんえつ》ながら私が皆

「迎え撃てい！」

これに従って小田勢が前に出た。私も一族を率いて戦場に身を投じる。敵はもう泥田を越えており、三段に備えた小田勢の一段目に槍《やり》を付けんとしていた。

「当たれ！」

声を限りに叫ぶ。皆が「おう」と返し、勢いに乗る上杉勢を迎え撃った。ぶつかる槍と槍、両軍の雄叫《おたけ》びが喧騒《けんそう》を作る。

実に激しい戦であった。敵と味方が鎬《しのぎ》を削り合い、駆け回って武者埃《ほこり》を巻き上げる。土色に濁った野は十間《けん》（一間は約一・八メートル）の向こうさえ見渡せない。総大将の狼狽《ろうばい》を目の当たりにしながら、やはり小田の武士は強かった。

だが上杉の兵はそれを上回った。総大将の政虎が自ら馬を馳《は》せ、周囲を斬り伏せながら鼓舞して回っているからだ。これにて敵は、怯《ひる》んでも気を支え直し、崩れかけても立て直す。どれほど押し込もうと、何度でも果敢に反撃に転じ、押し返してきた。

さしもの坂東武者も崩れ始め、ついに備えの二段目までが抜かれようとしていた。

南無三、これ以上は。私は数人を連れて本陣に戻った。するとお屋形様は唇を噛《か》み、身を震わせて、家臣たちに詫《わ》びる言葉を漏らしている。

「……すまぬ。皆々、すまぬ。わしが愚かであるばかりに」

私は長く溜息《ためいき》をついた。斯様《かよう》な時、この御仁は自ら殿軍《しんがり》を買って出て、家臣たちをこそ先に逃がそうとする。最初に小田城を落とされた時の戦でもそうであった。

ならば先回りするまでだ。斯様に家臣思いの主君を見限って、何の武士であろう。

「お逃げくだされ。船で川を下り、我が土浦城にお入りあるがよろしい。殿軍は菅谷一族が持ちまする」

「何を申すか！　わしは、お主らの屋形なるぞ。家臣を盾にして己のみ落ちるなど」

「屋形なればこそ、軽々に命を散らしてはならぬのです。さあ早く」

お屋形様は無念の涙を滲《にじ》ませ、わずかな供回りを率いて川を下って行った。

この後、上杉勢の追い討ちによって小田城は落城した。四度目である。その小田城を、上杉は佐竹義昭に預けた。

＊

二年近くが過ぎ、永禄八年（一五六五）十一月の半ば過ぎ――。

「政貞、政貞！　おるか」

ばたばたと足音を響かせ、お屋形様が我が居室に足を運ばれた。かなり慌てたご様子で、障子を開けるなり一気に捲《まく》し立ててくる。

「吉報、吉報じゃ。佐竹義昭が死んだぞ。今月の三日だ。次の家督は嫡男の義重《よししげ》だそうな。されど、あれはまだ小童《こわっぱ》よ。ようやく我が小田家にも運が巡って参ったわい。こうしてはおられぬ。皆に伝えねばならぬゆえ、お主も手を貸してくれ」

いても立ってもいられないとばかり、ばたばたと駆け去ってしまった。

如何な家であれ代替わりに混乱は付きものだ。佐竹義昭は敵ながら英明な当主であったし、跡継ぎの義重も「天魔か鬼神か」と恐れられる荒武者だが、如何にせん当年取って十九、あれこれの経験が足りない。これを危ぶんで家中の足並みが乱れるのは必定である。

そこを衝《つ》いて戦を仕掛け、小田城を奪い返すべし——お屋形様のご存念に従い、家中は急ぎ兵を調《ととの》えた。

十二月十三日、小田城と土浦城の中間にある藤沢《ふじさわ》城に、小田勢は兵を集めた。とは言え数は五百に満たない。佐竹の代替わりを知ってからひと月足らずでは、足軽を雇い入れるにも限りがあった。

「如何に小田城が脆《もろ》いと申しても、この数では……。何たることか、本領を敵の手に委ね続けたままでは、ご先祖様に顔向けできぬ」

あまりの数の少なさに、お屋形様の意気はすっかり消沈している。数の不安は家臣たちも同じとあって、本丸館の広間は静まり返ってしまった。とても、これから戦を仕掛けようという一団には見えない。

「喝！」

家中一番の智慧者《ちえしゃ》・天羽《あまは》源鉄斎《げんてつさい》が、法体《ほったい》よろしく一喝する。主座のお屋形様が驚いて背筋を伸ばすと、源鉄斎は一転、からからと笑った。

「斯様な時こそ、小田家四百年の歩みがものを言うのではござらんか」

「いや、確かに我が小田家は長く続いた家だが……。彼岸に渡られた先祖累代が生き返ってくれる訳もなし」

「黄泉《よみ》に渡られた皆様は、今なお小田の地に生きておいでですぞ。そのお力は、お屋形様を通して広くこの地を覆っておりまする」

思い返してみよ。今年の秋七月、刈り入れを終えた民は誰に年貢を納めたか。小田城を押さえる佐竹にはひと粒の米も渡さず、皆がわざわざ土浦まで運んで来て、小田に納めたのだ。

何ゆえか。長きに亘り、小田家こそがこの地を平穏に治めてきたからである。そして。

「お屋形様は、代々に比べてご自身のお力が足りぬと、常々仰せられておりますが」

「ん？　違うのか？」

「いえ……そこは、その。されど先代のお言い付けを固く守り、民に優しくして参られた。小田の領は代を重ねてなお暮らしやすいと、皆それを慕っておるのです」

受け継がれた所領の差配、民を慈しむを第一とする家風が、きっと助けてくれよう。源鉄斎はそう言う。

「加えて、極楽寺にござる」

小田城の背後、宝篋山の極楽寺は関東でも稀《まれ》に見る大寺院で、塔や堂の数を合わせれば二百近くにも及ぶ。これほどの寺になったのは、家祖・八田知家以来、小田家累代が繰り返してきた寄進ゆえであった。

斯様な次第で、極楽寺も小田の恩を重んじている。そして、寺とは領民の心と信仰の拠《よ》りどころなのだ。寺と民と領主、長く時をかけて築いてきた人と人のつながりこそ、小田家にとって何よりの力ではあるまいか。そう言われて、お屋形様はようやく少し眉を開いた。

「では、お主に策があると思うて良いのだな」

「無論、ございますぞ」

「ならば全て任せる。わしが口を出すと、ろくなことにならぬだろう。存分に致せ」

命じつつ、お屋形様は深々と頭《こうべ》を垂れていた。

源鉄斎はひとり藤沢城を発《た》った。供回りも連れず、具足も着けず、法体であることを利して簡素な墨染めの衣と笠《かさ》だけの姿である。そして夕刻に戻ると、胸を張って言った。

「ご出陣のお下知を。小田の本当の力が、必ずや御身を助けましょう」

誰もが平穏に暮らしてこられたのは、小田家があったればこそである。思い出せ。先代は飢饉《ききん》に際して蔵を開き、民の暮らしを支えてくれたろう。当代とて、少しでも良き屋形ならんと願い、民の声に耳を傾けている。その小田家が苦境に立たされているのだ。心ある者は今こそ恩を返し、功徳を積む時ではないか——。

源鉄斎は村々を巡り、人と人のつながりの尊さを説いてきたのだという。そうと聞いて、お屋形様は私に目を向けた。

「いけそうな気がするのだが、どうだろうか」

「御自らご決断なされよ。進むにせよ退くにせよ、大将が迷いなき姿を見せることが大事にございります」

お屋形様は「あい分かった」と笑みを見せた。ただの愚か者で終わりたくはない、少しでも皆にとって良き屋形になりたい。この決断もその一端ならば、と。

「出陣じゃ！」

勇ましい下知を受け、藤沢城を出て一路西へ進む。すると源鉄斎の呼び掛けに応じた極楽寺の僧が、薙刀《なぎなた》を引っ提げ三十、四十と加わってきた。これに案内されて宝篋山に入ると、そこには村々の百姓衆から十幾人が集まっていた。

「小田のお屋形様じゃ」

「お帰りなせえまし」

「抜け道、見付けてあっぺ」

夜討ちを仕掛ける前とあって、誰も大声を上げずにいる。しかしどの顔にも、小田のために何かできることへの喜びがあった。

「これが小田の力……。わしの如き愚か者には、もったいないことぞ」

感極まったか、お屋形様は涙に暮れておられた。斯様な姿を心許《こころもと》なく思う者もあろう。だが少なくとも私は、今ここで涙を落とす主君を誇らしく思った。

「泣いて喜ぶのは、勝ってからですぞ」

促すと、お屋形様は涙目で笑み、小さく頷《うなず》いた。

五百足らずの兵に四十余の僧兵、たったそれだけの軍勢は民の案内を受け、夜陰に紛れて小田城の背後まで易々と近付いた。と、百姓のひとりが「ひひ」と頬を歪《ゆが》める。

「今日、裏門の門番に酒くれてやったんだ」

この地が佐竹領となった以上、意地を張るのも大概にせねばならない。前の年貢は小田に納めてしまったが、どうか許して欲しいと偽って、酒を献じたのだという。門番は喜んで受け取ったから、今頃は酔って眠っているのではないか、と言う。

「試してみっぺ」

別の者が足許から小石を拾い、遠く投げて扉に当てた。かつん、と強い音がする。少し待ったが誰も出て来ない。そもそも人の気配はなかったし、門の内に漂うそうした空気が変わることもなかった。

「敵は気付いておらぬようですな」

私の声に、お屋形様は「ああ」と頷いた。

「政貞に先手《さきて》を命ずる。よろしゅう頼むぞ」

「心得た」

菅谷一族の兵を率いて裏門に至る。すると数人の百姓が先回りして走り、城壁をよじ登り始めた。

「何をしておる」

小声を向けると「中さ入って開けてやる」と返ってきた。門を破ろうとすれば騒ぎになる。それでは城兵が防ぎに来るだろう、と。

「重てえ鎧《よろい》なんぞ着とったら、でぎねっぺ？」

「とは申せ、其方らに戦はさせられん。危ないぞ」

「なぁに。開けだら、すぐ逃げっから」

必ず城を落としてお屋形様を迎えてくれ。そう言って、百姓たちは壁の向こうに姿を消した。

ほどなく門は内から開いた。古くからある館そのままの城ゆえ、静かに、とはいかない。蝶番《ちょうつがい》の軋《きし》みが法螺貝の代わりと、菅谷一族と百五十の兵が踏み込んだ。

「ようし。掛かれ！」

ここで、ついに大声を上げる。兵たちが「おう」と吼《ほ》え、館に踏み込んで行った。

不意の喧騒を受け、城兵はようやく襲撃に気付いた。そして慌てふためき、瞬く間に混乱に陥ってゆく。押っ取り刀で出て来る者はあれど、ものの数ではない。蹴散らしながら進むうち、敵は四分五裂の体となって、散りぢりに逃げて行った。

＊

そして、時は永禄九年（一五六六）――。

小田城を奪い返し、お屋形様は慣れ親しんだ地で新年を迎えられた。喜ばしいことである。

だが平穏は長く続かなかった。上杉輝虎《てるとら》――将軍・足利義輝《あしかがよしてる》の偏諱《へんき》で政虎から改名――の狭量ゆえである。

佐竹の代替わりを衝いた戦に、輝虎は激しい怒りを見せた。喪に服している者を襲うとは何ごとか、と。戦の常道を咎《とが》められては堪《たま》らないのだが、何しろ上杉にとって小田は敵方である。難癖を付けて兵を向けるのもまた、戦の常道ではあろう。

ともあれ、佐竹が上杉の援兵を得て小田城を攻めようとしているらしい。一報を受け、私は手許にある兵を束ねて駆け付けた。

しかし、さすがは守りの弱い小田城、そして戦下手のお屋形様である。土浦から西へ進み、中途の藤沢城に至る頃には、既に私の許に敗報が届いていた。小田城は五度目の落城となった。

伝令によれば、お屋形様は逃れて極楽寺に入ったという。いつもなら桜川を船で下り、我が土浦城に逃げ込むのだが、此度の戦はそれも儘《まま》ならぬほどの大敗であったようだ。

もっとも極楽寺なら障りなかろう。敵方にすれば斯様な大寺院ほど扱いに困るものはない。下手に手を出そうものなら、近隣一円から仏法の敵と見做《みな》され、また民の反感も買うからだ。ことに、この地では民も寺も小田と一心同体とあって余計に手を出しにくい。

その辺りは佐竹も重々承知している。手を拱《こまぬ》いているばかりでもなかろうが、極楽寺が「聖域を侵すべからず」と言い張れば、踏み込むことも叶《かな》わぬはずだ。

思いつつ宝篋山に至り、小田城の反対側、東の麓から登る。案の定、僧が迎えに来ていて、以後はその案内で進んだ。

しばし山道を行って薬師堂《やくしどう》に導かれる。中に入れば、隅の暗がりで膝を抱える姿があった。

「政貞にござる」

「……すまぬ。また負けた」

声をかけると、あまりにも情けない面持ちが向けられた。主君の無事を知って胸に安《あん》堵《ど》が広がり、思わず苦笑が漏れた。

「ひとまず土浦にお入りなされ」

率いた手勢で護衛し、お屋形様を我が居城へとお連れする。道々聞けば、小田城は門や城壁をあちこち崩されてしまったそうだ。そもそも守りの弱い城がそういう有様では、上杉や佐竹も頭の痛いところだろう。小田の反撃に備えるべく、少し時をかけて修繕を施すのではなかろうか。万全に備えられては堪らないが、こちらとしても、わずかばかりの猶予が生まれそうだ。

などと思っていたら、二日経《た》って急報が入った。敵は小田城に留まることなく、藤沢城と土浦城に兵を進めているという。どうやら佐竹も上杉も、小田城を守ることは端《はな》から考えていなかったようだ。或《ある》いはそれが最善の判断かも知れぬ。

ともあれ一大事と、お屋形様に宛がった居室を訪ねた。

「急ぎ藤沢に入りましょう。あの城なら守りも固い。加えて、この土浦城が後詰《ごづめ》として構えられまする」

上杉の援兵を得たと言っても、主力は飽くまで佐竹なのだ。代替わりの混乱の中、二ヵ所を同時に落とせるほどの数は動かし得まい。そう言って励ますも、お屋形様の判断は「否」だった。

「お主らの力なら、佐竹を退けるくらいは何とでもなろう。されど、そうすれば上杉が本腰を入れるに違いない。とても抗《あらが》いきれぬぞ」

「では、どうなされるのです」

「……そうよな。うん。上杉に降《くだ》ろう。それが良い」

領民と極楽寺に助けられて小田城を取り返したにも拘らず、すぐに奪われたとあっては皆に申し訳が立たない。それに、極楽寺はさて置き民が心配だ。去年の秋と同じく、今年も小田にだけ年貢を納めようものなら、上杉や佐竹が無体を働く恐れもある――。

「左様なことにならぬよう、やはり小田城は我が城でなくてはいかん」

お屋形様は左様に仰せられ、何とも朗らかな笑みを見せた。対して私の顔は渋い。

「輝虎が許すとは思えませぬが」

「いやさ政貞、あやつにも弱みはある」

関東に力を伸ばしたのも、北条を敵に回したのも大本は同じ。関東管領として関東の平穏を保つという建前である。輝虎とて本当は自身の所領を拡《ひろ》げたいだろう。然るに関東管領の権威を振りかざすがゆえ、自らを「秩序」の型に填《は》めざるを得なくなっている。

「そこを衝いてやってはどうだろうか。わしが、二度と争いを起こさんと誓う。その証《あかし》に小田城の修繕もせぬと申さば、許すより外にあるまい」

「た……確かに、それなら」

上杉が小田を攻めるのは、北条を盟主と仰いでいるからだ。我欲のまま、力のままに各地を斬り従えて回り、関東の秩序を乱す北条に与《くみ》するとは怪《け》しからん——という口実である。だが小田が二度と争いを起こさないと誓えば、輝虎が旗印とする「関東の安寧」は一面で満足されるのだ。にも拘らず降を許さないのでは二枚舌となろう。それでは関東管領の権威も、輝虎自身の信用も揺らぎかねない。

「ん？　どうした。いかんか？」

「え？　いやその。御意の……ままに」

問われて、自分が阿呆の顔をしていることに気が付いた。いや、それほど驚いたのだ。あと一歩先を考えられぬお人が、相手の泣きどころを衝く策を捻《ひね》り出すとは思わなかった。金輪際、思わなかった。戦で負けた時に頭でも打ってしまわれたかと、そちらが心配になる。

ともあれ、と私は使者に立った。

輝虎はやはり降を容れざるを得ず、これにて小田城も返されることとなった。

もっともお屋形様は小田城に帰るなり、戦で損じたところを修繕しようと言い出した。先々ならいざ知らず、すぐに修繕しては上杉の兵が向くというのに。

家中一同、青くなって必死で諌め、何とかこれを食い止めた。お屋形様は頭など打っておられなかったようだ。安堵半分、切なさ半分である。

＊

五年が過ぎ、時は元亀《げんき》二年（一五七一）――。

上杉に降ってからの小田家が安泰だったかと言えば、それは違った。相変わらず佐竹は小田領に手を伸ばし、幾度となく戦を仕掛けて来た。所領は少しずつ削られ、小田は衰運、佐竹は盛運である。

それゆえ佐竹の領民も気が大きくなったか、昨今では小田領の農村に踏み込んで領を掠《かす》め取ろうとしていた。ついこの間も府中《ふちゅう》の村から訴えがあった。佐竹領・小川《おがわ》と、村の境のことで争っているらしい。

府中と言えばかつて国府のあった地で、言うなればこの常陸の中心である。それこそ鎌倉幕府の重鎮・八田知家以来の所領として小田家に属すべきだろう。然るに佐竹の百姓衆が無体を働いて、府中の百姓をひとり殴り殺したという。

これを聞いたお屋形様が、黙っている訳がなかった。

「で、小川の百姓を殺させたのですか」

「そうだ。目代《もくだい》に命じて、十人ほどな」

「あ痛たたた……」

眉が寄り、首から力が抜けてうな垂れた。誰に諮るでもなく、即座に仕返しを命じてしまったらしい。大事にしている領民を殺され、頭に血が上って判断を誤ったのだ。

「左様なことをして、佐竹と戦にでもなったら何となされます」

「戦か。向こうはもう、そのつもりだぞ」

「は？」

驚いて目を丸くすると、ここに至るまでの仔細が語られた。

お屋形様が府中目代を遣わして、小川の百姓を十人斬り捨てた。すると佐竹は二十の騎馬武者を出し、府中の百姓を数十人も殺したのだという。そこでお屋形様は五十騎を発し、小川の百姓を皆殺しにしたそうだ。

「百姓の諍《いさか》いを聞かせるためだけに、わざわざお主を呼ぶものか。斯様な次第で佐竹が兵を調え始めておるゆえ、こちらも戦の算段を話し合わねばなるまい」

「百姓の諍いの段階で呼んでくだされ。佐竹に使者を出して小川の衆の無体を咎め、詫びを入れさせるだけで済んだ話でしたろうに」

「いやさ。ええと……。言われてみれば、まあ……そのとおりなのだが。いや違う、違うぞ。そもそも上杉が悪いのだ！」

確かに小田は、二度と争いを起こさぬと誓って上杉に降った。佐竹はそれを良いことに戦を仕掛け、小田領を切り取っている。上杉は何ゆえこれを見過ごすのか。関東の平穏を謳《うた》うなら佐竹を罰するべきだろう。然るに咎めるでもなく、切り取った領を返せと命じるでもない。お屋形様は左様に仰せられた。

「佐竹が争いの種を蒔《ま》き、上杉が水をやったようなものだ」

そのとおりではあろう。だが上杉にとって佐竹は盟友、小田は獅子《しし》身中に巣食う厄介な虫なのだ。ここで佐竹と戦えば、またぞろ上杉が兵を差し向けて来るに違いない。たとえ、それで関東管領としての公平を欠くことになったとしても。

「何たること……。戦を避ける道はないものか」

「避けんで良い。佐竹に目にもの見せてくれるわ」

大本が領民の絡む話だったせいか、意固地になっておられる。まずはお屋形様の頭を冷やさねば話にならぬと、平伏して言上した。

「お考えくだされ。佐竹と戦って勝ち、騒動の元となった小川が小田領になったとしましょう。その時、如何なされるのです」

「知れたことよな。小川の衆は根絶やしにせよと命じたが、本当に全てを斬り捨てたはずもあるまい。我が領とならば、その時は生き残りの者を小田の民として慈しんでやるつもりだ」

「できるとお思いか。生き残りは必ずお屋形様を恨んでおりますぞ。必ず、です」

するとお屋形様の顔が、見る見る青くなった。

「……しもうた。しもうたあっ！　わ、わしは……父上のご遺言に背くようなことを！」

涙目になって取り乱している。これはこれで厄介だが、少なくとも頭は冷えたらしい。私は胸を撫《な》で下ろして大きく溜息をつき、斯様な時の逃げ道を言上した。

「何方《どなた》かに仲立ちを頼み、和議を調えては如何にございましょう」

此度の話は佐竹の蒙《こうむ》った害の方が大きい。しかしながら、先に手を出したのは佐竹の領民である。道理を説いて言葉を尽くせば何とかなろう。そう進言すると、お屋形様は先代の遺訓に背いた悔恨に苛《さいな》まれながら、小刻みに幾度も頷いた。

「た、頼む。全て任せるゆえ、よしなに頼む」

かくして私は、土浦の南方ほど近くにある法泉寺《ほうせんじ》を訪ね、亭俊《ていしゅん》上人《しょうにん》に仲立ちを頼んだ。温厚篤実、近隣に名の知れた高僧である。これが功を奏し、何とか戦は避けられることとなった。

だが佐竹は、当座、上人の顔を立てたに過ぎなかった。

二年近くが過ぎて、元亀四年（一五七三）正月一日のこと。

当年取って五十六、私は隠居の身となっていた。前年一杯で倅の範政に家督を譲り、土浦の北にある木田余《きだまり》城に移って、ここで新年を迎えた。

ところが、である。ゆるりと元日を祝っている私の許に、お屋形様が訪ねて来られた。有り体に言えば、逃げて来たのだ。

「政貞……。また負けた」

仔細を聞いて、祝い酒のほろ酔いも一気に醒めてしまった。

毎年の大晦日《おおみそか》、小田城では連歌の会が催される。家中の吉例として鎌倉時代から続いており、小田城付きの家臣が身分の上下を問わずに集う催しであった。会は大晦日の夕刻から始まり、明け方近くまで及ぶほど長い。そのため正月の祝いを兼ねて酒食が振舞われる。正月一日の朝、小田城の館は酔って眠る者で埋め尽くされるのが常だ。

そこを佐竹家中・太田資正《おおたすけまさ》に襲われたのだという。

「城の内に、太田勢の手引きをする者があった。情けなき話よ」

守りの弱いところへ来て裏切り者があった。これに小田城は敢えなく落城となった。六度目である。しかも、あろうことか太田は、極楽寺まで焼き討ちにしたらしい。院主は焼け死に、二百近い塔や堂も軒並み焼け落ちてしまったという。

沸々と怒りが湧いてきた。うな垂れるお屋形様に、ではない。太田資正に対してだ。たとえ長陣の戦であれ、皆が祝うべき正月一日には仕掛けないのが人としての嗜《たしな》みであろう。そこを狙うとは卑怯《ひきょう》千万、太田には恥というものがないのか。

「何としても城を取り返しましょう。小田城付きの者共は、裏切り者を出した面目なさに打ちひしがれておるはず。皆の後ろめたい気持ちを洗い流してやらねば」

それが当主の務めではあるまいか。そう言って励ますと、お屋形様は「おお」と発して右目からひと筋の涙を流し、すくと立った。

「良くぞ申してくれた。家臣たちに負い目を覚えさせたままで、何の屋形ならん」

御意を得て、私は近隣一円に透破衆《すっぱしゅう》を発し、兵を募った。

明けて正月二日、各地から続々と兵が集まって来た。佐竹に押されているとは言え、名門・小田家の底力は未だ健在である。

馳せ参じた兵、および木田余と土浦の両城で調えた兵を束ね、その数は実に五千五百にも及んだ。かつて佐竹の代替わりを衝いて戦を仕掛けた折には、一ヵ月で五百足らずしか集められなかった。然るに此度は、ただの一日でこの数である。皆がどれほど太田資正の不作法に憤っているかの証であった。

「さあ皆々、一献ずつ」

三日の朝、お屋形様から全ての兵に正月の祝い酒が振る舞われた。皆が木田余城の前に列を作り、揃《そろ》って呑み干すと、各々の隊を整えに掛かる。

二日後、日付が正月五日に変わったばかりの子《ね》の刻（零時）を以て、我らは出陣した。

「進め」

お屋形様の号令一下、怒りに燃えた兵が新春の夜風を突き破って馳せる。日が昇り、高くなって、やがて傾いた頃、軍勢は目指す小田城に辿《たど》り着いた。

城は無残な有様で、館の建物は多くが焼け落ちていた。見たところ、残っているのは六棟くらいか。この城に拠って戦うのは難儀な話、敵としては打って出たいはずだ。

ならば、思い通りにさせてなるものか。小田勢は城を取り囲んで各々の門を窺《うかが》い、一兵たりとて外に出さぬと示した。

以後は睨《にら》み合いを続ける。お屋形様が、そうせよと命じたからだ。守りの弱い城が、さらに大きく傷んで使いものにならない。今、敵方はそこに籠もらざるを得ず、ひとかたならぬ恐怖を覚えているだろう。この気持ちをさらに煽《あお》ってやるのだという。

「わしはいつも左様な目に遭《お》うて、何度も城を落とされた。されど、その度に取り返してきたのだ。この城の落とし方を誰よりも知るのは、このわしである」

胸を張って言えることではない。が、お屋形様が生き生きとしておられるので良しとする。

そのまま五日が過ぎると、城内の気配に明らかな濁りが漂い始めた。不思議なもので、人の群れが何かを——この場合は戦を——厭《いと》い始めると、必ずその匂いが立つものである。

「そろそろ、よろしいのでは？」

正月十日の明け方、未だ空も白まぬ寅《とら》の刻（四時）に本陣を訪ねて進言する。お屋形様に「任せる」と言われ、私は先陣の二隊に伝令を発した。

ほどなく先手正面の二百騎が城南の追手口へ突っ掛けて行く。さらには右翼の一隊が迂回して、東門に迫った。

小田城の守りが弱きに過ぎると承知しているせいか、さすがに敵も必死であった。城から矢の雨が降らされる中、小田勢は何人が射貫《いぬ》かれても勢いを緩めず、果敢に攻め立て続ける。それでも、どうしても門を抜くことができない。

敵味方の奮戦が二時ほど続いた頃、伝令があった。どうやら味方が百三十騎ほどを損じたらしい。そうと聞いて、お屋形様は今日の戦を収めると仰せられた。

敵の損兵は然《さ》して多くあるまい。今日のひと当たりは小田の劣勢であったが、無駄ではなかった。

二日経って一月十二日の朝、小田城には敵の一兵すら残っていなかった。夜のうちに裏門を抜け、極楽寺の焼け跡を縫って逃げ出したようである。怒りを滾《たぎ》らせた兵が鬼気迫る戦いを見せたことで、城兵が味わい続けた恐怖がさらに膨らんだのに違いなかった。

＊

そして、時は元亀四年の三月——。

「いざ出陣じゃ」

連歌会を襲われてから二ヵ月の後、藤沢城に集まった千五百の兵に、お屋形様が高らかに号令を下した。

昨今、太田資正が所領で兵を集めているという。この藤沢から十四里ほど北、柿岡《かきおか》および片野《かたの》の地である。小田城を落としながら、すぐに奪い返されたのが悔しくてならなかったようだ。

一方のお屋形様も意気は軒昂《けんこう》であった。太田は正月の戦で小田城の大半を焼き、あまつさえ極楽寺まで焼き払った。斯様に怪しからぬ話を許してはならじ、今度こそ叩き潰してくれん、と。

然して長途の行軍ではない。その日のうちに柿岡まで二里ばかりの地に至り、陣を布く。これを知った太田勢は、明くる日の昼前に兵を進めて来た。

「皆々、卑怯者の資正が参ったぞ。存分に叩いてやれい」

本陣から響くお屋形様の声、次いで法螺貝が鳴った。先陣を拝した我が子・範政が三百を率いて太田勢に挑んで行く。そして瞬く間に敵の出鼻を挫《くじ》き、攻勢を強めていった。

我が子の奮戦は喜ばしい。だが少しすると、どこかおかしいと思えてきた。

そもそも太田勢の数が少なきに過ぎる。小田勢は当主直々の出陣で千五百を束ねているが、それに対して資正自ら率いる兵が二百そこそこなのだ。小田城に兵を向けるつもりだったなら、周囲の佐竹家臣に声をかけ、援兵を頼んでいたはずであろうに。何より、向こうから仕掛けて来たくせに、あまりに手応えなく押されすぎである。

「まずいな。敵に策があるのやも」

後詰に陣した私は、ひとり馬を進めてお屋形様の本陣を訪ねた。その間にも太田の兵は押されに押され、かつて誰かが使っていたのだろう古い館に入ろうとしている。

これを以て確信した。恐らく太田勢は囮《おとり》だ。小田勢の先手衆《さきてしゅう》を本陣から引き離し、分断したところで伏せ勢か援兵が襲い掛かる肚であろう。それが証に、太田勢は古館《ふるやかた》に拠って、こちらが下がれば打って出て、押し込めば下がるを繰り返している。

「ふむ。お主が左様に申すのなら、それが正しいのやも知れぬが」

お屋形様は腕を組み、首を傾《かし》げておられた。昨日の陣張りに際し、透破衆を放って一帯を検分させたところ、伏せ勢らしき動きは見られなかったという。

ならば援軍か。いずれにしても、今の勢いに任せて戦を続けるのは危うい。

「先手衆に伝令を発して深追いを戒め、少し下がらせたがよろしいでしょう」

「分かった。良きに計らえ」

お下知を頂戴して「では」と下がろうとした。と、そこへ伝令が駆け込んで来る。届けられたのは、やはり敵の援軍に関わる一報であった。

「申し上げます。敵に援軍、西から真壁《まかべ》勢にござります」

真壁久幹《ひさもと》――かつて小田に仕えていたが、先代の死を境に離反した男である。以後は佐竹と盟約し、その手先となって小田領を侵してきた。この男が太田に援軍するのは当然と言えよう。だが真壁領は筑波山の西で、この柿岡に兵を出すなら山越えの行軍をせねばならない。そこを思えば、いささか到着が早すぎる。

「伝令。真壁勢の数は？」

「はっ。八十騎余りと見られます」

返答を得て、なお眉が寄った。

援軍が八十騎とは、如何にも少なくはないか。小田勢が柿岡に至って太田が急報し、これに応じたというのなら分かる。急ぎ、出せるだけを出したと思えなくもない。

しかし。だとしたら、やはり真壁の到着は早すぎるのだ。あたかも、こちらの動きにある程度の見通しを立てていたとでも言うかのように。

「え？　いや。まさか……」

小さく呟《つぶや》いて、私は背に粟を立てた。もしも真壁が、小田勢の動きを見越していたのなら。つまりは、端から太田と示し合わせていたのなら――。

「裏切り者の真壁を蹴散らしてやれい！　八十騎くらい、ものの数にも入らん」

私の思いを余所《よそ》に、お屋形様がその下知を発していた。応じて二番手の将、小田の後継ぎたる守治様が、二百を率いて真壁に挑み掛かってしまった。

「お、お待ちあれい。お屋形様、これは危うい。実に危ういですぞ」

謀られた。その確信を以て、順を追って説いていった。

太田の目的は、兵を挙げると見せかけ、お屋形様を柿岡に誘《おび》き出すことだったのだ。

なぜ、そう思うのか。真壁がこれほど早く援兵を寄越し得たからだ。端から太田と示し合わせていて、今日ここで戦があると分かっていたのだろう。さもなくば説明が付かない。

そして最も恐るべきは、真壁の援軍がたった八十騎ということである。

この柿岡で小田を叩くつもりなら、もっと多くの兵を送り込んだはず。先んじて太田と示し合わせていた以上、できることだった。

なのに、そうしなかった。

つまり真壁は、筑西《ちくせい》の本領に大半の兵を温存している。それが何を意味するのか。

「我らがここで小競り合いをしておる隙に、小田城の留守を襲う肚に違いありませぬ」

お屋形様の顔が、さっと青ざめた。

「何と……。うまうまと策に乗せられておったとは！」

即時、撤退が命じられた。だが先手と二番手はそれぞれ太田勢・真壁勢と斬り結んでおり、本陣から半里以上も離れている。これらの兵が下がろうとすると、敵は「今こそ」と反撃に転じた。戦場はすっかり乱戦となり、やがて小田勢の全体が混乱に陥ってしまう。ようやく引き上げとなった時には、まさに、ほうほうの体といった有様であった。

そして案の定、この戦の間に小田城は落とされていた。実に七度目だった。

「面目次第もございませぬ。私がもっと早《はよ》う、敵の策に気付いておれば」

木田余城にお屋形様をお迎えし、私は慚愧《ざんき》に堪えぬ思いで詫びた。だがお屋形様は咎めることなく、こう仰せられた。

「お主のせいではない。誘き出され、策に嵌められたのは、わしが愚かだったからだ。なに、落とされた城は奪い返せば良い。小田城の落とし方は、誰より良う承知しておる」

もっともその後、お屋形様が小田城に戻ることはなかった。小田家と共に歩んだ極楽寺を潰され、僧門の味方と地の利を失ったのは、ことほど左様に大きかった。

やがて小田領は少しずつ佐竹に削り取られていった。そして、ついには最後の砦《とりで》となった土浦城さえ落とされてしまう。私と倅の範政も、心ならずも佐竹に降ることとなった。

だが最後の最後、すんでのところで、お屋形様はひとつだけ幸運に恵まれた。かつて北条へ人質に出した庶長子・友治様である。友治様は北条重臣・垪和伯耆守《はがほうきのかみ》の娘を娶《めと》って北条家中となり、既に人質の身ではなかった。このお方が土浦の落城を知り、父を救ってくれと、時の当主・北条氏政に懇願してくれた。

これを受けて、土浦に北条の軍勢が迫る。その中に小田の幟《のぼり》――二つ横並びの丸に上弦の半円を乗せた「洲浜紋《すはまもん》」があった。

私と範政は小躍りして喜び、佐竹の城将を討って、そのまま北条勢に土浦城を明け渡した。この折の小田への忠節を賞され、後に範政は推挙されて徳川家康公の家中となった。

＊

そして時はまさに今、天正十九年（一五九一）――。

家康公の求めに応じ、旧主・小田氏治殿と歩んだ日々を語ってきた。懐かしさに胸が潤み、長く、長く溜息をついた。

「斯様な次第です」

「何とまあ、七度も小田城を落とされておったとは」

家康公は、すっかり呆《あき》れ返っておられた。しかし、と私は首を横に振る。

「それでも、六度は取り戻したのです。土浦城で再起の後は、失った所領も少しずつ奪い返していったのですから」

「だが、組んだ相手が悪かった」

関白殿下が北条を成敗なさった「小田原の陣」に、氏治殿は参じなかった。北条の助力で滅亡を免れた以上は当然だったのかも知れぬが、それを以て殿下に所領を召し上げられてしまったではないか。家康公はそう仰せられて背を丸め、眉を寄せた。

「最後の最後で運に恵まれるのが氏治殿じゃと申しておったが、わしにはその逆に思える」

「小田原征伐から一年余り、殿下にお許しを頂戴した。御身がご子息・秀康様の客分となれたことは、またも最後の運に恵まれた……とは申せますまいか」

向かい合う顔が少しばかり不興を湛《たた》えた。

「それは、氏治殿にとっては幸運であろうよ。其方に問うておるのは、徳川にとって不運になるのではないかと、そういうことなのだが」

「初めに申し上げましたとおり、ご懸念には及びませぬ」

小田氏治という人は、何かにつけてあと一歩の考えが足りず、世に嗤われるとおりの非才であった。頭に血が上ると判断を誤りやすく、所領の差配も父祖のやり様をなぞるばかり、自身の考えで何かを成したこともない。

「しかし、ことの外、家臣領民を大切になさるお方でした」

「それは先までの話で承知しておる。が、其方が如き忠義者にさえ、考えが足りぬと言われるようではのう……」

　私は胸を張った。さにあらず、と。

「賢人は自らの才を頼み、無上の愚者に落ちることがありましょう」

　自身の賢を承知する者は、周りの凡庸を侮りがちである。それは罠《わな》なのだ。そしてこの罠に嵌まった賢人は、自らの愚を知らぬ愚者と何も違わない。才子が凡俗に負けるのは、得てしてそういう時である。

「左様に生半《なまなか》な賢才より、氏治殿の方が上だと申すのか」

「何かをしくじって、皆に迷惑をかけたと反省する。なのに同じ失敗を繰り返す。一方で、それこそ我が愚かさよと承知してもおられた」

　愚鈍、凡骨《ぼんこつ》ではあったろう。だが、自らの愚を知って反省を繰り返す姿には、何とも慕わしいものがあった。小田氏治とは、そういう人であった。

「詰まるところ、誰もが『放って置けぬ』と思うて、手助けしたくなる御仁です」

　かの人が家臣領民を大事にしたのも、それゆえであった。慕ってくれる皆、いつも助けてくれる皆を、屋形として慈しまねばならない。皆にとって少しでも良い屋形になりたい。その思いだけは常に忘れなかった。

　家康公は「なるほど」と、丸めていた背を伸ばした。

「……凡物なれど心根の良い、慕わしき無能者か。あい分かった。秀康には、扱いを誤らねば障りなしと申し伝えておこう」

「ありがとう存じます。それから、もうひとつお願いがあるのですが」

私は平伏して言上した。氏治殿の子、北条家中に身を置いていた友治殿も、秀康様の家中に加えてやってくれまいか、と。

聞いて、家康公は「ふは」と噴き出した。

「其方が心は、未だ小田にあるようだな」

「滅相もない。ただ、親子は共にある方が良かろうと思うのみで」

「良い良い。されど殿下がお許しになるかな」

そのご懸念に、ゆっくりと二度、頷いて返した。

「私は殿下にとって陪臣《またもの》なれど、臣には違いございませぬ。まして老い先短い七十四の老骨、殿下がこれを慈しまぬと仰せられるなら、主君としては氏治殿の方が上ということになりましょう。左様に申し上げてくだされませ」

「この忠義者めが」

くすくすと肩を揺らし、然る後に家康公は甲高く笑った。柔らかな哄笑《こうしょう》であった。

第八話　あの人の弟

私の兄は、
かの織田信長。
ああ、
生きづらい……

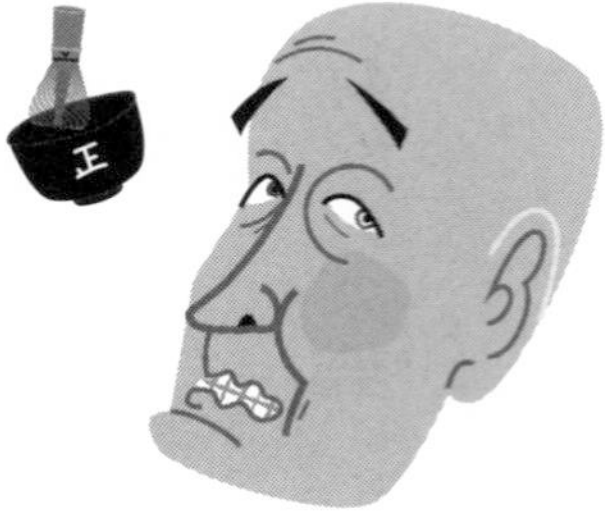

織田有楽斎

（1547〜1621）

（本名）織田長益　（職業）茶人

兄の織田信長と同様に武将であったが、
晩年は茶人として有名。
信長が本能寺の変で倒れてからは
豊臣秀吉に仕え、
関ヶ原の戦いでは東軍についた。

京・妙覚寺《みょうかくじ》の僧坊に、長益《ながます》はふと目を覚ました。首だけ動かして右手の障子を見れば、青黒い中に薄《う》っすらと夜明けの白が滲《にじ》んでいる。

「何だろう。いつもより早く目が覚めてしもうた」

どうした訳か、外の空気にざわついたような気配があった。それが気になって、寝床に身を横たえたまま独りごちる。もしや、出陣を控えて心が落ち着かないのだろうか。そう思うと溜息《ためいき》が漏れた。

天正《てんしょう》十年（一五八二）夏六月、毛利輝元《もうりてるもと》と戦う羽柴秀吉《はしばひでよし》の援軍として、織田《おだ》勢は二隊を発することになっていた。一手は山陰から進む明智光秀《あけちみつひで》、一手は山陽を進む織田信《のぶ》忠《ただ》である。信忠は織田信長《のぶなが》の長子で、援軍として戦場に至った後は、当然ながら総大将を務めねばならない。長益は、その信忠麾下《きか》に配されていた。

我が弟として総大将を支えてやれ。それが兄・信長からの下命である。しかしながら、と軽く眉が寄り、もうひとつ溜息が漏れた。

「……戦は嫌じゃ」

兄に命じられて、幾度も戦場に出てはいる。だが、あの喧騒《けんそう》と殺し合いの狂乱には、一向に慣れることができずにいた。

否、そもそも戦などに慣れて良いことは何もない。兄を見よ。比叡山《ひえいざん》を焼き討ちにしたり、裏切り者の家族を皆殺しにしたりと、すっかり恐ろしい人になってしまったではないか。

そういう苛烈な所業を見るほどに兄が恐《こわ》くなり、さらに戦が嫌いになってゆく。帰陣した後など、幾日も茶の湯に没頭して心を落ち着けねばならない。そうでもせねば夜も眠れぬようになってしまったのだ。

「気の病と申すべきものよな」

昨今、それがなお強くなったのかも知れない。今までは戦の後に眠れぬだけだったが、戦の前にも眠れぬほどになったのではないか。それが証《あかし》に、最前から覚えている空気のざわめきが未《いま》だ消えずにいる。むしろ次第に強まって――。

「……え？　いや。これは」

ざわざわと感じられるのは、心の乱れゆえと思っていた。だが違う。遠く、微《かす》かにだが、耳に届く喧騒は確かにあった。

「戦……。これは、戦の気配じゃ」

どうしてだ。織田の天下となってから京洛《きようらく》は安泰だった。その只中《ただなか》で、なぜ戦が。

恐怖に衝《つ》き動かされ、がばと身を起こす。そして頭を抱え、うずくまって亀の子になった。

「殿、殿！」

障子の外から呼び掛ける者がある。これは家臣の千賀文蔵《ちがぶんぞう》か。長益は身の震えを必死で押し止《とど》め、居住まいを正して威厳を取り繕った。

「何とした」

「一大事にございます」

声と共に、がらりと障子が開く。驚くべき話が告げられた。つい先ほど、明智光秀が織田信長の宿所・本能寺《ほんのうじ》を襲ったという。六月二日、早暁であった。

「何と。兄上……上様は如何《いかが》なされた」

「未だ明智勢に抗《あらが》っておられます」

とは言え信長と共にあるのは、わずかな小姓衆と女房衆のみである。長くは持つまいという凶報を得て、この妙覚寺にある面々も戦支度に取り掛かったそうだ。

「殿も早《はよ》うにお支度を」

本能寺は妙覚寺から南西に三里（一里は約六百五十メートル）足らず、急いで援兵を出せば何とかなるやも知れない。千賀は差し迫った声でそう告げ、兵を束ねに行くと言って駆け去った。

妙覚寺に宿陣するのは、毛利攻めの援軍に出るはずだった織田信忠隊の将、およびその家臣のみ。雑兵の類は京の町家を宿として、あちこちに散らばっている。短い間にそれら全てを引っ張って来ることなど、できない相談だったろう。半時《とき》（一時は約二時間）が過ぎた頃、長益の許《もと》に集まったのは三十に満たなかった。信忠以下の将も似たようなもので、妙覚寺の総勢はやっと五百余である。

それでも、とにかく急がねばならない。大将・信忠はこの数を以《もっ》て出陣を決めた。

「いざ参らん」

一声に応じ、将たちの馬、雑兵の足音が本能寺を指す。誰もが胸をざわつかせていた。

そこに、物見が戻って来た。

「申し上げます。本能寺……落ちてございます！」

最悪の一報であった。信忠が色を失い、震え声で問う。

「上様は？　父上は、どうなった」

「本堂は既に火の海にて。恐らくはご生害なされたかと」

天下人・織田信長が死んだ。

何ということか。この先の天下はどうなってしまうのだ。皆がその思いなのだろう、愕然《がくぜん》とした顔が並び、誰ひとり声を上げずにいる。

長益も同じだった。

しかし。

狼狽《うろた》えた胸には、次第に別の思いが広がり始めた。恐ろしくて仕方なかったあの兄が、世を去った。もう恐れずに済む。有り体に言えば、その安堵《あんど》であった。

ゆえに、であろう。皆が呆《ほう》けて何も言えない中、最初に口を開くことができた。

「殿。かくなる上は」

「叔父上」

織田家中での立場は信忠が上で、いつもなら源五郎《げんごろう》長益の名から「源五殿」と呼ぶ。それが「叔父上」になっているのは、自らの立場を忘れるほど取り乱しているということだ。

これなら、と長益は説いた。今となっては、本能寺に赴いたところで何にもならない。自ら敵の網に掛かりに行くようなものだ、と。

「……確かに、叔父上の申されるとおりよ」

「お分かりいただけたか。然《しか》らば我らが成すべきは、に――」

「ああ。二条御所《にじょうごしょ》に入って明智を迎え撃つ」

長益は「我らが成すべきは逃げること」と言うつもりだった。だが信忠は「に」まで聞いて、勘違いしたらしい。

「に、二条御所？」

「違うのか？」

信忠は言う。明智が次に狙うのは、織田の世継ぎたる我が首であろう。本能寺はごく至近、すぐに攻め寄せて来るはずだ。ならば妙覚寺の隣にある二条御所に入るしかない、と。

「如何《いか》にせん多勢に無勢、されど少しなりとて意地を見せて散るべし。父上が普請なされた二条御所こそ相応《ふさわ》しき城と、叔父上は左様にお思いなされたのでは？」

周囲から「おお」「さすがは上様の弟御」「お顔も良う似ておいでだしのう」と感嘆の声が上がる。それらを耳に、長益は面持ちを引き攣《つ》らせながら大きく頷《うなず》いた。

「いや。その……まさに、そのとおり」

戦いたくない、逃げたいと思っていた。しかし皆の目に敬意が湛《たた》えられた中、本心は口が裂けても言えない。織田信長の弟という立場が、長益を縛り付けていた。

＊

案の定、明智勢は信忠の首を狙って二条御所に押し寄せた。五百の兵が必死に戦い、明智の猛攻に抗っている。しかし、いつまで持つだろう。この御所は前関白《さきのかんぱく》・二条晴《はれ》良《よし》から譲り受けた邸宅に手を加え、平城の体裁に整えただけに過ぎない。

「も、申し上げます！　追手口、遠からず抜かれるものと見受けられます」

戦いが始まって間もなく、その注進が入る。信忠は「あい分かった」と返して伝令を下がらせると、大きな溜息と共に諸将へ向いた。

「聞いたとおりじゃ。もはや、これまでぞ。わしは明智勢に斬り込み、ひとりでも多く道連れにして討ち死にしよう。付いて来る者はあるか」

すると、一同から是とする声、非とする声が上がった。

「それがしもお供仕《つかまつ》る」

「死に花を咲かせ、意地を見せる心意気や良し」

「いやさ、いやさ！　何を仰せか。自ら進んで雑兵の手に掛かるを望まれるなど」

「左様、まずは兵を以て最後まで抗うべしと存ずる」

「それができれば苦労はないわい！」

喧々囂々《けんけんごうごう》、本殿の広間に怒号が飛び交う。そうした中、長益はただ黙っていた。

如何にしても負け戦、しかも命を落とす戦である。自分はなぜ斯様《かよう》な場にいるのだろう。戦わずに逃げていれば、万にひとつ、命を繋《つな》ぐ道とてあったろうに。

と、信忠が「鎮まれ」と大喝した。そして右隣に座する長益を向く。

「源五殿は如何に思われる」

そう言われても。長益は言葉に詰まり、腕組みで瞑目《めいもく》した。

どうすれば良いのだ。皆が息を殺して言葉を待っている。考えよ。

たとえば、今から逃げて生き延びられるだろうか。

否。既に御所は取り囲まれている。追手口が抜かれれば、そちらに兵を回さざるを得ない。さすれば搦《から》め手口が弱くなり、やはり門を破られてしまうだろう。蟻《あり》の一匹さえ這《は》い出る隙間はない。よしんば巧《うま》く抜け出せたところで、御所を囲む敵に捕らわれるのみだ。

では、敵に斬り込むべきか。

もっと、いかん。雑兵の手に掛かる口惜しさも然《さ》りながら、我が武勇では真っ先に命を落とすだろう。誰よりも早く死んで当然と考えるのは情けないが、きっとそうなる。織田一門の面目が丸潰れになれば、あの世で兄に折檻《せっかん》されるのではないか。

何たることか。この御所に入った時から、こうなることは決まっていたのだ。進むも地獄、退くも地獄と悟って、右の目からひと筋の涙が流れた。

「観念するより外にない。殿に残された道は、ただひとつにござる」

一同の中から、ひとりの声が飛んだ。

「武士としての威儀を正せと？」

長益は小さく頷き、信忠に向いた。

「斯様に話し合うておる間にも、敵の手は迫ってございますぞ。かくなる上は、お腹を召して御所に火を掛けなされ。見届けてから、この叔父も後を追いまする」

信忠はゆっくりと頷き、然《しか》る後に天を仰いで「嗚呼《ああ》」と嘆息した。

「源五殿が一緒なら心強い。三途《さんず》の川で待っておるぞ」

皆が目元を拭い、せめて信忠が自刃するための時を稼ごうと、激戦の続く追手門に向かって行った。

長益は御殿の裏手に回り、家臣・千賀文蔵を呼んで命じた。

「あの辺りに、四方に枯れ柴《しば》を積んでおくように。わしは殿の自刃を見届けて参る。それが終わったら柴の中で腹を切ろう。お主は介錯《かいしゃく》の上、火を点《つ》けてくれ」

「よ……良いのでしょうや」

及び腰な千賀に、苦笑を返した。

「其方《そのほう》は、わしが腰抜けであることを良う承知しておるようだな。されど」

本音を言えば、自刃などしたくない。しかし、どう転んでも死ぬのである。齢《よわい》三十六、同じ死ぬなら体裁を整えねばならぬ歳《とし》だ。そして。

「天下人・織田信長の弟か。窮屈な立場よの」

苦笑を穏やかな笑みに変え、長益は本殿に戻った。

信忠は既に自刃の支度を整えていた。具足と鎧下《よろいした》は外して小袖と袴《はかま》の姿である。腹を切った後で火を掛け、それが燃え広がりやすいようにと、広間の中に油と鉄砲の弾薬《たまぐすり》が撒《ま》かれてあった。

「叔父上。ご検分の労、痛み入り申す」

「信忠殿を支えるべしと、兄上から仰せつかっておったのにな。果たせずに、斯様なことになった。まこと面目次第もござらん」

「叔父上のせいでは。明智の謀叛《むほん》など誰が思い及びましょうや」

信忠は無垢《むく》な笑みを返し、匕首《あいくち》の乗った三方《さんぽう》に向き直る。小袖の胸を開いて腹を剝《む》き出しにすると、匕首を取って宛がった。

「いざ」

ひと声に続き、腹に刃が突き込まれる。信忠は小さく呻《うめ》き声を漏らしつつ、右から左へ真一文字に掻《か》き切った。

「誰か。介錯してやれ」

信忠の小姓たちに小声を向け、立ち去った。自身も腹を切りに行かねばならない。

御殿の裏手までの、短い道のり。その間に、あれこれの思いが胸を駆け巡った。

戦などなければ、死なずに済んだろうに。武士に生まれなければ——否、せめて織田信長の弟になど生まれなければ、こんな思いをすることはなかったろうに。

「……全部、兄上のせいだ」

一族に愚鈍な者がいると苦労が絶えないと言う者がある。だが、全くの逆だ。一族の中に優れた者がいる、そういう身の苦労を知らずに何をほざく。この長益を見よ。兄が天下人なのだ。優れた者どころの騒ぎではない。あまりに偉大すぎる者が一族にあったせいで、どれほど苦労をしてきたことか。

「何かと言えば信長の弟、信長の弟と。それが、わしを苦しめてきた」

至らぬところがあれば、人は「信長の弟なのに」と嗤《わら》う。自分の力を超えた役目を任せられれば、人は「信長の弟だからできるだろう」と気楽なことを言う。腹に据えかねることがあって怒気を発すれば、人は「ああ、信長の弟だものな」と眉をひそめる始末だ。

「わしは兄上ではない。織田源五郎、長益だ」

然り。戦嫌いの腰抜けである。茶の湯に逃げる以外に、心を平静に保つ術《すべ》を知らなかった凡物なのだ。斯様な男が兄と同じに見られ、どれほど心を苛《さいな》まれてきたことか。

だが、それも終わりだ。今から己は腹を切り、自らの命を断つ。千賀が四方に積み上げた、あの枯れ柴の中で。

「文蔵。大儀であったな」

声をかけ、小さく頷く。後ろの御殿でドドンと音がして、火柱が上がった。

「信忠殿も黄泉《よみ》に向かわれた」

いざ、苦しいだけだった我が生涯を終わらせよう。肚《はら》を決め、積み上がった柴の中に入る。

すると、そこには自刃のための匕首と、茶を点《た》てる支度があった。

「これは……。文蔵、其方か」

「はっ。せめて、お心を落ち着けていただこうと」

「心憎いことじゃ。痛み入る」

茶杓《ちゃしゃく》を取り、ひと掬《すく》いを愛用の茶碗《ちゃわん》に入れた。茶釜から湯を取って注ぎ、茶筅《ちゃせん》を使う。泡が立ち、それが細かくなってゆくほどに、緑色が白んでいった。

自ら点てた茶を啜《すす》り、大きく息をついた。背後の御殿が火に包まれ、柱や梁《はり》の爆《は》ぜる音が響く中、斯様なことをしている自分が滑稽に思えた。

長益は再び茶を点じた。この支度を整えてくれた千賀の、真心に応えるために。

「其方にも一服、遣わそう」

左脇、二間《けん》（一間は約一・八メートル）ほど向こうに声をかける。が、千賀は軽く眉を寄せ、首を傾《かし》げていた。

「どうした」

「あの、殿。その……敵がですな。どうやら、引き上げたようで」

「は？　あ……いや」

戦場には戦場の習わしというものがある。城を攻められ、本丸に踏み込まれたら、城主は自刃するのが掟《おきて》なのだ。だからこそ信忠にも、それを勧めた。

そして城方に決めごとがあるなら、寄せ手にも作法がある。本丸に火の手が上がったのを見たら、即座に兵を引き上げねばならない。さらに攻め立て、城主の死を辱めてはならぬのだ。

明智勢はそれを忠実に守った。紅蓮《ぐれん》の炎を見て信忠の自刃を察し、兵を退かせたのである。

「何と。末期の茶を点てておる間に、斯様な」

長益は、しばし呆けた。そして考えた。果たして腹を切る必要があるのかと。

「……ない、な」

判じて静かに立ち、千賀に向いた。

「逃げるか」

「え？　いや……それはさすがに」

信忠に自刃を勧めた当人が逃げるというのは、どうなのだろう。顔に書かれた思いを読み取って、長益はゆっくりと二度頷いた。

「さもあろう。されど、敵もおらぬのに腹など切っては犬死にぞ」

明智勢はこの後、きっと織田の本拠・安土《あづち》城に向かう。しかし軍兵を率いているがゆえ、相応に時を食うだろう。対して長益と共にあるのは、千賀の他に数人の家臣のみ。明智に先んじて安土に入ることはできるはずである。

「ならば、わしは拾った命で安土を守るべきではないか」

「はあ。構いませぬが、人に何と言われるか」

返されて、寸時口籠もった。しかし目の前に「死なずとも良い」とぶら下げられているのに、わざわざ自刃する気にもなれない。

「やはり。うん。逃げよう。供を命じる」

「まあ、左様に仰せられると思うてはおりましたが……。致し方ござらん、殿の仰せなら従うのみにござる」

長益は家臣たちを引き連れ、二条御所を抜け出した。京の町は騒然としていて、逃げ惑う町衆でごった返している。それに紛れ、明智勢の目を盗むのは訳のない話だった。

＊

人の口に戸は立てられぬ。そして噂《うわさ》というのは驚くほど速く広まるものだ。長益が安土に戻ると、少しして京洛の童《わらべ》がこう歌っていると伝わってきた。

織田の源五は人ではないよ
お腹召せ召せ　召させておいて　我は安土へ逃ぐるは源五

六月《むつき》二日に大水出《い》でて　織田の原なる名を流す

町衆に紛れて逃げたところを見られていて、小馬鹿にされたらしい。京童の何と小生意気なことか。ことに終《しま》いの「織田の原なる」だ。織田の「はら」と読めば「腹」を切り損ねたことを示し、また「げん」と読めば源五郎の「源」に通じる。斯様に言葉をかけてある辺り、あまりに巧みで実に腹立たしい。

「都人は田舎者を下に見て悦に入る無礼者だが、どうやら年端もゆかぬ頃からの積み重ねのようだな」

馬の背に揺られながら、長益は憤る思いを吐き出した。付き従う家臣たちの中、千賀文蔵が呆《あき》れたように溜息をつく。

「逃げるとお決めになったのは、殿にござりましょう」

「こうなるのは見えておったと？」

「かも知れぬ、とは思われませなんだか。堺《さかい》へ参るのに、わざわざ京を避けておるのですから、あれこれ言わんでくだされ」

二条御所から逃げ帰ったことには、周囲からも冷ややかな目を向けられていた。そこへ京での悪評が重なった。いたたまれなくなって安土を去り、商人の町・堺に逃げ込む道中である。堺の町を切り盛りする会合衆《えごうしゅう》、その筆頭格たる今井宗久《いまいそうきゅう》は信長の茶頭も務めていた男で、長益も茶事を介して懇意にしてきた。そうした間柄ゆえ、身を隠したい旨を打診すると快く容《い》れてくれた。

堺に入った長益は、会合衆の庇護《ひご》の下で茶事に没頭した。武士の世に関わりを持たず、好きな茶の道を究める毎日は、まさに安息の日々であった。

然るに二年後、天正十二年（一五八四）のこと。

「三介《さんすけ》殿から書状じゃと？」

「はい。これに」

千賀文蔵が文箱《ふばこ》を差し出した。差出人の三介とは、信長の二男・信雄《のぶかつ》である。

堺に隠棲《いんせい》しているとは言え、織田家を出奔した訳ではない。そのため、信長の死後に行なわれた国割り——所領の分与に際しては、長益にも宛行《あてがい》があった。与えられた知行は織田信雄の領と定められた尾張《おわり》の国内で、今の長益は甥《おい》に仕える格好になっていた。

ゆえに、書状が届いたとて不審なことはない。だが長益は身構えた。信雄が送ってきた文箱は黒漆を固めたもので、信長が使っていたのと全く同じだったからだ。これを目にすると、性に合わぬ武士の暮らしが思い出されて怖気《おぞけ》が走った。

箱に掛けられた紫の紐《ひも》を、恐る恐る解《ほど》く。幾らか震える手で書状を開き、目を落とせば、ひとつの依頼がしたためられていた。

「五郎左《ごろうざ》との和議を、仲立ちしてくれぬかと」

「ああ……羽柴様との戦ですな」

千賀の言うとおり、信雄は今年の三月から羽柴秀吉と戦を構えていた。

この二年で世の流れは大きく変わった。

信長に謀叛した明智光秀は、秀吉の手によって討たれた。これにて織田の天下は、とりあえず覆らなかった。しかし、今度は秀吉と柴田勝家《しばたかついえ》の間に織田の舵取《かじと》りを巡る争いが起きる。両者は近江《おうみ》・賤ヶ岳《しずがたけ》で決戦に及び、秀吉が勝利した。

以後はまさに秀吉の思うがまま、織田家は急速に「羽柴家」へと作り替えられている。

三介信雄が秀吉に挑んだのは、それを不服としたためであった。

そしてこの戦では、五郎左こと、織田重臣・丹羽長秀《にわながひで》が羽柴方に参陣している。これを退かせて欲しいというのが、信雄からの依頼であった。

しかし、と長益は眉を寄せた。

「わしが何か申したとて、五郎左が聞くかどうか。それに、もう戦云々《うんぬん》は懲りごりだ」

「とは申せ、戦場に出て戦えという話ではございますまい」

千賀にしてみれば、自身の主君がこのまま隠棲していては、というところなのだろう。何としても依頼を受けよと言葉を継いでくる。

「丹羽様に書状をひとつ送り、和を説くだけでよろしいのに」

「茶会の招待なら、幾らでも筆を執るが」

向かい合う顔が「困ったお方だ」と示している。が、少しすると千賀の面持ちに不敵なものが浮かんだ。

「よろしいのですかな？　形ばかりでも三介様は殿の主君にございますぞ。主命を聞かぬとあらば、どうなるか」

嫌らしく笑う眼差《まなざ》しを受け、長益は軽く固唾を呑《の》んだ。

「ど、どうなると申す」

「所領は召し上げとなるやも知れませぬ」

堺で茶の湯三昧の日々を送れるのも、所領の年貢があればこそ。これを失えば、口を糊《のり》するだけでも会合衆の懐を頼ることになろうと、千賀は言う。

「すると世間は斯様に申しましょう。信長様の弟御ともあろうお方が、物乞いの真似《まね》――」

「やああ、やめ、やめい！　分かった！　書状のひとつくらい何でもない」

致し方なく、長益は右筆《ゆうひつ》に命じ、丹羽長秀に和議周旋の書状を発した。羽柴秀吉は織田の天下を掠《かす》め取らんとしている。信長に重んじられてきた丹羽が、その片棒を担いで良いはずがなかろう。ここは織田信雄と和議を結び、戦から手を引くべきではないのか、と。

果たして丹羽は、和議には応じなかった。しかし以後は明らかに戦の手を緩め、同年十一月に秀吉と信雄が講和するまで、これといった武名を上げず終いだった。

そして翌天正十三年（一五八五）四月、丹羽は病と偽って居城に引き籠もり、その果てに腹掻き切って生涯を閉じた。表向きは病死だが、割腹に及んだことは誰もが知っていて、仔細《しさい》は堺にある長益の許にも聞こえてきた。

「わしの書状ゆえ、じゃと？」

ことのあらましを千賀から聞き、長益は愕然と目を見開いた。

和議を勧める書状は、確かに丹羽長秀を動かしていた。

秀吉が織田家を乗っ取る肚だったことは、丹羽も感付いていたらしい。しかし、そうと気付くまで秀吉に味方してきた手前、裏切る訳にもいかなかったようだ。

そこへ長益の書状を得て、丹羽は思った。自分は信長の恩を仇《あだ》で返してしまった。このまま世に永らえて、天下の人に後ろ指をさされるのも恥ずかしい。それが、自害に及んだ理由だったという。

「何たることか。恥を理由に死なれては、わしの方こそ……」

長益は頭を抱えて嘆いた。と、千賀が泡を食って問うてくる。

「まさか殿！　本能寺の折のことを恥じ、ご自身こそお腹を召すおつもりか」

「違うわい。それとこれとは別じゃ。わしこそ恥ずかしい、というだけで」

長益は大きく首を横に振った。千賀の顔が安堵と悲哀を湛えた。

講和によって戦が終わると、秀吉は信雄を完全に組み敷いて、その頭越しに長益を召し出すようになった。ほとんどは茶会の誘いゆえ、拒む理由はない。この頃から長益は「有楽《うらく》」の号を名乗り始め、世間にも茶人と看做《みな》されるようになっていった。

とは言え秀吉は、有楽が一介の茶人としてのみ生きることを許さなかった。言ってしまえば、書状ひとつでも戦に関わったことで目を付けられたのだ。この男にも使いどころがある、と。

＊

「で、此度《こたび》の使者にござるか」

天正十四年（一五八六）春、遠江《とおとうみ》・浜松《はままつ》城の本丸館。広間の主座にある徳川家康《とくがわいえやす》を前に、有楽は恭しく一礼した。

「徳川殿と戦を構えず、手を携えていきたいというのが、関白殿下の思《おぼ》し召しにござります」

昨年の七月、秀吉は関白の位を宣下され、日本《ひのもと》全ての政《まつりごと》を任される身となっていた。関白に抗うことは、すなわち朝廷と天皇への反逆に他ならない。然るに家康は、如何にしても秀吉に屈しなかった。

家康は東海・甲信五ヵ国の大身、これと戦うなら日本を揺るがす大戦となろう。秀吉はそれを避けるべく、妹の朝日姫《あさひ》を家康に嫁がせようと画策した。使者に選ばれたのが有楽である。徳川は織田にとって常に第一の盟友だった。有楽と家康は互いに良く見知った間柄なのだから、と。

「如何にございりましょう。徳川殿はご正室の築山殿《つきやま》を亡くされてより、そのお立場に当たるお方を迎えておられませぬ。殿下の妹御とあらば、不足はないものと思われますが」

秀吉は元々が織田の家臣だった男である。当然ながらその妹・朝日姫も、有楽は良く知っていた。当年取って四十四の大年増《おおどしま》、かつ、取り立てて容姿に優れている訳でもない。それを正室にと持ち掛けられ、家康は軽く笑った。失笑であったろう。

「徳川と戦を構えとうない……か。どこまで本気かは分かり申さんが」

「左様にござろうか。少なくとも、それがしは、避けられる戦は全て避けとう存ずる」

「信長殿の弟御が、左様な」

家康は少し驚いたのか、きょろりとした目を軽く見開いた。が、すぐに伏し目がちになって、ゆっくりと二度、頭を振った。

「いや……。弟御だからこそ、やも知れぬな。常に信長殿と共にあったがゆえ、戦がお嫌いになった。違いますかな」

信長が如何に恐ろしい人だったか、家康は骨身に沁《し》みて知っている。かつての正室・築山殿の死にしても、信長から謀叛の嫌疑をかけられ、成敗するよう迫られた上の話なのだ。

だからであろう、我が胸の内を正しく察してくれた。この人と接するに当たっては、自らを偽る必要がない。心に熱いものを滲ませながら、有楽は大きく頷いた。

「仰せのとおりです。紅毛人《こうもうじん》や唐土《もろこし》に呑み込まれる訳でなし、同じ日本の中のこと。殴られて痛い思いをするくらいなら、力ある者に膝を折る方が良いと思うております」

すると家康はしみじみと笑み、然る後に「はあ」と柔らかな息を吐いた。

「承知仕った。この件は、ひとまず家中にて話し合おう。できる限り貴殿の顔が立つように致しとう存ずる」

その言葉どおり、家康は婚姻の申し出を受け容れた。

この年の九月、朝廷から秀吉に豊臣《とよとみ》の新姓が下賜された。間もなく、家康が秀吉に臣下の礼を取る。

以後の有楽は、家康をよく茶会に招くようになった。家中第一の大身ながら、家康は新参であり、有楽の茶席を介して諸大名との交流を深めていった。

それからの秀吉は、幾つもの戦を起こした。九州征伐、関東の雄・北条《ほうじょう》の征伐、果ては海の向こうの朝鮮にまで兵を発している。

各々の戦には有楽も参陣を求められた。もっとも、戦場に出る訳ではない。秀吉の傍らで茶を点じ、話の相手をするだけで良い。戦が終わって秀吉の傘下に入る者があれば、それを茶会に招いて豊臣家中の先達と交わりを持たせていった。

そういう平穏、安泰な日々が、ずっと続くと思っていた。

しかし――。

＊

慶長《けいちょう》三年（一五九八）八月、天下人・豊臣秀吉が薨去《こうきょ》すると、またも世は激動した。

豊臣の後継ぎは嫡子・秀頼《ひでより》と決まっており、これ自体に問題はなかった。だが秀頼は当年取って六歳の稚児、天下の差配などできるものではない。

幼君を戴《いただ》く不安ゆえであろう、家中の多くが徳川家康を事実上の天下人と看做すようになっていった。なぜなら家康は、政を取り仕切る老　衆《おとなしゅう》の筆頭だったからだ。

皆のこうした期待に応え、また巧みに謀略を操って、家康は次第に豊臣の天下を乗っ取ってゆく。かつて秀吉が、織田から天下を掠め取ったのと同じように。

そして慶長五年（一六〇〇）九月十五日、家康はついに天下取りの決戦に臨んだ。徳川方の七万三千、石田三成《いしだみつなり》が糾合した豊臣方の八万が、美濃《みの》・関ヶ原《せきがはら》に於《お》いて激突した。

絶え間なく鉄砲が放たれる。大筒が唸《うな》りを上げ、野を弾《はじ》き飛ばして土くれの雨を降らせる。兵と兵が斬り結んで喚《わめ》き声を上げ、互いの将が雄叫《おたけ》びを飛ばし合う。そうした戦場の喧騒に、有楽も包まれていた。

「何の因果か。わしが戦場に出るなど」

徳川方の右翼、中備えの陣にあって、有楽は冷や汗を流した。こんなはずではなかった。参陣を求められはしたが、家康の本陣に付いて茶を点てていれば良いという話だったのに。

そもそも石田三成が、これほどの数を束ねるとは思ってもみなかった。なぜなら三成は嫌われ者である。政に於いては誰もが認める辣腕ゆえ、秀吉に重んじられ、身分を超えた権力を与えられていた。武功の将はそれが面白くなく、この男を大いに疎んじてきたのだ。

然るに、実に八万とは。大坂にはさらに四万が控え、諸国を押さえに掛かった兵も二万近くあるらしい。総勢十四万だ。

対する徳川方は総勢十一万余で、十分に対抗できる数であった。ところが徳川本隊三万七千が遅参して、戦の目算が狂っている。関ヶ原の徳川勢は家康の旗本寄合衆のみ、つまり寄せ集めとあって、まともに戦ができない。家康は麾下の諸大名に戦いを委ねるしかなく、有楽も戦場に立つことを求められていた。

とは言え、である。

「わしは秀吉様の御伽衆《おとぎしゅう》であって、将ではない。禄《ろく》も二千石ばかりの身だと申すに」

くよくよと繰り言を続けていると、傍らにある千賀文蔵、さらにはその弟・文吉《ぶんきち》が
「何を仰せか」と咎《とが》めてきた。

「いい加減、諦めてくだされ。本能寺の折には自刃の覚悟さえ固められたお方が」

「兄の申すとおりです。肚を据えられた時の殿なら、何ごとも成せますのに」

有楽は重い溜息をつき、眉を寄せた。不服であった。

「肚を据えるのが難しいのではないか。本能寺の折は、どう転んでも死ぬより外になかった。だから嫌々ながら自刃を決めたのだ。この戦は違う。斯様なことになるなら、格好を付けて兵を集めるのではなかった」

戦に於いて雇い入れる兵は、一万石当たり概《おおむ》ね三百が目安となる。有楽の二千石なら六十人ほどだが、此度はそれを大きく超えて、四百五十を従えていた。家康の傍《そば》で茶を点てているだけでは不体裁だからと、蓄えを吐き出して掻き集めた数だ。それが仇になると、誰が思おうか。

止《や》むことのない嘆きを聞いて、千賀兄弟の兄・文蔵が「それなら」と胸を張った。

「いざ戦うに当たっては、俺に兵を任せてくだされ。殿はこの陣から動かず、下知《げじ》を与えているふりで構いませせぬ」

「おお、それは有難い。しかし……改めて思うが、其方は何ゆえ、わしの如《ごと》き腰抜けを見限らんでいてくれるのか」

千賀は「そんなことですか」と、ふうわり笑った。

「信長公は激しいお方であられたがゆえ、織田家中は陪臣《またもの》に至るまで気を張り通しが常でござった。左様な中で殿だけは、我らを穏やかな心根で過してくだされた。お仕えしていて心地好《ここちよ》いのです、殿は」

思い出してもみよと、千賀は言う。この戦場で敵味方に分かれた者も、有楽の茶会に招かれた時は互いの交わりを楽しんでいた。豊臣家中に加わった新参の将にも、茶会を通じて他と打ち解けた者は多い。皆が穏やかに過ごしていたろうに——。

「ゆえに、殿には仲のよろしい御仁も多くおられる」

武士の中にあって、常に武士の世から一歩引いている。権勢を巡っての争いを好まない。本音では、有楽のそうした生き方を羨む者も多いのではないか。

「それだけでも、主君に戴いて胸を張れ申す。平たく申さば、俺も文吉も殿が好きなのですよ」

「お主という奴《やつ》は……」

千賀の言葉が胸に沁み、目頭が熱くなった。

その時である。遠く向こう、徳川方の中央からやや左翼寄りで轟音《ごうおん》が上がった。鉄砲をまとめて放ったらしい。

「あれは」

有楽の眼差しの先、松尾山《まつおやま》に陣取った石田方・小早川秀秋《こばやかわひであき》が兵を動かした。そして、あろうことか味方の陣に襲い掛かっている。

「小早川が……。徳川殿、調略していたのか」

寝返った小早川勢が、石田方の中央を掻き乱してゆく。これを契機に徳川方は勢いを増し、敵の備えを一気に崩していった。

戦の流れが変わり、瞬く間に濁流となって徳川方を後押しする。有楽の正面、石田三成の陣も防戦に苦しんでいるらしい。決着が、見え始めていた。

「殿、我らも出て戦いとう存ずる。先手衆《さきてしゅう》に加勢するよう、お命じくだされ」

千賀の弟・文吉の勇ましい声に促され、有楽は頷いた。

「よし。お主らの武勇を見せてくれ」

陣の守りに五十を残し、千賀兄弟以下が四百を率いて突っ掛けて行った。

頼もしく、心根の良い家臣に恵まれた。己《おの》が如き臆病者には過ぎた者たちである。戦功を立てられずとも構わぬ、必ず生きて帰って来い。きっと、篤《あつ》く報いてやらねば。

思いつつ眺める先に、敵方の将が馬を進めて来た。人馬共に疲れきっているのだろう、総身を土色に染めて、今にも倒れそうな様子である。

そして、この武者の旗印には見覚えがあった。

「間違いない。横山喜内《よこやまきない》ぞ」

殿には仲のよろしい御仁も多くおられる——最前の、千賀の言葉が思い起こされた。横山喜内とは長らく懇意にしてきた。その男が戦働きに疲労困憊《ひろうこんぱい》となっている。捨て置けばいずれかの者に討たれてしまうだろう。果たして、見過ごして良いものか。

否、否！　友を見捨てるなど。

有楽はすくと床几《しょうぎ》を立ち、小姓に命じて馬を曳《ひ》かせた。

「喜内殿を助けに参る。続け」

下知を与え、二十ほどの足軽を従えて馬を馳《は》せる。すると横山もこちらを認め、土埃《つちぼこり》と鉄砲の煤《すす》で真っ黒の顔を向けた。

「有楽殿か。何と良きところで会《お》うたものか」

「然り。お主を死なせるには忍びない。わしに降《くだ》って生き延びられよ」

だが横山は、これを聞いて烈火の如き怒りを発した。

「降れとは、生き延びよとは何ごとぞ。馬鹿にするな」

「え？　いや。されど。良きところで……会うたと」

目を白黒させ、口籠もりながら返す。たった今の怒号に数倍する大音声が浴びせられた。

「分からんのか！　貴殿だからこそ、討ち取ってくれと申したのだ。それを……武士の心を知らぬ者め。斯様な男を友と思うておった自分が恥ずかしい！」

修羅の面相を湛え、横山が猛然と馬を寄せて来た。そして槍《やり》の間合いに入るや否や、鋭く突き出してくる。

「ええい、やあ！」

しかし、やはり疲れきっていたのだろう。一撃は大きく狙いを外し、有楽の馬に突き立った。胸を穿《うが》たれた馬が激しく嘶《いなな》き、棹立《さおだ》ちになる。

「う、ひっ」

鞍《くら》から放り出され、有楽は地に落ちた。したたかに背を打って息が詰まる。体が動かない。

頭の中に繰り言が渦を巻いた。石田方の負けは決まったようなもの、なのにどうして横山はこうも頑《かたく》なになる。それが武士の心だと言うのなら、分からなくて結構だ。嗚呼、己が生はここで終わる。仏心を出さねば死なずに済んだものを。

ただ、横山も今の一撃で力を使い果たしたか、次の一手を繰り出せないらしい。そこへ聞き慣れた声が「おのれ」と迫って来た。

「よくも我が主を！」

「殿の仇《かたき》！」

千賀兄弟が馳せ参じ、左右の後ろから横山に槍を突き立てた。

「其方ら……有楽殿の臣か。礼を申す」

横山は笑みを浮かべて血を吐き、崩れるように馬の背から落ちる。千賀兄弟はそれには目もくれず、有楽の両脇に馳せ寄って来た。

「どうして。なぜ、ご自身で出られたのです」

「武功に逸《はや》るなど……殿らしくもない」

文蔵と文吉、兄弟揃《そろ》って涙を流している。どうやら、この有楽が死んだと思っているらしい。決まりは悪いが、ようやく体も動くようになったことであるし——。

「これ。二人とも、勘違いするでない」

痛む背を労《いた》わりながら身を起こす。千賀兄弟は「ひい」と驚いて尻餅を搗《つ》いた。

「し、死人が動いた……」

「いや文蔵。わしは生きておるぞ。馬から落ちて、動けなくなっておったに過ぎぬ」

文蔵が呆気《あっけ》に取られている。文吉が「ああ、良かった」と大きく息をついた。

「殿のことゆえ、てっきり討たれたとばかり」

武将としての己は、こうも見くびられていたのか。今まで疎ましく思ってきた言葉を、有楽は自らの胸に呟《つぶや》いた。信長の弟なのに、と。

関ヶ原の戦いはただの一日で終わった。徳川方の大勝であった。

横山喜内を討ち取った千賀兄弟は、その首を有楽に取らせた。武功を譲られた格好だが、これを以て有楽には三万石が加増されることになった。

＊

関ヶ原の戦いから三年、家康に征夷大将軍《せいいたいしょうぐん》の位が宣下された。以後は江戸に幕府が開かれ、紛《まご》うかたなき徳川の天下となっている。

しかしながら、豊臣家が消えてなくなった訳ではない。秀頼の母――有楽の姪《めい》・淀殿《よどどの》は、徳川の天下を認めようとしなかった。関ヶ原の戦いは豊臣の家臣同士が争っただけの話で、徳川と豊臣の主従が逆しまになった訳ではないのだ、と。

そして、慶長二十年（一六一五）四月十三日。名古屋城の本丸館に宛がわれた一室で、有楽は軽く溜息をついた。

「家康殿のご子息の、婚儀か」

かつて織田の城だった名古屋は、今では家康の九男・徳川義俊《よしとし》の居城となっている。その義俊が此度めでたく正室を娶《めと》ることになり、有楽は豊臣の祝賀使として名古屋に遣《や》られていた。

とは言え、それは表向きの話である。

昨慶長十九年の十一月、徳川と豊臣は戦を構えるに至っていた。往時は徳川方の兵糧が心許なく、和議を以て戦を終えたのだが、遠からず両家は再び戦うことになろう。その時に備えて敵の内情を探るのが、有楽の本当の役目であった。

「されど、わしには」

ぽつりと呟いて、穏やかに「ふふ」と漏らす。正直なところ、この役目は気が進まない。既に徳川の天下は動かし難く、なお抗うのは馬鹿げている。ならば、此度こそ肚を据えるべし。腰抜けならではの覚悟を固めよ——有楽の中には、ひとつの決意があった。

静かに過ごすこと、しばし。やがて案内《あない》の者が参じる。これに従って廊下を進み、家康の待つ広間に導かれた。

「おお有楽殿、良くぞ参られた。我が倅《せがれ》の婚儀を祝《いお》うてくれること、まこと痛み入る」

鷹揚《おうよう》な声を向けられ、有楽は丁寧に平伏した。

「此度は、おめでたきこととお慶《よろこ》び申し上げまする。御身にお目通り致しますは、去年の和議以来にござりますな」

過日の一件に触れる。そして、訴える眼差しで顔を上げた。

「されど……両家の和も、これまでなのでしょうや」

家康の名古屋入りは子息の婚儀に参列するためである。だが有楽の祝賀使が形ばかりであるように、家康が理由とする婚儀云々も表向きの話でしかない。実のところは豊臣攻めの支度であり、徳川幕府の諸大名にも既に戦触れが出されている。

有楽の面持ちを受け、家康の顔が渋く歪《ゆが》んだ。

「先に和議に背いたのは、豊臣じゃろうに」

昨年の戦に際して、豊臣は多くの牢人《ろうにん》を召し抱えた。しかし和議が成って以後も、豊臣は――否、淀殿は牢人衆を召し抱えたままにしていた。

家康はこれを咎め、譲歩を求めた。牢人を手許に残すのは、再び徳川と戦を構える支度に他ならない。本当に両家の和を願うなら、これを召し放つべきであろう。それが嫌なら、豊臣には大坂からの転封《てんぽう》を呑んでもらいたい。実入りの少ない封地に移れば無駄な将兵を抱えておくことはできまい、と。

淀殿は、そのどちらも断っている。経緯《いきさつ》を思い、有楽はゆっくりと頷いた。

「まこと、御身の仰せられるとおりにござります」

意外な返答であったか、家康の眉が軽く寄った。

「其許《そこもと》、豊臣の使者として参ったのであろう。なのに、わしの言い分が正しいと申すのか」

「はい」

即座に応じて、有楽は長く息をついた。

「実は、徳川方の手の内を探るように言われて、これへ参りました」

「まあ……左様なところだろうと、思うてはおったが」

「ですが、それがしは戦いとうないのです。ことに御身とは」

遠い昔、秀吉の妹・朝日姫を家康に嫁がせるべく、使者に立った日を思い起こした。

織田信長という恐怖に苛まれ、臆病者に成り下がった己を、家康は見下さなかった。

むしろ同じ恐れを抱いた者として、こちらの胸の内を察してくれた。

そういう人である。だからこそ戦いたくない。己の戦嫌いはさて置き、家康とだけは戦いたくないのだ。

「とは申せ、戦は避けられぬところでしょう。そこで考え申した。此度の戦、せめて短く終わらせるのには、どうしたら良いかと」

家康が「ふむ」と首を傾げる。有楽は笑みを返した。この上なく穏やかな微笑であった。

「大坂の陣容を全て、御身にお教え致しとう存じます」

「は？」

元々甲高い家康の声が、さらに裏返る。眼差しを以て「他意はない」と返した。

「朝日姫との婚儀をお願いに上がった折、申し上げましたな。外国に日本が呑み込まれる訳でなし、同じ日本の内で争ってどうなるのか……と」

「強い相手に抗って殴られるよりは、膝を折る方が良いと。そういう話だったな」

「それがしは今でも左様に思うておりまする。されど世の中には、殴られねば分からぬ者もおるようで。ほとほと嫌気が差しましたわい」

家康が「淀殿か」と苦笑する。有楽は曖昧に頷いて返した。

「我が姪は、確かに頑なになっており申す。されど」

豊臣への忠節に凝り固まった者、徳川との戦でひと旗上げようと目論《もくろ》む者――大坂城に集う面々の手前、意地を張り通さねばならない。淀殿のそうした立場を「阿呆《あほう》」のひと言で片付ける気にもなれなかった。

「皆の目を、覚ましてやってくだされ。あなた様にしか、できぬことです」

そして有楽は、大坂の手の内をこと細かに語ってゆく。家康は目を見開いて耳を傾け、ひととおりを聞き終わると「ふう」と大きく息をついた。

「罠《わな》や謀《はかりごと》と勘繰る者も、あるやも知れぬ。されど、わしは有楽殿が如何な御仁か存じておるつもりよ。疑うことはすまい」

「ありがたき幸せ」

「とは申せ、じゃ。斯様なことを明かして、なお大坂におるつもりか？　それでは其許の命が危ういと思うが」

有楽は「ご懸念無用」と肩の力を抜いた。

「去年の冬の陣の折、それがしは『皆を取りまとめよ』と言われて引っ張り出されました。織田信長の弟なれば、というところでしょう。ただ……」

そのくせ、いざとなれば誰も言うことを聞こうとしない。安い誇りを捨てよ、徳川に屈するのが身のためと、いくら説いても分かってくれないのだ。

「それを理由に身を引く所存。それがしの如き腰抜けが去ったところで、誰も惜しみますまい。京の屋敷に引き籠もって茶でも点てながら、御身の戦を伝え聞くとしましょう」

家康は「嗚呼」と長く嘆息した。

「自ら申すとおり、其許は腰抜けよな。されど、まこと天晴《あっぱれ》な腰抜けと申すべきである」

有楽はその後、家康に言ったとおりに大坂城を退去して、京屋敷に入った。

そして五月八日、豊臣の敗北と秀頼の死、淀殿の死を伝え聞いた。

＊

これからの日本は徳川の下、新たな歩みを始めるだろう。それを見届けると有楽は隠居した。三万石の所領は、二人の子に一万石ずつを分け与え、残る一万石を自身の隠居料とした。

以後、有楽は茶を楽しみながら日々を暮らした。

茶筅が泡を立て、次第にそれが細かく滑らかになってゆく。点て終えると、有楽は家臣の千賀文蔵に茶碗を差し出して、ぼんやりと庭木の新緑を眺めた。

「のう文蔵」

「はい」

「世に豪傑や賢才は多々あったが、大方の者は常世《とこよ》に渡ってしもうたな」

戦乱の中、己が如き軟弱者が生き残ったのは、どうしてなのだろう。茶を点てるしか能のない男を葬り去るくらい、誰だとて容易《たやす》い話だったはずだ。しかし秀吉も家康も、そうしなかった。それどころか、丁重に扱われてきたとさえ思える。

千賀は「さて」と苦笑し、感慨深そうに続けた。

「やはり、信長公の弟御だからでは。織田の家名も然ることながら、あれほど激しかったお方の弟御が、斯様に穏やかなお人かと……秀吉公も家康公も、そこに安らいだのやも」

そう言われて、ふわりと笑みが零《こぼ》れた。ずっと疎ましく思ってきた身の上を、初めて素直に受け入れられた気がする。

「かも、知れぬな」

有楽は庭から目を戻し、千賀が飲み終えた茶碗を受け取ると、自らのために一服を点じた。泰平の世に流れる風が、ふわりと茶の香気を伝えた。

解　説

ミスター武士道

「武士道というは、死ぬことと見つけたり」日本人なら誰もが一度は聞いたことがあるのではないでしょうか。『葉隠《はがくれ》』のあまりにも有名な一節です。

大坂《おおさか》の陣で壮絶な討ち死にを遂げた真田信繁《さなだのぶしげ》、幕府に殉じて最後まで戦った新選組《しんせんぐみ》の土方歳三《ひじかたとしぞう》……本当にサムライとはカッコいいものです。

しかし、現実の歴史に目を向けると、全てのサムライがカッコよかったわけではないようです。

本作『戦国・江戸　ポンコツ列伝』では、表題通り〝ポンコツ〟なサムライたちが登場しました。

「旗本たいこ」の松廼家露八《まつのやろはち》は幕臣、しかも御三卿・一橋《ひとつばし》家に仕える武士でありながら、芸人として名を上げてしまった人物です。

幕末の動乱の中、遊郭でお金を落とす武士は多かったですが、芸人にまで身を落とした露八はよっぽどだと思います。徳川《とくがわ》将軍家の一門・一橋家の重職の家柄と言えばなおのことです。

ところで、一橋家と言えば、最後の将軍・徳川慶喜《よしのぶ》が、のちの実業家・渋沢栄一《しぶさわえいいち》を登用した話も有名です。栄一は、農民→草莽《そうもう》の志士→幕臣→明治政府官僚→実業家と数々の転身を経験した人物でした。

露八も父に勘当され、芸人として諸国を放浪したあと、彰義隊に参加するために武士に復帰しましたが、栄一や露八のような人生七変化は、動乱の幕末ならではと言えるかもしれません。

そんな露八も最終的には戊辰《ぼしん》戦争を生き残り、芸人としての生涯を全《まっと》うしました。武士ならば、弟の八十三郎《やそさぶろう》のように勇敢に戦って死ぬべきだったのでしょうが、彼がポンコツとして生き延びたおかげで、明治から現代まで、こんな面白い人間の話を知ることができるのですから、ありがたいことです。

「わしは腹を切るぞ」の徳川家康《いえやす》と「私は腹を切りたくない」の森川若狭《もりかわわかさ》は、タイトルからは対照的な二人に見えて、実はどちらも理由をつけて「切腹」から逃げているというのが面白いですね。

江戸幕府のルール上、世継ぎが定まっていない状態で当主が急死すると、御家《おいえ》断絶となる可能性が高いです。なので、「危急存亡の秋《とき》」を理由に切腹を逃れようとする森川若狭の言い分はまだわかりますが、「恐怖のあまり脱糞《だつぷん》したことが露見するのを防ぐため」に切腹を取りやめた家康にはおかしくて笑ってしまいました。

武田信玄《たけだしんげん》に敗れた家康が浜松に逃げ帰る途中で脱糞したこの逸話は有名ですが、もしそれを隠し通すために切腹を思いとどまったのなら、脱糞が歴史を大きく動かしたことになるわけですね。こんな面白い想像を掻《か》き立てられるのも、この作品ならではかと思います。

ところで、「あの人の弟」でも、織田有楽斎《おだうらくさい》が主君に続いて切腹するかどうかで右往左往していましたが、武士にとって切腹という行為がどれだけ特別なことだったか、皆さまはご存じでしょうか？

自らの腹を切るということは、とても困難で、並外れた勇気がなければ行えない行為です。勇敢に敵と戦うサムライだからこそ、死ぬときも勇気の必要な切腹を好んだと言われています。

また、「腹のうちを見せる」「腹を割って話す」という言葉があるように、腹には真心が宿っていると考えられ、自身の潔白を証明するために、切腹する場合もあったようです。

つまり切腹は、単なる自決方法の一つというわけではなく、武士にとって神聖な儀式、特別な死に方だったんですね。

そのような考えが定着してきたのが、まさに戦国時代後期〜江戸時代でした。

「あの人の弟」に登場した織田信忠《のぶただ》も、雑兵に討たれて首を取られるくらいならと、潔く切腹することを選んだわけです。武士として天晴《あっぱれ》な最期と言えますが、その後の織田家の命運を考えると、信忠も、少しは家康のように諦めの悪い性格だったほうが良かったんじゃないかと思ってしまいますね。

とはいえ、戦国時代の武士が誰でもすぐに切腹していたわけではありません。現に徳川家康は何度も切腹を回避して天寿を全うしましたし、家康と天下分け目の戦を戦った石田三成《いしだみつなり》もそうです。関ヶ原《せきがはら》の戦いに負けた三成は、必死に落ち延びていき、最後は捕らえられて斬首されました。

三成は官僚タイプの人間ですが、身分としては紛れもなく武士です。『慶長軍記《けいちょうぐんき》』という江戸時代に書かれた軍記物語では、捕らえられた三成が自身を嘲る福島正則《まさのり》や細川《ほそかわ》忠興《ただおき》らに対し、

「大将たる者は、命を軽々しく捨てず、後日の戦いで勝つことを期するのである。織田信長《のぶなが》公はどんなことをしてでも難を逃れたが、最後には勝つと心に刻んでいたからこそ、天下を取ることができたのだ」

と言い放ったとされます。福島正則は、「治部少輔《しょうゆう》（三成）の言うことはもっともだ」と三成を立派な武人として認めたと言います。

切腹は、どうしようもなく追い込まれたときの最終手段なのです。さすがに主君に腹を切らせて自分だけ逃げるという選択をした有楽斎は、さんざんに陰口を叩《たた》かれたかもしれませんが……。


しかしどうしたことでしょう。太平《たいへい》の世が訪れると、やがて大切腹時代が到来し、武士たちはあまりにも簡単に切腹するようになっていきます。

大切腹時代の幕開けは、江戸時代初期の殉死ブームにあると言われます。

慶長十六年（一六一一）、薩摩《さつま》の戦国大名《だいみょう》・島津義久《しまづよしひさ》の最期に十五人の殉死者が、元和《げんな》五年（一六一九）島津義弘《よしひろ》には十三人の殉死者が出ています。

他の大名家でも、鍋島直茂《なべしまなおしげ》へ十二人の殉死者、伊達政宗《だてまさむね》への殉死者十五人などの記録があります。

また殉死した武士に仕えていた者が、さらに殉死する「又殉死」なる現象も起きていたようです。まるで隣り合ったアイコン同士が消滅する「ぷよぷよ」のように、殉死は連鎖していくのでした……。

本来なら戦場で主君のために散りたいと考えていた武士たちが、戦の無い太平の世が訪れてしまったことで、その想《おも》いの行き場を失い、たどり着いた答えが主君の後を追って腹を切る「追い腹（殉死）」だったのだと思います。

すなわち殉死は、あの世で主君と一緒になりたいという過激な愛情表現であり、元来は男色間でよく行われた行為だったようです。

それがいつのまにか、「主君が死んだら寵愛《ちょうあい》を受けていた者は殉死するのが当たり前」という風潮になっていきます。それから殉死ブームは過熱の一途をたどり、あまりの殉死者の多さに幕府は寛文《かんぶん》三年（一六六三）に殉死を禁止しました。

「私は腹を切りたくない」の主人公・森川若狭は、そんな熱狂的殉死ブームの中で、回りの人間に「腹を切れ、殉死しろ」と迫られていたわけです。

もちろんそこには、若くして権勢を極めた森川に対しての嫉妬や恨みもあったのでしょうが、親しい友からも「おめでとう」と言われたように、「殉死」はめでたいこと、喜ばしいことという、ちょっと普通の感覚ではありえない思考が、日本中に蔓延《まんえん》していたのです。

森川は、当事者になって初めて、この殉死ブームの異常さに気づき、恐れて逃げ出しました。しかし森川自身も初めは「おかしいのは世の中なのか。それとも、殿の寵に殉じようとしない私の方なのか」と迷っていました。果たして、本当におかしいのはどちらなのでしょうか。切腹の歴史を知った上でこの話を読むと、思うところが色々とありました。

現代の価値観で言えば、おかしいのは殉死を慶事とする世の中のほうだ！　ときっぱり言えます。ですがもし、私がこの時代を生きていた武士ならば、森川を救った関守のように、殉死を悪《あ》しき風習であると否定することができたかは自信がありません。武士なんだから殉死するのは当たり前だ！　殉死から逃げるな！　と森川を追いかける側になっているかも。

そう考えると、ぞっとします。常識というものは、時代によって変化するものであって、今我々が当たり前と思っていることも、後世にはおぞましい行為だと指摘されるかもしれないですね。

最後に「刀と政宗」の主人公、伊達政宗に関するトリビアをご紹介させていただきます。

本作でも描かれたように、政宗の刀に関するエピソードは多いです。嘘《うそ》を誠にするために、名刀・正宗《まさむね》を脇差にしてしまった逸話は、彼の見栄っ張りで強情な性格をよく表していますね。本作では脇差となった正宗に「振分髪」の銘が入ったところで、「信長公に縁がある」と喜々としている様子がかわいらしいです。

政宗の強《した》かさを伝える刀に関する逸話はこんなものもあります。

秀吉《ひでよし》の小田原《おだわら》征伐の際、政宗に従属する大名・白河義親《しらかわよしちか》は、先祖伝来の刀を秀吉に献上するつもりでいましたが、政宗は義親の小田原参陣を制止し、その刀を預かって一人秀吉のもとへ向かいました。そして政宗は、あろうことか義親の先祖伝来の刀を、自分の刀であるとして秀吉に献上してしまったのです。

小田原参陣もせず、刀の献上もできなかった義親は当然、改易となります。その後、領地を失った義親は、完全に政宗の家来となってしまいました。政宗はしてやったりといった感じなのですが、あまりにもやり方がせこすぎて呆《あき》れてしまいます。

政宗と言えば、料理が得意だったことでも有名ですね。本作でも、備前長船光忠《びぜんおさふねみつただ》を献上した（奪われた）徳川頼房《よりふさ》に自ら手掛けた膳を振る舞うシーンがありました。

政宗の料理への熱意は、現存する彼の手紙からもわかります。金地院崇伝《こんちいんすうでん》（家康に仕えた僧侶）に宛てた手紙では、崇伝の振る舞った精進料理に感動し、とくに「麩《ふ》の料理」を自分でも振る舞ってみたいので、レシピを（料理人を派遣するので）教えて欲しいと頼んでいます。

独眼竜と恐れられ、天下を狙い続けた謀将とは思えないほっこりエピソードですね。

政宗は、たしかにクセのある人物だったと思いますが、そこには政宗なりの茶目っ気もあったのかもしれません。

戦場で華々しく活躍する武勇伝も良いですが、武士道の理想にはほど遠い、戦国・江戸のポンコツなサムライたち。彼らの生きざまを眺めていると、また違った歴史の楽しみ方を味わえますね。

（みすたーぶしどう　歴史系ユーチューバー）

本書は、「ｗｅｂ集英社文庫」二〇二一年九月～二〇二三年四月に配信された『ポンコツ列伝』を改題のうえ、加筆・修正したオリジナル文庫です。

初出「Ｗｅｂ集英社文庫」
第一話　旗本たいこ　二〇二一年九月十七日更新
第二話　わしは腹を切るぞ　二〇二一年十一月五日更新
第三話　私は腹を切りたくない　二〇二二年一月七日更新
第四話　天愚か人愚か　二〇二二年三月四日更新
第五話　刀と政宗　二〇二二年五月六日更新
第六話　色道仙人　二〇二三年一月二十日更新
第七話　小田城の落とし方　二〇二三年二月十七日更新
第八話　あの人の弟　二〇二三年四月七日更新

本文デザイン／目﨑羽衣（テラエンジン）
本文イラスト／おおさわゆう

吉川永青の本

家康が最も恐れた男たち

信長、秀吉、利家など、家康が出会った八人の武将たち。彼らの何を恐れ、何を学んだのか。天下統一を成し遂げるまでの家康の半生を描く、連作短編集。

集英社文庫

吉川永青の本

闘鬼　斎藤一

なぜ彼はそこまで闘いに心酔し、鬼と化したのか。新選組最強の剣士・斎藤一の苛烈極まる生涯。渾身の長編。第四回野村胡堂文学賞受賞作。

集英社文庫　目録（日本文学）

集英社文庫

戦国《せんごく》・江戸《えど》　ポンコツ列伝《れつでん》

2023年10月25日　第1刷　　定価はカバーに表示してあります。

著　者　吉川永青《よしかわながはる》
発行者　樋口尚也
発行所　株式会社 集英社
東京都千代田区一ツ橋2-5-10　〒101-8050
電話　【編集部】03-3230-6095
【読者係】03-3230-6080
【販売部】03-3230-6393（書店専用）
印　刷　中央精版印刷株式会社　株式会社美松堂
製　本　中央精版印刷株式会社

フォーマットデザイン　アリヤマデザインストア　　マークデザイン　居山浩二

ISBN978-4-08-744581-7 C0193